中国当代作家论

谢有顺 主编

麦家论

中国当代作家论
谢有顺 主编

陈培浩/著

麦家论

作家出版社

陈培浩 ■ 1980年6月出生，现为福建师范大学文学院教授、博士生导师，福建师大现代汉诗研究中心副主任。兼任中国现代文学馆特邀研究员、广东省文学评论创作委员会副主任、花城文学院签约评论家。近年已在《文学评论》《中国现代文学研究丛刊》等重要学术刊物及《人民日报》《文艺报》等权威报纸发表论文近百篇。论文多次被《新华文摘》《人大复印资料》等平台全文转载。主持或参与国家及省部级研究项目多项。已出版《歌谣与中国新诗》《互文与魔镜》《正典的窄门》《迷舟摆渡》《阮章竞评传》等著作。获第十一届唐弢青年文学研究奖、《当代作家评论》《中国当代文学研究》优秀论文奖、华语青年作家奖·新批评奖等奖项。

主编说明

自从到大学工作以后,就不时会有出版社约我写文学史。很多文学教授,都把写一部好的文学史当作毕生志业。我至今没有写,以后是否会写,也难说。不久前就有一份高等教育出版社的文学史合同在我案头,我犹豫了几天,最终还是没有签。曾有写文学史的学者说,他们对具体作家作品的研究,是以一个时代的文学批评成果为基础的,如果不参考这些成果,文学史就没办法写。

何以如此?因为很多学问做得好的学者,未必有艺术感觉,未必懂得鉴赏小说和诗歌。学问和审美不是一回事。举大家熟悉的胡适来说,他写了不少权威的考证《红楼梦》的文章,但对《红楼梦》的文学价值几乎没有感觉。胡适甚至认为,《红楼梦》的文学价值不如《儒林外史》,也不如《海上花列传》。胡适对知识的兴趣远大于他对审美的兴趣。

《文学理论》的作者韦勒克也认为,文学研究接近科学,更多是概念上的认识。但我觉得,审美的体验、"一个灵魂唤醒另一个灵魂"的精神创造同等重要。巴塔耶说,文学写作"意味着把人的思想、语言、幻想、情欲、探险、追求快乐、探索奥秘等等,推到极限",这种灵魂的赤裸呈现,若没有审美理解,没有深层次的精神对话,你根本无法真正把握它。

可现在很多文学研究,其实缺少对作家的整体性把握。仅评一个作家的一部作品,或者是某一个阶段的作品,都不足以看出这个作家的重要特点。比如,很多人都做贾平凹小说的评论,但是很少涉及他的散文,这对于一个作家的理解就是不完整的。贾平凹的散文和他的小说一样重要。不久前阿来出了一本诗集,如果研究阿来的人不读他的诗,可能就不能有效理解他小说里面一些特殊的表达方式。于坚也是一个典型的例子。很多人只关注他的诗，其实他的散文、文论也独树一帜。许多批评家会写诗，他写批评文章的方式就会与人不同，因为他是一个诗人，诗歌与评论必然相互影响。

如果没有整体性理解一个作家的能力，就不可能把文学研究真正做好。

基于这一点，我觉得应该重识作家论的意义。无论是文学史书写，还是批评与创作之间的对话，重新强调作家论的意义都是有必要的。事实上，作家论始终是中国现代文学的一个宝贵传统，在1920—1930年代，作家论就已经卓有成就了。比如茅盾写的作家论，影响广泛。沈从文写的作家论，主要收在《沫沫集》里面，也非常好，甚至被认为是一种实验。中国现代文学研究界的许多著名学者都以作家论写作闻名。当代文学史上很多影响巨大的批评文章，也是作家论。只是，近年来在重知识过于重审美、重史论过于重个论的风习影响下，有越来越忽略作家论意义的趋势。

一个好作家就是一个广阔的世界，甚至他本身就构成一部简易的文学小史。当代文学作为一种正在发生的语言事实，要想真正理解它，必须建基于坚实的个案研究之上；离开了这个逻辑起点，任何的定论都是可疑的。

认真、细致的个案研究极富价值。

为此，作家出版社邀请我主编了这套规模宏大的作家论丛书。经过多次专家讨论，并广泛征求意见，选取了五十位左右最具代表性的作家作为研究对象，又分别邀约了五十位左右对这些作家素有研究的批评家作为丛书作者，分辑陆续推出。这些作者普遍年轻，锐利，常有新见，他们是以个案研究的方式介入当代文学现场，以作家论的形式为当代文学写史、立传。

我相信，以作家为主体的文学研究永远是有生命力的。

谢有顺

2018 年 4 月 3 日，广州

目录

第一章 谁是麦家 / 1

　　第一节　破壁者麦家 / 2
　　第二节　孤独者麦家 / 17
　　第三节　虚构者麦家 / 23

第二章 先锋风潮下的发展和嬗变（1988—2002） / 40

　　第一节　从"成长小说"到"军旅系列" / 41
　　第二节　人生海海中的命运叙事 / 56
　　第三节　麦家的"谍战前史" / 65
　　结　语 / 76

第三章 从密室解密到人生海海（2002—2019） / 79

　　第一节　《解密》："谍战小说"的发生学 / 79
　　第二节　《暗算》：个人话语与国家话语的镶合 / 93
　　第三节　《风声》：推理、人心和历史的三重逻辑 / 110
　　第四节　《人生海海》："转型"与"回望" / 129

第四章 麦家小说的文体探索 / 151

　　第一节　麦家长篇小说叙事的变迁 / 151

第二节　失重的波澜：麦家短篇小说的思维术　/ 177

第三节　容金珍：一个崭新的文学史形象　/ 190

第四节　重申为汉语写作的梦想：
　　　　《人生海海》的语言问题　/ 203

结语　理解麦家的三个关键词　/ 220

附录一　麦家简谱　/ 242

附录二　麦家作品主要研究文章、论著索引　/ 257

后　记　/ 263

第一章　谁是麦家

谁是麦家？

就是那个被称为中国谍战小说之父的作家；那个深受读者和市场欢迎，多部作品被改编为影视剧，火遍大街小巷的作家；那个成为继鲁迅、钱锺书、张爱玲之后入选英国"企鹅经典"文库的唯一中国当代作家；那个四十四岁摘得中国当代文学最具权威文学奖茅盾文学奖的作家；那个凭转型之作《人生海海》创造了两年二百万册销售奇迹的作家……

这样回答，没有错，但又不尽然。

"谁是麦家"这个提问指向的不是可见的社会身份，而是潜在的精神认同和精神启示。当我们问"谁是鲁迅"时，并非简单想知道那个本名周树人的新文化运动先驱者、中国现代文学奠基人，而是想追问：鲁迅的心灵有何独特性？于我们又有何启示？"谁是麦家"的提问也如是。并非所有的作家都值得这个"谁是"的追问，但，麦家值得！

作为作家论，作家心灵和作家心灵的创造物——作品，应该同时成为中心。甚至，前者还应居于优先地位。优先并非篇幅意义上的，而是说，只有在深入了作家心灵世界内部之后，才有可能更深入、准确地把握其作品。因此，回答"谁是麦家"，就是要勾勒他的精神肖像，要洞悉他的心灵密码，进而靠近他的文学智慧和魅力来源。

20世纪80年代,"文学主体性"学说风行一时,人们热烈地呼唤作家的主体性,并相信正是作家的心灵力量和创造力造就了文学作品。这种学说很快就在90年代遭到挑战,此时的学术界开始相信主体是历史的产物,是话语的结果。此后近三十年,"历史化"成为当代文学研究界最重要的倾向之一。可是,我愿意在"历史化"的时代重申"主体性"的可能,这并不是说主体可以脱离历史,而是说主体依然具有在历史语境中的能动性。将主体视为纯然的屈从性存在,容易忽略了伟大的与平庸的心灵世界的内在差异。提出"谁是麦家",正是想解释麦家的心灵。

本章将从破壁者麦家、孤独者麦家和虚构者麦家三个角度,试图靠近麦家的精神世界。

第一节 破壁者麦家

钱锺书多妙喻。他说要判断一个蛋不好吃,并不需要把整个蛋都吃下去。这是说作品不好,一眼可知,并不需读完。他还说了,鸡蛋好吃,吃就完了,并不需要去看鸡长什么样。这是说作品相对于作者具有高度独立性,离开作者照样可以谈论作品。这种说法必然会得到英美"新批评"的支持,"新批评"主张在文学阐释中排除作者干扰,所谓破除"意图谬误",纯做文本内部研究可也。可是,中国传统文论所谓"文如其人",法国理论家布封也说"风格即人",难道就没有几分道理吗?明显地,文与人之间既不是绝对的直接映射关系,但也不可能断然脱钩。在《镜与灯》的作者艾布拉姆斯那里,作者和世界、文本、读者一同构成了文学活动的四要素,这个说法广受认可。80年代,文学主体性学说对中国文学产生了巨大影响。此说将作者视为文学活动中最具核心性的要素,文学的价值来源被归于作者本人的个性、修养、创造力和精神力量等因素。这种观点符合人们一贯的认知,在 80 年代也为作家争取了更多写作自由。但 90 年代以降,随着时代和学术风潮的变化,学术界更愿意倾听来自福柯、罗兰·巴特等后现代主义理论家的声音。在他们看来,具有绝对自主性的作者和主体是一种神话,主体不过是一种话语效果而已。因此,谁若再孜孜不倦地在文本内部勘探文学的秘密,或是把文学的价值全归于作家的创造,谁就会被视为榆木脑袋的老朽。罗兰·巴特以为"作者已死",福柯认为"不是主体在言说话语,而是话语在言说主体"。人们虽不完全否认作家创作个性,比如莫言的万象在旁与苏童的绮丽细腻当然是不一样的;汪曾祺的冲淡归真跟麦家的严丝合缝也大异其趣。但是,特别是 21 世纪以来,作家内在的精神世界、精神力量已经甚少被作为严肃的问题加以关注。坊间流传的更多是余华在拔了一万个牙之后凭着认得不多的汉字开始写小说;莫言当年为了赚稿费而写作;在西安跟出租车司机提贾平凹可能免费乘车等作家轶事。

在文学不再被视为精神伟业的时代,读者和作家似乎达成了某种"默契":作家的精神世界被祛魅了,这符合一部分实情:有些作家的精神世界确实并不值得认真对待,其自私、卑污、怯懦有时连普通人都不如,遑论崇高、承担、幽深等更高的价值。读者和评论界不再向作者本人要求精神价值,作家不正好借坡下驴、卸下重担么?从客观结果看,当下很多作家总体上呈现出的主体涣散、创造力不强、持久写作耐力不足甚至于精神虚脱等征候,这既跟时代有关,也跟读者、学界放弃了对作家精神世界的期待有关。

诚然,当代很多作家是可以只谈其作品,因其精神世界实在乏善可陈。可是,在我看来,要谈论麦家,不能抛开其作为创作主体的精神世界。不仅因为他的童年阴影、写作历程、个性气质对其写作产生了巨大影响,提供了主体—作品的阐释路径;更因为,他精神世界所提供的信念、力量和文学信仰,对于当下文学具有重要的价值。

我视麦家为破壁者。既因他一直在破文学道路上之壁，破自我内心之壁，也因他投寄于写作之上的精神力量，可能破我们今天文学虚无主义之壁。

一

麦家是个逆袭者。出生于1964年，出道于20世纪80年代，他只是当时风行文坛的先锋作家的追随者。同为60后作家，余华（1960）、苏童（1963）、格非（1964）等人借着80年代先锋文学潮流少年得志、名满天下，此时麦家尚是寂寂无名的文学青年。2002年之前，他尚在为长篇小说《解密》投稿无门而苦恼。这部经历十七次退稿的小说终于开启了逆袭者麦家的文学破壁之路。

此后几年，《暗算》《风声》相继面世。麦家迅速成为文学红人和市场宠儿。2003年，《解密》刚推出就入围第六届茅盾文学奖提名；2008年，《暗算》顺利摘得第七届茅盾文学奖，这一年麦家四十四岁。比较一下那些80年代已经名满天下的当代著名作家获得茅奖的年龄，将更能体会"逆袭"的含义：王安忆（第五届，2000年，时年四十六岁）、格非（第九届，2015年，时年五十一岁）、苏童（第九届，2015年，时年五十二岁）、王蒙（第九届，2015年，时年八十一岁）……在评论界纷纷阐述"麦家的意义"的时候，麦家作品改编的影视剧正在全国大街小巷如火如荼地上映。传言中，多少出版商、影视制作人提着一箱现金围堵麦家，只为得到他最新的作品。更令人羡慕的是，麦家作品还走向世界：《解密》《暗算》入选英国"企鹅经典"文库，麦家是继鲁迅、钱锺书、张爱玲之后入围该文库的中国作家，也是唯一入选该文库的中国当代作家。后来居上的成功，就是所谓的逆袭！

当很多人津津乐道麦家的成功时，我们要问：麦家成功逆袭的原因何在？

这自然跟麦家的文学智慧有关。文学智慧在这里包括内外两个方面,文学智慧的内部层次即是人们通常所认为的由才识、想象力、天赋和训练所造就的综合文学能力。就内部的文学能力而言,麦家并不算才华盖世的天纵之才,而是那种经过严格训练不断成长和蜕变的作家。文学智慧的外部层次则是指对文学价值观、文学发展方向的选择。麦家的成功,跟他选择文学道路的智慧息息相关。

很多人可能以为作家就是尽其所能地将文学能力转化为作品,文学能力越高,就越有可能成为写出杰作的好作家。一般如此,却并非总是如此。这里强调了文学性,却忽视了文学场的因素。换言之,文学总是特定社会场域中的文学。一代作家通过先锋文学浮出历史地表,在将先锋文学带进文学史的同时,其实也正在将一种文学可能用罄。很多人终生都无法明白,写作是一种绕道而行的艺术:写作者从前辈那里获取的是经验、智慧和启示,而不是一条原原本本的道路。前人巨大的成功可能正证明此路的宝矿已经被采尽。没有任何卓越的作家是完全只作为前人的回声或影子。获得个性、成为自己、踏上独一无二的艺术道路,才可能赢得被历史记取的机会。80年代的麦家,更多是作为模仿者在写作。作品虽有特点,却不过走在前人的道路上。从《紫密黑密》到《陈华南笔记本》,麦家开始找到后来被称为"谍战文学"的题材——他的文学根据地。彼时,类型文学尚未得到主流文学评论界认可,大众文学、通俗写作等概念都意味着某种程度上的价值贬抑。所以,这种文学选择正映照了麦家异于常人的文学智慧:他一定明白了,文学道路是延伸向未来的。文学既是常道,也是变道。写作者如果只能沿着既定的文学制式提供常量,而不能为文学场域提供新的增量,那就不能占据脱颖而出的先机。事实上,不管是沿着80年代风行的先锋文学道路,还是沿着一般通俗文学中的谍战小说、侦探小说道路,都并未创造增量。麦家之聪明处,是他成功地将现代主义的内核带进了一种通俗小说的外壳中。现代主义纯文学和通俗谍战小说在他手中都得以重构。其结果是，这种新品种的人性勘探和命运悲剧，受到专业评论界高度认可；其扣人心弦、令人欲罢不能的可读性则又受到市场的热烈追捧。

这是麦家文学道路上的第一次成功破壁。这里显示的是麦家的聪明，聪明固然令人佩服，却未必能让人心生敬意。因为才智固然是一种珍稀资源，却不必然创造出精神价值。通常，人们更愿意将敬意送给价值的创造者。

2008年，麦家登上文坛二十年左右，已在文坛名利双收，风头一时无双。面对鲜花和荣耀，他的内心一定有过微醺的陶醉。回望《解密》不断被退稿那十一年的漫漫长夜，他是否感到，他就像自己笔下的那些天才破译家，在经过漫长眺望星辰的孤独之后，终于福至心灵，摸索到解锁命运密码的按钮，此后一切豁然开朗，一马平川，一跃千里，轻舟已过万重山，一日看尽长安花。然而，虽然他已如此成功，但文学必须交给他更多苦恼，以验证这个文学信徒究竟将把他心中的缪斯女神安置在精神世界的哪个层面。

将有新的文学壁垒，等着他去破壁；新的文学歧路，等着他去选择。

二

歌德的《浮士德》中，浮士德与魔鬼靡菲斯特订立契约：靡菲斯特可以满足浮士德的所有愿望，但浮士德不能满足！如果他满足了，没有新的愿望，说：啊！多美啊！请为我停留！他的灵魂就要被魔鬼靡菲斯特收走，成为他的奴隶！

你可以被无限满足，但你不能满足！对浮士德来说，这份充满悖论性的契约意味着，唯有永不满足才是获得满足的前提。这里考验的是人心的辽远和壮阔可以到何种程度。靡菲斯特是悲观的，他打赌的前提在于相信人心自有其满足的边界；但浮士德却是乐观的，他相信人可以无限！这是文艺复兴之后的歌德对人的想象。

靡菲斯特与浮士德的契约，其实也隐喻着写作者内在的精神动力机制。中国作家的持久写作问题一直为人诟病，德国汉学家顾彬尖锐地批评中国当代作家多是"一本书"作家，这不是全部事实，却是一种普遍事实。中国很多著名作家也有他们的"中等收入陷阱"。很多国家在经历了一段高速发展，人均国内生产总值来到三千美元左右后，便出现贫富悬殊、环境恶化甚至社会动荡等问题，导致经济发展徘徊不前，这被称为中等收入陷阱。而很多作家在写出了一部或几部广为人知的作品之后，也常遭遇自身的瓶颈，节节败退，遑论自我超越。原因多样，但着眼于主体，很可能是写作者与文学之间那份"不满足"的契约失效了。

2008年，《风声》发表之后，有几年时间，麦家曾经对成功的渴望已经被提前满足、超量满足了。成功之后，他看世界和世界看他的眼光都变了。无所不在的簇拥、赞美，读者、出版商的追捧都给他这样的暗示：麦家无所不能！说狂喜吗？已经没有了。就是微醺，一种不自觉陶陶然的醉意。可能还伴随着智力上的优越感，一切都是应得的。世界终究补偿了一个智力超群的独行侠曾经十几年在黑暗隧道中的漫长坚持。不自觉地，他的气场变得强大而尖锐，身边的助手感觉尤其明显：麦老师说一不二，不容反驳。他深信，他手握的那份独家文学配方，将助他轻松挥洒、点石成金。那时他并没有意识到，当他陶然自得之时，那份写作者的"不满足"契约正在悄然失效，一面新的文学之壁正悄然耸立。

《风声》之后，他马不停蹄，相继出版了《风语》《刀尖：阴面》《刀尖：阳面》等长篇小说，市场反响热烈，他依旧是出版商眼中的红人，没有出版商会跟正当红的大IP过不去。然而，让很多人意料不到的是：2016年，麦家在央视《开讲啦》节目上向读者公开道歉：承认自己用三个月时间写出来的长篇小说《刀尖》是错漏百出的失败之作，自己成了浮躁时代名利的俘虏。为什么要上电视？麦家说，希望通过公开致歉这种形式，让所有读者监督他。事实上，早在2012年，麦家就发现不对头了。在一次电视节目上他朗读了《刀尖》片段，读者没觉得什么，他自己却意识到跟小说前后放在一起错漏百出。这不是他要的文学！

麦家为何公开忏悔？这不是作秀，麦家不需要那样的秀。这可能源于，麦家内心与文学订立的那份蒙尘的"不满足"契约在某一瞬间被重新擦亮了。文学始终在向写作者发出这样的拷问：通过写作，你要什么？名呀利啊，在他已全额满足。然后呢？如果写作之所求，便是名利，那麦家完全可以继续靠惯性滑行。一定是在某个时刻，麦家检索内心，发现，他仍有"不满足"。名利固然令人惬意，却也有其裹挟性：马不停蹄的活动、车马鬓影的场合、花团锦簇的赞美……名利场自有其高速节奏，予你名利，你也要跟上名利的舞步，留给那颗写作的心凝视世界的孤独时间却越来越少了。

麦家是不容易快乐的人。他多次说过，没有多少事会让他快乐。苦恼像是一种必得忍受的底色，长在他心里。他已经被文学回收了满足的权利和轻薄的快乐。他不能为肉身的欢愉和物质的占有而轻易快乐。快乐的心理机制就是满足。当你心满意足，又怎愿意长久地置身于写作艰难的精神跋涉中，并再次发起新的冲锋呢？

写作的内在秘密是什么？是和解。但写作的动力是什么？是不能和解。正是在不能和解到寻求和解的过程中诞生了写作，此间的回报可能是赞美和名利。但赞美和名利如果永久地回收了作家所有的不和解，那写作之墙又悄然耸立。这就是靡菲斯特所谓的，我可以满足你，但你不能满足。

麦家的眉宇总有着若隐若现的紧蹙，这是一个作家与外部世界的距离感和紧张感。浮士德还要对靡菲斯特说出新的愿望，麦家不能被锁定于文学名利的满足中。

麦家宣布：《刀尖》是他最后的谍战小说。麦家在电视节目上庄重道歉：他要卸下过去的光芒，他要重新出发！请读者监督他。这是一个作家矫情地在制造文学话题吗？不是。他要向靡菲斯特说出新的愿望！他要破这新的文学之壁！

然而，他要去哪里寻找新的燃料？

三

对于有的人来说，文学是写出来的；另一些人却认为，文学是长出来的。两种说法各有其道理。"写"强调的是文学的技艺性，没有技艺的保障，文学是不可想象的。"写"破除了文学的灵感论、天才论和神秘论。某种意义上说，麦家的小说都是反复"写"和改出来的。"写"不是一个简单的动作，"写"是文字的百炼成钢，及在某一刻的点石成金。"改"是麦家的方法论，这里自有一种朴素的文学至理。但是，在我看来，如果说《解密》《暗算》《风声》这些作品是麦家"写"出来的杰作，麦家潜心多年捧出的《人生海海》则不但是"写"出来的，更是"长"出来的。"写"强调的是技艺和心智，"写"出来的作品来自于"手"和"脑"；"长"强调的则是主体的体验和情感，来自于"心"。麦家走出谍战小说这一驾轻就熟的题材舒适区，为的是拒绝重复。此时的写作将往何处寻找动能和燃料，麦家选择了向内心找，向童年找。

《人生海海》，麦家选择了另一赛道，又一次的口碑、市场双炸裂。作品出来了，麦家与父亲的故事被反复提到：麦家童年还是一个讲究政治成分的时代，他家庭成分不好，政治地位低，经常被同学欺负。有一次因为同学当面侮辱他的父亲，麦家拼命跟同学打了一架，在他，这是在捍卫父亲的尊严。但回家后，却被父亲狠狠地扇了两耳光。他眼冒金星，鼻血马上就流下来了，顺着嘴角沿脖子向下，流到裤裆里。这是多么狠的两记耳光。少年麦家无法理解的二记耳光。他无法理解，父亲何以对外人那么懦弱，对自己的儿子却下得了狠手；他为父亲与同学一战，没有换来父亲的感动和赞许，却是没有由来的二记耳光。他曾经有多爱父亲，现在就加倍地恨父亲。他以为，只有极度自私懦弱的父亲才会反过来对捍卫自己尊严的儿子下手。为了向外人证明，他驯良不敢反抗，他必须向少年气盛的儿子下手。他手下得越狠，别人就越不好找他的麻烦。这不是懦弱自私又是什么？麦家无法原谅！那时他尚不能明白，父亲的二记耳光，既是自我保护，更是对麦家的保护。他在内心与父亲决裂，从此不再与父亲打招呼。（他在日记里写道："我这一辈子，不会再喊他了。"）此后有长达十七年的时间，他不曾与父亲打招呼。考上大学离家远行之后，他从来不给父亲写信，偶尔回家探亲也只跟母亲交流，他拒绝与父亲和解。麦家性格里的孤绝，由此显见。

　　转机来自两件事。其一是麦家自己也已为人父。儿子初二时开始进入极端叛逆期，整整三年时间，关上房门，拒绝父母进入。长期在文学世界中孤独探寻的麦家，不知所措。日后他将此描述为"伴子如伴虎"。或许此时，他才突然意识到：一个被儿子排拒在交流世界之外的父亲，并非就是一个坏蛋，他可能有着自己完整、却不为儿子所感知的痛苦和无奈。2008年5月12日汶川大地震之后，麦家走访灾区。最令他悲痛的是那些白发人送黑发人的悲伤老人，一个老人抱着自己中年儿子的遗体泪如雨下。那时，他突然想起自己八十一岁的父亲，悲从中来。那时他刚从成都调到北京，那一瞬间他突然决定要回到浙江陪父亲度过最后的岁月。当年8月他就办完手续调回杭州。可是，令人唏嘘的是，当他带着和解之心回到家乡时，却发现得了阿尔茨海默病的父亲，已经认不得自己了。从2008年到2011年父亲去世三年间，每个周末麦家都带着复杂的忏悔去陪伴父亲。2012年，在父亲去世一年之际，麦家在《南方周末》发表的《致父信》，感动了无数人：

　　　　三年里，每个周末，不论在哪里，不论有多忙，我都会赶回去服侍您,喂您吃饭,给您洗脚,抱您上床,给您按摩,陪您睡觉,大声呼喊您。母亲说,您偶尔会有清醒的时候,我这么做就是盼望您某一刻清醒过来,看到我在服侍您,知道我在忏悔,在赎罪,然后安慰我一下,让我知道您最后原谅了我。

《人生海海》大获成功之后,麦家在很多采访中谈到小说写作的潜在动力来自于与父亲的和解,与故乡的和解。从亲情视角进入这部小说,成为很多微信公众号推荐这本书的首选路径。《人生海海》不是麦家此前最擅长的特情、谍战题材,所写的"上校"虽有过人本领,但绝大多数时候,他只是一个普通人,一个离开故乡、渡尽劫波、一生风雨的人,"上校"的故事更能激发普通人的共鸣与共情。在麦家这里,"上校"既是他的父亲,是他的母亲,某种意义上也是他自己。"上校"成为了凝聚无数普通人共通生命体验的典型。

之所以说《人生海海》是"长"出来的小说,就是强调它生长于麦家童年创伤记忆的土壤。童年创伤记忆,对于一般人而言是不堪回首的经验,却常是作家写作最可宝贵的资源。狄更斯、陀思妥耶夫斯基等作家的写作,莫不与童年创伤经验密切相关。《解密》《暗算》《风声》等小说,麦家所依凭的间接经验、智力推理、文学想象力和叙事技艺,这种"写"出来的作品到一定程度就很难再花样翻新。这时,麦家机敏地向内寻找,这片他此前从未触及的自我经验领地蕴含着强劲的可能与动力。

这里其实关涉着写作的心理动力学。一般而言,间接经验和直接经验对于作家而言并无绝对的高下之分。作家并不需要亲自去经历和体验所有的生活,然后才能将其形诸笔端。作家的专业性正体现在他虽未亲历,却能讲述得比亲历者更加生动、形象、丰富。因为在经验之外,还有想象力、理解力、表达力。但是,我们千万不要忘记作家并不是写作机器,写作的好坏常大大取决于作家的"状态"。所谓"状态",是指一个故事能否充分调动一个具有想象力、理解力、表达力的作家强烈的表达冲动。换言之,经验、素材、故事、想象力、理解力和表达力等元素,必须通过"表达欲"才化合并创生的。作家的表达欲,就是写作的心理动力学。重复化的写作难称艺术,艺术之难正在于它是多个元素在某一瞬间的重叠和对焦。青年的歌德,写不出《浮士德》,但晚年的歌德,也写不出《少年维特之烦恼》。对作家来说,其聪明处,就在于能够找到内心那个能将自己充分调动起来的隐秘按钮。

麦家找到了——回到童年。整个人再次被重新激活,作为一个资深登山者,却拥有着第一次出门探险的好奇和激情。这就对了。他又一次在黑暗中找对了按钮。

当我们强调《人生海海》是从麦家童年经验内部"长"出来,强调表达欲和写作心理动力学的时候,千万不要忘记,《人生海海》同样也是"写"出来的,写《人生海海》,麦家恢复了一种必要的慢。他给自己规定:不少于五个开头,三种结局,每天不超过五百字。"慢"在写作中指向的不是表面的速度,甚至也不单是态度。"慢"的背后是"少"与"多"的辩证。从写作的投入来说,"慢"所投入的是远多倍于"快"的精力和耐心;从审美效果上看,"慢"产出的可能是远大于"快"的审美效能。"慢"常常意味着不断地"删",通过"删",一条最优或接近最优的道路慢慢浮现;或者,通过"删",更多的内容以缺席的方式在场,形成了海明威"冰山理论"指出的那藏身水底的八分之七。文学史上,虽不乏莫言那种三十天写出一部四十几万字长篇的例子,但总体而言,"慢"是"写"最核心的伦理。也是与麦家气质最契合的写作伦理。

我们也千万不要忘记,《人生海海》中麦家在个体经验与普遍寓言之间所搭建的桥梁。假如麦家写的是纯写实的父亲故事,《人生海海》固然是他回望故乡的和解之作,却很难通向更多人,更难通向历史。"上校"既是父亲，又是所有闯荡世界者，通过"上校"离奇的一生，一个从乡土向现代转型的中国20世纪历史寓言也隐然其中，小说才从经验写实而转化为艺术品。从前，麦家写的是那些特异的英雄人物，他们的结局固然悲剧，但他们毕竟曾经建功立业，为人所敬仰，他们不是凡人，而是特殊环境中的特殊人物。然而他们之外，更多闯荡世界的人，他们身上藏着英雄性，却无法被世人所识别。从前麦家书写的是英雄的凡人性，现在麦家书写的则是凡人的英雄性。每一个默默无闻、不为世界所记取的普通人，其人生的内部都或多或少隐藏着这种英雄性。这些不能说出的秘密，构成了这个不能全知的现代世界的内面。

不妨说，《人生海海》是麦家至今最有文学性和精神深广度的作品。它之浮现，是麦家之转型，麦家之破壁。为了文学更高的召唤，麦家找到那个最能激发表达欲的按钮，麦家放弃了快速变现的名利，而服从于一种必要的"慢"。

他渴望向靡菲斯特要求更多，惯性写作的文学之墙遂徐徐倒下。

四

必须谈谈麦家的个性。

好的作家都有其艺术个性，但艺术个性并不就是作家的个性。换句话说，作家的个性并不必然影响其写作，并形成为艺术个性。但麦家的个性却深刻影响其写作，这是其个性值得分析的原因。

一种内在的紧张感时时挂在麦家眉梢。这并非源于一般性的社交焦虑，而是性格里的死磕劲儿，一种认死理，一根筋，咬定青山不放松，不达目的绝不收兵的坚韧。这种性格在麦家很小时候便显露出来，据说麦家小时候，家里丢了一双在当时颇贵的塑料凉鞋，妈妈觉得鞋一定在下游的一道湾里。麦家连着三天泡到湾里，一点点摸，居然把鞋找到了。韧的心理本质其实是专注力，大凡成功者都具有高度专注的心理能力。无疑正是这股韧劲儿，使麦家熬过《解密》被不断退稿的十一年；也是这股韧劲儿，使麦家的特情小说经由《紫密黑密》《陈华南笔记本》《解密》，而至《暗算》《风声》，在同一赛道上掘进，每部都有叠加和新变，终于由种子长成一棵郁郁葱葱的大树。

因这种韧，麦家常走在荒无人烟的道路上，为一种远在天边的微茫希望，他狂热，疯狂，飞蛾扑火，在所不惜。2001年7月，他从解放军艺术学院毕业，当其他同学都在为毕业去向而忙碌和准备时，他却陷入了一种疯狂写作的状态。当写作激情来袭时，未来去哪里这等人生大事，并不能使他分心。他疯狂迷恋博尔赫斯，向往西藏，都跟他这种内在的激情有关。激情是生命的燃料，疯狂的热爱有时就是写作克服巨大的地面阻力而升空翱翔的助推力。然而，写作者所要求的是一种为理智所引导的激情。只有激情而没有思辨，主体激情燃尽也不可能炼出精神的宝石。上面已经说过，燃烧着内在激情的麦家，时刻聪敏地感受着文学世界的变动，摸索着自身的文学道路。

疯狂的激情在佛学看来甚至是某种痴执。但人若无痴，如何能爱？人若不执，又焉有创造的内在激情。可是话说回来，生命是一场长久的旅程。所以，持久创造不在于激情或理智的任一项，而是激情与智慧的辩证。激情之狂热需要智性的参与和理性的匡正，才能获得行稳致远的智慧。

大抵疯痴者常执着于一端，一心向前，不及其他；虽有阻挡，誓不和解。这也是麦家长达十七年不和父亲说话的性格根源。但随着阅历的增加，麦家又生出了一种和解的觉悟。不愿和解是性格（如鲁迅的"一个也不原谅"），和解却是智慧。生命若从未有不和解的坚持，未免懦弱和妥协；但生命若至死都不和解，坚守到极致，便也丧失了超越的可能。与父亲和解，与故乡和解，说到底是与自己和解。但和解不是放弃，不是没有原则地丧失自己去接纳他人。和解是体谅，是获得一种更包容、更丰富的理解力。和解的实质是走出自我之"一"，发见无数不同生命同样是合理、可同情的"一"。所以，和解是对他者的理解与共情，是放弃自我的独断性，而愿意由"一"而通向万有。文学的和解由此乃是智慧的增益。

《刀尖》之后，麦家写作的转型，表面上是从一条写作赛道转移到另一写作赛道，究其内在，则是麦家的生命内部生发了新的觉悟，他与世界正生成着新的关系。在写作和名利之"一"外，还有无数其他的"一"。从前一条道走到黑是麦家的生命原则。他是从一个点去敲开万紫千红大世界的人；可是，现在他突然明白，文学这个"一"内部，还有无数种可能。内心转变，他看世界及世界看他，都不一样了。他仍然是文学的信徒，但已不可能再因循于过去的河流。

已经很少有什么东西可以让麦家快乐，文学的创造除外。

说麦家是文学的信徒，不是夸张。他的文学创造予读者良多，文学也予他良多。唯有文学让他全力以赴、念兹在兹、才下眉头又上心头。写作之余，麦家愿意分享和传播文学的价值。他在杭州西溪湿地工作室所辟出的"麦家理想谷"是一片与广大文学青年共享文学的空间，门口的牌子写着"读书就是回家"。麦家工作室还精心运营着"麦家陪你读书"的公众号，每天更新，和无数读者分享关于文学的种种和点滴。在中国当代作家中，麦家是极少数如此倾心投入于文学传播的。这跟他所谓的"征服年轻人其实对我来说是一个隐秘的愿望"有关，更主要的还是跟他的文学信仰有关。

2019年，借着在杭州开会的机会，我和青年作家林培源到"麦家理想谷"拜访麦家，得以更近距离地理解了他的生活状态。上午11点前，我们到达了麦家位于西溪湿地国家森林公园的工作室。我以为，聊个三四个小时就差不多了。麦家应该没有那么多时间陪我们闲聊。漫谈从麦家的童年开始，又及他的求学和写作历程，《人生海海》的销量，写作的难度和文学的未来等等。正是当天，麦家告诉我们，想知道一本书在一个网络平台（比如当当网）的销量，可以用评论数乘以三。我们聊得很开心，下午三四点钟时，我，相信培源应有同感，觉得时间差不多了，我们在等待一个合适的间歇，礼貌地告别。但是这个时间点一直没有出现，我们在麦家工作室外的阳台上看着天色渐晚，麦家理想谷透出的光逐渐照亮了我们置身其中的那个黄昏。我心想，时已至此，又要蹭麦家老师一顿晚饭了。这顿饭一定在计划之外，但麦家自始至终没有任何"时间不早了"的暗示，我们又一起到附近共进晚餐，麦老师谈兴甚浓，就像一切都在按既定计划安排。我把这理解为麦家的好客和涵养。晚饭后，在车上，我和培源都有点不好意思，初次见面，已经叨扰太久。麦家突然说：你们晚上有其他安排吗？如果没有的话不如到家里继续茶叙。那一刻，我确信这不是客套。麦家内心也享受这样的文学交流，我们则愿意看看麦家的书房，想知道他的作品诞生于一个什么样的工作环境。当晚，我们一直畅聊到将近 11 点。我才知道原来麦家除了大量的经典阅读之外，对当代很多新作品也有密切地阅读和关注。这让我稍感意外，我们更熟悉"我基本不读中国当代文学作品"这样骄傲的宣告。

  这次拜访，麦家让我印象最深的是他那种把文学作为天命来领受的主体姿态。我见过不少功成名就之后安心当名流的作家，他们往往松弛，开怀，也幽默，里里外外透着满足感。文学史是一个高回报的银行，他们昔日的创造存放其中，如今轻松地享受利息和分红。然而麦家却紧张，他仍在孤独中寻找着新的出击机会。他说，每天的状态就是，坐在电脑前，冥思，有时写，不超过五百字。每年三百六十五天有三百天这样度过。当然，他也每天跑步、健身。"我觉得一个写作者不谈写作，不做跟写作有关的事情，你去做什么事情呢？""我这些年来一直过着困兽一样的生活，就是过家庭生活，过简单生活，这个是当好作家，写出创造性作品几乎不能摆脱的外在条件，白天呼朋唤友，抽烟喝酒，晚上打通宵麻将，怎么可能写出好作品呢？""我希望继续挑战自己，也做好了各种准备，我过着非常简单的生活，我在锻炼身体，有些伤害身体的习惯，像抽烟、熬夜看球都戒掉了。我希望珍惜自己的才华，希望在六十岁、七十岁，甚至八十岁还能写作，不是象征意义的写作，而是创造性的写作。"

这些话，麦家亲口对我说过。也对很多采访者说过。因为亲眼所见，我确信这并非矫情，这是一个视文学为天命者的心声流露。何谓以文学为天命？就是他深信：这辈子，文学就是我唯一该干，也必须干好之事。如此便一如既往，臻于至善。

麦家终究是个执拗的人！他虽在文学内部不断变道，但文学这条赛道他是认定了。执拗者，就是将全部生命的宽度和厚度都放在一个狭小的通孔中去推进的人；执拗者，就是放弃了很多种快乐的可能，弱水三千只取一瓢饮的人。某种意义上，世界的快乐大部分被容易满足者领走了；但世界的前进，却是由不容易快乐的执拗者推动着的。他拒绝了万千细小的快乐，他要穿过厚壁，零存整取那张由创造力开出的大支票。

这是麦家！

第二节　孤独者麦家

一

苏童讲述，和麦家一起参加一个中国作家外访团，其他人都兴冲冲四处逛游，唯麦家例外。当他推开麦家的房门，但见他枯坐房里，独对着不知有何的窗外。问为何不出去走走，答说语言不通，不知去哪里。苏童撞见的，乃是麦家的本我时刻。此令我想起王国维所说的：客观之诗人，不可不多阅世。阅世愈深，则材料愈丰富愈变化，《水浒传》《红楼梦》之作者是也。主观之诗人，不必多阅世。阅世愈浅，则性情愈真，李后主是也。惯于阅世者，每到一地，必带着一双锐利的眼睛，像带着一盏兴味盎然的探照灯，何尝愿意困于斗室。但麦家显然属于另一类作家，乾坤自在胸中，他也非全不阅世。只是外在的繁华世界，仍需通过他孤独的精神小径，接通于他无限的虚构宇宙之中。

  关于麦家，我有另一说法，不是主观客观，而是孤独的辩证法。孤独在普通人，是冷凝、疏离、压抑且消极的。换言之，孤独的本性是拒绝，拒绝他人他物以至外部世界的加入，也拒绝加入他人世界的欢乐与喧嚣。孤独是个人主义者的武器，也是个人主义者的征候。凡人要获得，必从弃绝孤独开始。弃绝孤独，被视为超越自我；超越乎孤冷幽居的自我，乃能找到人群，被世界接纳，这是社会学的逻辑，却不是文学的逻辑。文学的逻辑，为麦家孤独的辩证法腾出了空间。所谓孤独的辩证法，是指当大部分人以为获得世界要离弃孤独朝向人群时，麦家却开发了孤独的建设面，要获得世界，他偏背对人群，朝向更深的孤独走去。仿佛孤独的幽深处，恰有一可以转动世界之按钮。麦家小说里的破译家，全是深谙孤独辩证法的人。他们知道孤独不是冷的，孤独深处也有一个人的热血沸腾；孤独不是消极的，孤独尽头可能隐藏着世界积极的答案。所以，要靠近世界之色相者，追随人群的踪迹可也；但领悟由"密码"结构的生命和世界，却常常要靠孤独者。

  从写作的本性说，这实在是一项孤独的事业。每个真正的写作者都深有感受，写作就是一个人在深壑纵横的大山密林中跋涉。不是荒荒油云，寥寥长风；不是窈窕深谷，时见美人。这是千锤百炼成风格之后带给读者的回味，在写不下去的当时，可能更近于被无数看不见的猛兽所围攻所啃噬。当其时也，你真想扔掉、放弃、全身而退，奈何反顾全无来时路，你也不甘心于失败的耻辱。在写作这一个人的战争中如何突围？很多人可以给你建议，却没有人能替代你走路。正是在写作中，孤独作为个体生命的存在本质才更清晰地显露出来；写作把写作者还原为与世界肉搏的孤独者。这是孤独的可怕，也是孤独的重量。孤独面壁的搏斗，也会于破壁之后得到世界热烈的馈赠。此时回看孤独，可能更有某种后怕；可孤独也是精神跋涉者的宿命，是精神的健身，叔本华甚至给出"要么孤独，要么庸俗"的判断。

2019年在"理想谷"访麦家，最令我印象深刻的一句话是"我还没有学会无所事事的快乐"。这不是故作姿态，其中甚至还有一点烦恼，朝斯暮斯，念兹在兹，有时就是一种折磨。李敬泽认为，当大部分人选择像"变色龙"一样"机动灵活的战略战术"，"以最小的代价博取最大的胜利"时，麦家却"偏执狂"一样把"目光贯注于一个角度上，从不游移"。"偏执"之于麦家不是一种精心选择的战略战术，而是一种精神性格导致的自然结果。"偏执狂是软弱的，很少有人像麦家那样敏感地经受着自我怀疑的磨砺，他在这方面非常接近于《解密》中的容金珍：求解一个答案的过程证明着人的强大和人的渺小。"[①] 信哉斯言！麦家走在一条人迹罕至的道路上，敏感、脆弱与坚忍不拔同在。相比于"偏执狂"，我更愿意用"孤独者"来称他。在我看来，"偏执狂"更强调行为，而"孤独者"描述的更多是心灵的状态。某种意义上，不是孤独者的偏执狂可能是狭隘的；不是偏执狂的孤独者又可能没有行动力。新世纪之初，于孤独中摸索多年的麦家强烈渴望着被肯定，《解密》的一炮而响是对他多年"偏执"的回报，其后的《暗算》和《风声》都透露着一条道走到黑、毕其功于一役的偏执劲儿。可是，《风声》之后，再"偏执"下去，《风语》《刀尖》就给人路越走越窄的感觉了。对此，麦家是有反思甚至忏悔的。他甚至在电视上郑重向读者道歉，对《刀尖》仓促为文表示忏悔。人生的选择总是在多种变量中权衡，偏执狂的行为没有被名利、鲜花的喧嚣所淹没，背后是需

---

① 李敬泽：《偏执、正果、写作——麦家印象》，《山花》2003年第5期。

要住着一个孤独者的。因为孤独者的心更辽阔,他知道,何处该放弃偏执,而何处还不够偏执。由此而言,偏执狂是行动者,而孤独者更近于智者了。

中国当代作家中,真正明白孤独的价值,特别是接受了世界热烈的馈赠之后仍热爱孤独、甘于孤独者,实在不是太多而是太少了。这不多者,麦家却是其一。我们眼见很多作家功成名就之后成了社会名流。社会名流本是社会地位的表征,社会给作家以尊崇的地位,是好事;但作家若流连于商业社会所给予的名利喧嚣,最先受损的就是内心的孤独感。孤独感消逝之后,作家精神密度的下降很容易就形诸于谈吐。很多作家日常谈吐之油滑浮浪常令人大吃一惊,胸怀坚韧抱负,持志如心痛者必不如此。作家注定是肩负着精神重担前行的孤独者,卸下这重担,绕开窄门,轻省挣钱,享用轻的、无所事事的、不因创造而带来的快乐,这样的选择正在毁掉很多作家;可是,在一个文学寂寞的时代,继续在自己的内心扛住黑暗的闸门,于无声处听惊雷,怒向刀丛觅小诗,这样孤独的精神重负又有几人承受得起呢?写作真是对心志持久的考验,功成名就究竟是写作的终点还是起点?孤独者知道答案。孤独者是为偏执狂的航船装上精神的导航仪。假如没有这孤独者的存在,恐怕也不会有《人生海海》的出现了。就麦家而言,《人生海海》既是他与故乡的和解之作,也是他个体的生命寓言与民族的历史寓言融为一体之作,又是他千锤百炼重申为汉语写作理想的潜心之作。《人生海海》既带着专有的麦家文学基因,又使麦家于谍战类型之外别开生面。此书 2019 年面世至今,销量已近二百万册,断不仅是麦家大 IP 及商业营销的结果。其最深处,是一个孤独者在。

二

麦家是创造者,他生逢"文学"正在发生变化的时代,以坚忍不拔的探索为中国当代文学提供了新增量；麦家又是回望者，他在新世纪纯文学益发迷茫之际而反身于纯文学的探索，以新的经典让未来再次接续于文学传统。

我们知道，"文学"并非铁板一块，其内涵随着时代不断发生变化。晚清以前，"文学"是杂的，但晚清以至五四，何谓"文学"，什么样的写作才能被纳入"文学"之中却成为一个问题。"文学"的纯化和甄别作为民族自新的重要途径展开。在"文学"的不断流转中，严肃文学与通俗文学一直都在，变的只是各自在文学场的象征资本。五四前后新文学的展开，同时也是怀抱民族国家崇高理想之文学的崛起，是通俗类型文学的象征资本被剥夺以至破产的过程。今天回看晚清时代，最大的感慨是"文学场"慢慢回到了一百年前的配比，只是评价尺度却悄然发生了颠倒。评论界早就发现"新文学的终结"这一事实，新文学召唤的白话文学、现代汉语文学成为现实，新文学守护严肃文化理想的尺度却丢失了。一百年前，只将文字视为游戏或商业者是要被当作"无行"文人的。王德威也承认，"在一片插科打诨下，谴责小说家是极虚无的。他们的辞气的确浮露，大概因为他们也明白，除了文字游戏，再无其他。鲁迅谓其'谴责'，其实是以老派道学口气，来看待末代玩世文人"。王德威以为鲁迅对晚清谴责作家的失望，泄露的是一种"正统儒家心态"，其实是混淆了"新文人"与"旧儒生"的精神分野，但他视晚清通俗小说家为"末代玩世文人"则是准确的。这些人虚无，却未必"极"，"极虚无"是有杀伤力的，他们却停靠于商业和游戏之岸，还眷念着现世的享乐和回报，何尝"极虚无"？但在新文学革命者那里，他们虚无了变革社会的理想，谓其"无行"绝不为过。新文学的视野中，没有理想，便是罪过。但时代斗转星移，"当代文学"内在观念早换了新天。20世纪90年代以后，通俗文学、类型文学重获地位，消费主义时代来临之后，崇高的再造理想已经敌不过现实的提供消遣。不能不说，这是我们所面临的一部分文化现实。在这种文化现实中，麦家本可恬然地当其受益者。

  我曾分析过麦家的成功与新世纪文学时势转变的关系。麦家看似是时代的宠儿，但也曾持久地落寞等待属于他的时代的来临。《解密》发表之前，曾经历过十七次的退稿。2002年《解密》一出版就大受欢迎，并入围了2005年茅盾文学奖提名名单。很难说此前的退稿编辑都看走眼，只能说此前有效辨认这类作品价值的时代并未到来。2008年，麦家凭《暗算》摘得第七届茅盾文学奖。从引起文坛关注到摘得茅盾文学奖，麦家走在几乎最短的经典化时间路径上。其背后，我以为是文学时势变化使然。网络文学的崛起在改变当代读者的阅读趣味的同时也逐步改变了中国文学批评的标准，它迫使传统"纯文学"扩大自身的边界，通过容纳异质性获得新的平衡。严肃文学界并未放弃对"伟大的传统"的坚持，但"文学"边界的扩容却关乎"文学"合法性的新确认。麦家"谍战"小说在新世纪的崛起，当作如是观。彼时评论界遂纷纷阐述"麦家的意义"。

  在此背景下看《人生海海》便能看出麦家之于中国当代文学的另一层意义了。如上所述，"当代文学"已经来到这样一个时刻，严肃的文学理想被市场潦草地对待，而空心的泡沫反而垄断了大部分的流量。时代如此，麦家并不需负何种责任。他已凭自己的努力，在这市场文学的时代开了一家专卖店。文学理想折戟，并不影响他的作品畅销。可是，《人生海海》却是麦家以往文学专卖店之外的东西，麦家试图去弥合"当代文学"内部的断裂，其实质，则是在文学理想失落的时代对理想化文学传统的赓续和重构。麦家是受20世纪80年代文学氛围影响并成长的作家，如今那个时代的文学理想已经不再，是就此起舞嬉戏于日新日变的当下，还是于新变中寻找与伟大传统相往来的可能，《人生海海》已经给出回答。

  《人生海海》由是成为一部站在文学场域和价值尺度已经发生了巨大裂变的"当代文学"向另一种"当代文学"致敬之作，它使文学面向人心、面向历史，走向未来却归属于某个伟大的传统。这是麦家特别可贵之处，也是他不同于莫言、余华、苏童等作家之处，后者本来就站在"当代文学"的先锋传统之中，他们从此处走去；作为后来者的麦家，本也是80年代文学遗产的继承者，携带着一条特别的道路别开新境。麦家的反顾犹如重逢，它重申着："传统"之所以化为文脉生生不息，正因为旧日的火种依然有俘获未来精英的能量。

第三节　虚构者麦家

毋庸置疑，虚构者是麦家极其重要的身份。谈论虚构者麦家，需先知道何谓虚构？

何谓虚构？虚构便是无中生有？无中生有、胡编乱造大部分人会，但无中生有而能虚实相生，由无生出的有，由虚生出的实。既要可爱，又要可信；既能可信，还要可思。其中考验的便是作家对于现实及叙事之必然、应然、可然和或然的综合性、创造性理解了。亚里士多德说，"历史学家和诗人的区别不在是否用格律写作，而在前者记述已经发生的事情，后者记述可能发生的事情"，因此"诗人的职责在于描述可能发生的事情，即根据可然或必然的原则可能发生的事情"。亚里士多德眼中，文学家比历史学家享有更大的自由。历史学家只能对已经发生的事实亦步亦趋，对事实性的绝对强调使历史学家被限制在已然性的范围中；但文学家却借助虚构的桥梁而通向了已然之外归属于可然和必然管辖的广阔领地。由此亚里士多德不吝于赋予文学更多的期待，"诗是一种比历史更富于哲学性、更严肃的艺术，因为诗倾向于表现带普遍性的事"，而历史则"记载具体的事情"。

"虚构"一词看似简单，其实大有奥妙存焉。大体而言，直接追问虚构是什么可能所得无多；但通过与虚构相关的几个关键词却能让我们更深地嵌入虚构艺术的内部。

一

　　虚构与真。此处所谈的"真",不是先验的、绝对的真理性,而是一种阅读体验的真实感、可信度。体验意义上的"真"就像作品和读者之间的黏合剂,一部作品如果不能取得读者基于真实感的信任,则阅读的基础便被拆除。虚构要成立,首先要可信。帕慕克有句话说得妙:"做梦的时候,我们以为梦境是真实的。这就是梦的定义。"(《天真的和感伤的小说家》)帕慕克的潜台词是:阅读小说时,我们以为小说描写是真的,这就是小说的定义。这里道出了虚构与真实的关系。文学虚构何以成立,很重要的前提是与读者的生活实感取得共鸣。用帕慕克的话说便是:"小说价值的真正尺度必定在于它具备激发读者感觉生活确实如此的力量。小说必须回应我们关于生活的主要观念,必须让读者在阅读时产生这样的期待。"(《天真的和感伤的小说家》)虚构与真的关系,包含了三个情况:首先,小说家以"反映论"为原则,其所述之事,再现现实,也符合现实逻辑,虚构之真也因此获得了现实之真的护航。然而,可信未必可爱,一味模仿现实之虚构未必就称得上是虚构艺术;其次,小说家笔触之细腻与工妙,完美地唤起读者对毛茸茸生活经验的回忆,由此信任小说之真。这两种情况结合起来的虚构便是基于现实逻辑又习得讲述现实的技艺,它是现实主义虚构的真实感来源。但必须承认,还有第三种情况,小说家所述之事,并不符合一般的现实逻辑,却依然可以通过某种"深度模式"得到"应然""可然"或"必然"的解读。这种书写虽悖于现实逻辑,却通向了更深的"实感",言语虽荒诞,情思却导向更高的真实。现代主义的虚构便常如此。由此可见,体验之真对虚构艺术提出的要求并不在于严格地模仿现实之事或按照现实逻辑来书写,而是虚构的技艺使读者有把生活再过一遍的感受，或虚构艺术颠覆了生活表象而唤醒读者的深度实感。很多文学家，站在虚构的疆域，却不过是三流历史学家的拙劣模仿者。历史学家必须忠于事实，这是其工作伦理。文学家不需忠于事实，甚至也不一定要忠于"现实逻辑"，但很多人的"虚构"却不过是现实表象的拙劣模仿、对现实逻辑的亦步亦趋，堕于皮相的虚构观。文学家不需忠于事实，但文学家的"虚构"却必须在现实感中与读者迎面相逢。卡夫卡、贝戈特的写作超乎现实逻辑，却在更深的层面唤醒读者的"实感"，这才是虚构的真谛。虚构不是讲述没有发生过的事，虚构是假借可然性和必然性的翅膀，更全面、深透地敞开了表象之下遮蔽的"实感"。

对于小说而言，因为素描般地"反映"了生活，而获得读者对小说之"真"的认同，这也是小说召唤真的一种方式。但很多时候，小说之"真"是读者阅读产生的真实感，它产生于小说内容与读者体验之间的张力。有价值的小说之真，不在于它如实反映了人们习以为常的生活，而在于以其匪夷所思的内容激起读者"真实"的体验和认同。所以，在小说之真这一命题下，隐藏的不是一种写作素描学，而是写作的画梦动力学。写作就是画梦，画一幅日常生活流水账，让读者认可为真并不高明；高明的是画一个离奇的梦，却令人无法反驳，且若有所思。后一种，才算懂得了画梦的动力学。对麦家而言，他塑造的大部分人物，都不是规规矩矩的常人，而是天赋异禀的奇人。对奇人异事的好奇固然是一种普遍而强大的阅读心理，但写奇人如仅止于奇，虽仍有人读之津津有味，但也必有人会反唇相讥。鲁迅便以为《三国演义》"状诸葛之多智而近妖"。一个文学人物要获得读者的认同，有多方面因素，其中必有一个便是"真"，要么符合，要么重新再造了读者关于真的想象。我的问题是，麦家笔下的陈华南、容金珍、阿炳、黄依依、李宁玉、上校等异禀人物，何以通过读者内心关于"真"的屏障？

麦家小说人物获得读者认同的原因可能在于：

其一，虽有异禀，未脱逻辑。陈华南、容金珍、阿炳、黄依依、李宁玉、上校这些人物都各有其过人之处，陈华南、容金珍、阿炳、黄依依都是破译家，他们凭借惊人的天赋和悟性而破解了诸多吞噬了无数破译界精英的高级密码。然而，麦家虽强调其常人所不能及的禀赋，但对他们破译密码过程的书写都是严格地限定在"逻辑"之中。容金珍等虽有天才，但破译密码也并非轻而易举、不费吹灰之力。小说中，虚构与真的张力正存在于作家对故事逻辑过程的呈现能力。对小说来说，影响"真"的不是因和果之间的距离，而是因和果之间的逻辑。我们会发现，不管是《陈华南笔记本》《解密》《暗算》《风声》还是2019年刚推出的《人生海海》，麦家小说的因和果之间始终有着既曲折错综又严丝合缝的逻辑。这种"逻辑"，不管出于日常还是无常，都为小说之"真"提供了坚实的基础。

其二，天才与弱者的并存。麦家刻画的这批具有鲜明缺点、弱点的破译家们又被称为"弱的天才"。一方面他们具有常人所不能及的天才，比如容金珍和黄依依惊人的数学天才，阿炳为凡人所不能有的听力和直觉力等。但另一方面，他们又是某一方面绝对的弱者。惊人的天才和惊人的脆弱结合在一起，其结果一方面是奇上加奇，另一方面却又使天才具有凡人性，在增加了人物个性的丰富度同时，又使其更容易被读者接受。相比于完美无缺的人物，有缺陷的天才更容易被读者识别为"真"。

其三，对英雄人物的信仰和悲剧性的挖掘。麦家小说非常值得注意的一点在于，他既赓续又更新了当代文学的英雄人物书写。他倾心刻画的这批破译家，就他们所从事的事业所要求的自我奉献精神及其对国家的重要性而言，确乎是英雄无疑。"十七年文学"所塑造的多是高大全的英雄，麦家笔下的天才人物不同程度地继承了这种英雄性，并突出体现在李宁玉这个人物身上。《风声》中，身为中共地下工作人员的李宁玉面对凶险的局面，按住内心焦虑的波涛，甚至不惜借自己的尸体来传情报。这个情节设计既有博尔赫斯的文学来源，又带上了鲜明的革命信仰成分。信仰力量的情感感染力，也容易使读者认同叙事内容之真。但是，在借重信仰力量的同时，麦家更多地对英雄人物命运的悲剧性进行挖掘，这既构成了他对"十七年文学"高大全英雄的超越，也使其塑造的英雄在"高大全"文学逻辑受到质疑的年代更具可信度和真实感。容金珍等破译家，从事这一工作，就意味着他们必须为家国让渡巨大的个人生活权利，不能有正常的家庭生活，承受着巨大的孤独和压力……这是一份可以将普通人压垮的工作。常人的生活具有工作、日常、情感、兴趣、社交等方面构成的带宽，而这些破译家或地下工作者，因其天才必须有用于国家，其生命的带宽被压缩于极窄的一点。普通人的生命运行于常情常理的基座上，这些天才英雄人物的生命则运行于偶然性之上。麦家一再强调，密码的本质就在于，破译是意外，不能破译才是常态。因此，破译家命运的悲剧性就在于，他们命定要与"不可能"狭路相逢，不是你死就是我亡。陈华南的悲剧在于天才使其冥冥之中已经靠近了破解黑密的秘密，但是一个极其偶然的意外（在火车上丢失记录破译思悟的笔记本）却将他的精神彻底击溃。获得破译灵感来自于偶然性，同样有无数偶然性可以摧毁灵感变为现实的可能性。因此，破译家便是将命运建基于偶然性之上去面对不可能性。这还仅是其悲剧性的第一层。像阿炳、黄依依都是成功的破译家，他们击败了密码，使不可能之事变为可能。他们的悲剧还在于他们身为破译家，必须是"单向度的人"，但作为人，他们同样有人的情感诉求，作为天才，他们却并不具有正常获得并处理一份普通情感的能力和自由。面对为国家作出巨大贡献的阿炳和黄依依的悲剧性死亡，读者很容易被卷入其中，投入强烈的阅读情感。读者的情感一旦被作品所裹挟，"真"的认同便是自然而然的结果。或者说，阅读的情感共鸣和真实认同是一体两面、互为镶嵌的存在。阅读的真实认同推动着读者的情感共鸣，而情感共鸣也必助益于读者对作品的真实认同。如此,借由对麦家作品的分析,我们不难发现,虚构之真的堂奥不在于"如实反映"的以真写真,而在于如何使虚构获得阅读的情感共鸣和认同,最终"以假乱真"。这才考验作家的能力,麦家则是此间行家里手。

二

虚构与叙事。虚构并非就是叙事,虽然虚构和叙事经常并举,虚构和叙事二概念却有各自的侧重和管辖范围。叙事是关于如何叙述的艺术。所以,虚构有叙事,非虚构也有叙事;日常对话有叙事,文化和历史的叙述也是一种叙事。这是叙事逸出于虚构的部分。相对而言,叙事强调的是叙述的技艺和机制,是一种艺术和话语;虚构则更强调想象不存在之事的立场和精神。不妨说,虚构者、叙事者和讲故事的人指称的对象虽可能重叠,但强调的层面和价值却很不一样。本雅明"讲故事的人"这一概念,指出了现代小说所面对的经验贬值的写作处境。这里"讲故事的人"不是小说家,而是前现代社会的说书人。叙事者并非就是小说家本人,而是由小说家安插在文本中的故事讲述者。叙事人仅仅是复杂叙事体系中的一个元素。不妨说,故事是叙事的基本素材;叙事则是对虚构的具体执行。所以,小说家一人同时扮演了讲故事人、叙事者和虚构者三种角色,它们在不同层面上各司其职,但总体上,讲故事的人和叙事者被虚构者所统摄。讲故事人出建筑材料,叙事人出施工图纸,但设计理念却来自于虚构者。

叙事一言以蔽之就是所有影响讲故事效果的技术因素的总和。因此,人称、视角、结构、叙事速度等都是叙事学关注的内容。20世纪80年代,中国当代文学掀起了一场叙事革命,从重视"讲什么"到强调"怎么讲"被视为重要的艺术转型。受博尔赫斯、马尔克斯、卡尔维诺、福克纳等小说大师的影响,马原、格非等先锋作家所进行的叙事实验一时成为引领风潮的先锋文学。无疑，自80年代开始热爱文学的麦家，既受到博尔赫斯等外国现代主义作家的影响，也受当时国内先锋文学风潮的感染，很早就自觉地使用限制性叙事，在80年代的文学语境下，是否自觉使用限制性叙事常常被用来判断一个作家是否具有现代性的标准。特别是早期的中短篇小说中，在故事与叙事两端，麦家明显更重视叙事，喜欢通过诗化语言、象征化情境、精神意识流和生存悖论的营构来追随彼时的先锋小说。

某种程度上，80年代先锋文学表现出将叙事绝对化的倾向。在对"十七年文学"的反思过程中，80年代中国先锋文学表现出某种普遍的矫枉过正。在诗歌上体现为所谓"诗到语言为止"，在小说上虽体现为重叙事而轻故事，重形式而轻内容，重"怎么讲"而轻"讲什么"，从而呈现为一种语言形式的独断论，在很长一段时间中，叙事实验不但变成一种潮流，甚至被视为文学唯一可为之事。事实上，在叙事学上，叙事元素是包罗万象的，叙事实验固然也考验着作家的专业能力和想象力，但叙事本身不是小说的全部，也无法纯然自足地从小说中分离出来。叙事始终必须成为内在于小说的精神表达。对于绝大部分的虚构者而言，重要的不是漫无目的地进行叙事实验，而是找到与其虚构的内容和精神相匹配的叙事形式；除了极少数有志向，也有能力使叙事在其虚构中占据最大比例的小说家，对于这类作家来说，叙事实验就是其写作的出发点和归宿，穷尽叙事乃是其叙事的使命，我们当然不否认这种为叙事而叙事的艺术选择，却必须提醒，这只能是极少数人的选择。遗憾的是，这种叙事迷宫的诱惑成了80年代中国很多作家的陷阱和迷津。必须说，虚构者麦家在《紫密黑密》开始，就逐渐明确了虚构大于叙事的意识：叙事作为小说家必备的技艺，是小说成败的关键，甚至是基础。但是，为自己的虚构找到贴身合体的叙事形式，远比沉溺于叙事的炫技冲动中更为重要。不难发现，从《紫密黑密》到《陈华南笔记本》再到《解密》，麦家小说的叙事结构不断地优化升级；而从《解密》到《暗算》到《风声》再到《人生海海》，构造叙事迷宫并非其终极目的，但精确地寻找合目的性的小说结构、叙事视角、叙事层次，高效地使用遮挡叙事以创造悬念（这几乎表现在他的所有小说中），创造性地通过意象（如《人生海海》中围绕上校蒋正南的"伤疤叙事"）去组织起叙事与精神叙事，麦家聪明地延续着成功的叙事经验的同时，始终殚精竭虑地寻找着新的叙事空间和可能性。就此而言，麦家表现了一个优秀虚构者既专注又清醒的叙事意识。

三

虚构与想象。无疑，虚构和想象力是一对如影随形的兄弟。虚构离不开想象力，但想象力在不同的虚构风格中有不同的装扮。卡尔维诺认为现实世界具有某种"沉重、惰性和难解"。假如作家仅对目力所及的局部世界进行直陈的话，必将陷入汤汤水水生活流的无物之阵；假如作家仅以写实的手段来面对世界，也很可能遭遇世界表象严丝合缝的拒斥。未被艺术重构的世界将以碎片性隐藏其自身的谜底。所以，想象和虚构才构成了写作的宝贵资源，是写作赖以凭借的翅膀，以穿越现实疆域的凝固性、碎片性。很多时候，现实、存在以至历史的内质是隐匿封存的，作家的个人体验以至纪实性的经验是有限而散落的，此时虚构和想象使作者获得了一种召唤缪斯的能力。不妨这样说，现代主义的虚构更像一位刻意给人制造惊讶体验的魔术师，它超现实或荒诞的叙述语法使它的"想象性"如此一目了然。可是，现实主义并非没有想象力，现实主义的想象力运作更像是转魔方，作者看似寻常之手使散落在不同侧面的经验板块循一定轨迹运动，六面集齐之时，便是作品诗性显现的时刻。转魔方并不是变魔术，它并无魔幻性。生活的日常面目是一个被打乱的魔方，现实主义倾向于以并不违反现实情理逻辑的方式创造完整性现身的瞬间。所以，写实很多时候并非对生活的直陈，镜子般的写实说到底是文学虚构创造出来的一种艺术效果。

显然，想象力在古典主义和现实主义那里，远没有在浪漫主义和现代主义那里重要。慕拉多利认为，想象力应"归之于灵魂的低级部分，因此不妨称它为'低等的领会'。灵魂还有一种对事物的'高等的领会'，属于高级的理性或神性的部分，通称为理解力"[①]。只有到了浪漫主义时代想象力才开始被推崇备至。华兹华斯将"想象和幻想，也就是改变、创造和联想的能力"[②]列为诗人的五种能力之一。卡尔维诺认为写实式书写易于将世界"石化"，超现实的想象力却能"以另外一种逻辑、另外一种认识和检验的方法去看待这个世界"[③]。慕拉多利说得没错，想象力后面还有理解力。不管想象如何轻逸瑰丽，想象力只有置身于语言、经验、现实、时代、历史、价值观等构成的理解力综合体中才得以生成自身的价值。对于虚构者来说，想象力只是其多元武器库中的一种武器，且必须与其他多种武器搭配使用才能威力倍增。

想象力的本质是创造而不是编造。编造是沿着固有的思维逻辑和语言秩序进行量的堆积；而创造则需要推倒思维的墙而别有洞天。我们不但活在现实物质世界上，同时也活在语言所编织的话语秩序中。因此，刷新语言更新想象不是一种纯然的智力技术行为，它关涉着作家知识视野乃至于精神视界的更新。正是这个想象更新推动着世界的发展，这是文学想象力值得珍视的原因。举一个几乎滥俗了的例子：卡夫卡写格里高尔变成了甲虫。《变形记》被公认是 20 世纪最重要的小说之一，人们纷纷赞美说卡夫卡真有想象力

---

① ［意］慕拉多利：《论意大利最完美的诗》，钱锺书译，《欧美古典作家论浪漫主义和现实主义（一）》，中国社会科学出版社，1980 年版，第 145 页。

② ［英］华兹华斯：《〈抒情歌谣集〉一八一五年版序言》，伍蠡甫、胡经之主编：《西方文艺理论名著选编（中卷）》，北京大学出版社，1986 年版，第 57 页。

③ ［意］卡尔维诺：《美国讲稿》，萧天佑译，译林出版社，2012 年版，第 7 页。

啊！可是，卡夫卡的想象力难道是因为他把人变成了甲虫这个形式本身吗？奥维德的《变形记》里有多少奇异的故事，就是蒲松龄的《促织》中也早描写了人变成蟋蟀的故事。可见人变动物的想象并非始于卡夫卡，《变形记》想象力的实质并不在于形体变异本身。比较来看，你会发现，蒲松龄的《促织》是用一种外在视角来观看一个家庭的悲喜两重天，人变蟋蟀就是一个传奇故事；而卡夫卡的《变形记》则用一种内在的体验性视角来观照人变成了甲虫的无能和悲剧。变形在卡夫卡那里关联着20世纪由世界大战、资本主义社会危机的阴影催生的价值和认知转向。甚至可以说，人们是通过卡夫卡的《变形记》深化了"现代异化"的认知的。《变形记》所弥漫的悲观、绝望，甚至对家庭人伦关系也充满质疑，代表了第一次世界大战以来资本主义文化危机的加剧，代表了西方文艺复兴以来稳固的人文主义"人"话语坍塌之后新的人性认知。因此，卡夫卡的想象力不仅是一种形式想象力，更是一种切中潮流、充满预言性的历史想象力。这才是卡夫卡被历史选中的原因。

麦家写小说一贯扣人心弦，具有让读者一拿起书就欲罢不能，必得一口气读完的本领，但这却未必是因为小说的想象力。一般读者对小说欲罢不能，主要是受故事悬念所牵引；更专业的读者，则更多着眼于综合的文学性品质。我们要回答的问题是：麦家小说的想象力如何体现？

首先是体现于情节的巧妙设计上。情节是极其重要的小说元素，很多现代主义、后现代主义小说中情节并不居于主要位置，作者将艺术创造力投寄于其他艺术元素。但故事和情节在麦家小说中显然十分重要。麦家受现代主义文学影响很深，但他很早就明白了不能仅成为西方现代主义大师的影子。强烈的读者意识使他始终关切着自我表达与抵达读者的综合效果。所以，麦家的小说既不愿意停留于传统现实主义讲故事的方式，也不愿意因为探索小说的可能性而废弃可读性。麦家愿意将更多想象力投寄于巧妙情节的设计上。《暗算》中《韦夫的灵魂说》一章中，病死的越南青年韦夫的尸体被特工老吕看上了，老吕借用他的尸体顶替一个叫胡海洋的中国人，从而向美军发出了假情报。这个情节和《风声》中李宁玉将自己的尸体作为传情媒介的设计有异曲同工之妙。稍微熟悉博尔赫斯作品的读者会发现，这很可能是麦家向博尔赫斯《交叉小径的花园》的致敬之举。

《暗算》中阿炳之死的情节设计也很有想象力。破译天才阿炳因性方面的无能和无知而无法明白妻子林小芳不能怀孕的责任在于自己，十分喜欢孩子的他甚至为此想"休掉"林小芳。万般无奈之下，林小芳才想出"借种"怀孕以满足求子心切的阿炳这般下策。悖论的是，"白痴"和"天才"集于一身的阿炳却由万人莫及的听力判断出孩子跟他没有血缘关系，从而悲愤而死。这是一个极其精巧而富有想象力的设计，阿炳之死的情节设计有赖于以下前提：

1. 阿炳和林小芳之间不对等的权力关系。林小芳由组织安排与阿炳结婚，必须无条件让阿炳满意，包括为没有性能力的阿炳生儿育女。

2. 阿炳作为天才与"白痴"结合体的事实。正是阿炳的"白痴"和无知使他不能明白生育的一般常识；又正是阿炳的天才破译能力及其作出的卓越贡献使阿炳享有组织在婚姻方面的优待，使林小芳必须无条件满足阿炳的"无理"要求；阿炳的天才使他虽不能明白如何生育，却能够判断孩子的血缘，并由此导致了他的自杀。

这是一个既夸张又合理的设计，将阿炳命运的悲剧性展示得淋漓尽致，因夸张而具有想象力，因合理而使这想象力获得有效性和文学价值。

对于文学而言，想象力的本质就是创造力。有创造力的情节设计，要出人意表，又要合情合理。创造意外表面是作者与读者的较量，是作者的想象如何逸出读者的既定期待，实质则是作者与已有文学想象力之间的对峙，是作者如何以一己之力越过无数已有写作筑就的想象力之墙。更重要的是,这种逸出和攀越,在意外与合理的辩证之外,还必须出示更高的义理。阿炳之死之所以是一个有想象力的情节设计,恰在于,它作为一种合乎情理的意外事件,还勾连着诸多命运复杂的悲剧性,既是阿炳、林小芳的个体悲剧,更是具有某种普遍性的悲剧。

《风声》中,麦家展示了另一种卓越的情节想象力,这是一种在狭小时空中翻腾出新的想象力。小说是一种时空的艺术,一般而言,小说占据越广阔的时空,叙事就享有越大的自由度。流浪汉小说为什么成为欧洲早期小说的主要形式就是因为当一个时空中的故事讲完了,就换一个地方,换一批人物,创造一些新的人物关系,如此来为叙事造血。因此,限定时空就是提升小说的难度。卡尔维诺的《树上的男爵》就将主人公柯西莫的生活空间限制在树上,但他并没有同时限定时间,也没有限定叙事的现实逻辑。"轻逸"是卡尔维诺追求的目标,好的"轻逸"也有自身的逻辑,但客观上也减轻了卡尔维诺的逻辑压力。比如柯西莫在树上建图书馆,在树上游历欧洲,这种情节设计很难获得现实逻辑的支撑,但因为读者对小说作为"奇幻文学"有默契和认可,便接受了这种逻辑。但在《风声》中,时空被限定于一时一地,在有限的时空和人物关系中如何翻出新可能,无疑考验着作者密室翻空的想象力。《风声》很可能是麦家迄今为止所有小说中叙事压强最大的一部。因为时空有限,所有力量集于一点,如其不能破壁,受创的必是试图发力者。很多读者对《风声》极其着迷,跟小说展示出来的高强度想象力有很大关系。本书后面将专门论述,此不赘言。

四

虚构与意义。将虚构与意义相勾连,追问的不仅是虚构作品传递的意义,也是何为虚构、为何虚构的本体意义。人类为什么需要虚构?这个关于文学的提问,却必然要激起来自社会学、心理学等领域的回答。艾柯的回答是:"无论如何,我们不会停止阅读小说,因为正是在那些虚构的故事中,我们试图找到赋予生命意义的普遍法则。我们终生都在寻找一个属于自己的故事,告诉我们为何出生,为何而活。有时我们寻找的是一个广大无垠的宇宙故事,有时则是我们个人的故事(我们向告解神父或心理分析师倾诉,或写在日记里的故事)。有时我们的个人故事和宇宙故事如出一辙。"[1]他的意思是,虚构关乎从个体到人类对于生命意义的寻找和确认。帕慕克说:"我们借助小说,理解以前不被重视的生活小节,这意味着将它们浸透意义,置于历史语境和总体景观之中。只有带着我们生活和情感的零碎细节进入总体景观之中,我们才能获得理解的力量与自由。"[2]这里谈的便是虚构必须启思,虚构必须关联一种广阔的精神伟业,才能让人暗自销魂又心思澎湃。

虚构的功能在刘小枫那里则表述为一种实践性的伦理构想,当然,刘小枫使用的不是虚构这个词,而是叙事。在《叙事与伦理》一文中,他写道:"人的叙事是与这个让人只看到自己幸福的影子的神的较量,把毁灭退还给偶然。叙事不只是讲述曾经发生过的生活,也讲述尚未经历的可能生活。一种虚实,也是一种生活的可能性,一种实践性的伦理构想。"[3]刘小枫这里的叙事,其实就是虚构。虚构将人类叙事由已然泅渡至可然,这个意思亚里士多德早就说过了,可是亚里士多德还没有意识到这种泅渡同时也将人的存在从非意义化、非伦理化的状态带向了意义化和伦理化的领地。虚构在此意义上关乎我们想过一种怎样的生活,也即是,虚构关乎于生命的愿景。

---

[1] [意]安贝托·艾柯:《悠游小说林》,黄寤兰译,广西师范大学出版社,2017年版,第219—220页。

[2] [土耳其]奥尔罕·帕慕克:《天真的和感伤的小说家》,彭发胜译,上海人民出版社,2012年版,第78页。

[3] 刘小枫:《沉重的肉身》,华夏出版社,2004年版,第6—7页。

但就其实质而言，虚构更关乎生命的自由。虚构使人得以超越现实，逸出实存之事的囚禁。虚构是上天赋予人类的一种抵达自由的能力，正是通过虚构，实存之外的可能性世界被斑斓地展开。所以，虚构能力的实质是想象力。或者说，虚构是人类诸多想象力中非常重要的一种。假如人类被剥夺了虚构能力，悲剧不在于人类丧失了一种能力，而在于人类的存在世界就此丧失了多维性、丰富性和可能性。虚构教会人类想象可能性，再把可能性转化为现实。在此过程中，人类便一步步超越了物理必然性和生物必然性，而靠近于自身的最大可能性。因此，王小波才说"人只拥有此生此世是不够的，人还必须拥有诗意的世界"。这个诗意的世界便是虚构的世界。在此意义上，虚构即自由。但虚构即自由的意思并不是说虚构自身是自由的，或者说任何虚构都必然带来自由。恰恰相反，只有掌握了虚构的秘密，才能抵达虚构的自由；只有掌握虚构的必然性，才能抵达虚构的自由。悖论的是，掌握虚构之必然性的过程，却充满了种种不自由。认为虚构即自由者，可能是虚构的崇拜者；认识到虚构的不自由者，往往才是虚构的实践者。

在将虚构与自由、善，与生命的伦理构想进行关联时，我们显然是在瞭望虚构的意义标高，但我们也切不可忘记虚构接受中的大多数。精英读者通过阅读荷马、莎士比亚、歌德、普鲁斯特、卡夫卡等"正典"来想象人类精神世界的可能性，切莫忘记，在这种阅读的同时，更大面积的阅读向虚构索取的是白日梦的意义补偿。弗洛伊德根据其精神分析立场对文学虚构作出解释，在他看来，虚构作为一种幻想，在心理上来源于未得到满足的愿望，"一种虚构的作品给予我们的享受，就是由于我们的精神紧张得到解除"[1]。文艺作品作为白日梦，有时这个梦属于作者本人，同时引发了读者的共鸣；有时这个梦投射的不是创作家自己的内心，而是他对一大批读

---

[1] ［奥地利］弗洛伊德：《创作家与白日梦》，伍蠡甫主编，朱光潜译：《现代西方文论选》，上海译文出版社，1983年版，第148页。

者内心的精心揣度和文学制式。此时的虚构，乃是创作家精心打造的器皿，用以承载读者的白日梦，创作家向读者出租量产精神快感的造梦空间。

弗洛伊德显然没有将虚构阅读的心理机制一网打尽，比如说它不能解释读者为何对悬念着迷？被文学悬念之钩钩住而欲罢不能的阅读之鱼究竟沉溺于怎样的白日梦中呢？只能说，索解悬念的爱好来自于人类普遍的好奇心。因此，用欲望及其代偿机制显然不能解释所有的虚构阅读。但弗洛伊德的文学白日梦说依然是创造性的，它解释了一大部分通俗文学作品的阅读动机。或者说，它的意义不在于用白日梦说将所有阅读动机一网打尽，而在于尝试从普通读者的心理机制来解释文学虚构的意义。读者有多少种显性或潜在的心理诉求，通俗文学就有多少种虚构的方式来加以满足。因此，对于普通读者来说，虚构的意义就在于，它对个体诸如幻想、好奇、消遣、求知、审美等心理或精神诉求予以满足。

弗洛伊德对文学虚构的阐释足够独特，但梁启超一定不会认同，梁启超"欲新一国之民，不可不先新一国之小说"①的观点十分著名，虚构小说被赋予了推动现代民族国家转型的重任。弗洛伊德从个体微观心理层面出发解释虚构，梁启超却站在社会公共性层面认为文学虚构还应是社会改造的利器；弗洛伊德从文学虚构的"已然性"功能出发，梁启超则从文学虚构的"应然性"立场出发。前者是一种现实立场，后者则更近于一种意识形态乌托邦。如果说，弗洛伊德试图诊断的是虚构的功能的话，意识形态乌托邦学说则试图为文学虚构创造意义。某种意义上说，功能更近于客观实存，而意义则容纳主观建构。无疑，关于文学虚构之意义阐释也投射着来自不同哲学立场的话语博弈。

白日梦与乌托邦，构成了文学在个体消遣与社会再造两端上的

---

① 梁启超：《小说与群治之关系》，《饮冰室合集 2·文集 10》，中华书局，1996 年版，第 6 页。

不同功能趋向。白日梦作为一种既定体制甜蜜的意识形态黏合剂，无疑是为社会乌托邦所反对的；但悖论的是，乌托邦冲动却经常取消杂质，使"应然"和可能的文学沦为假借乌托邦之名的白日梦。而历史的斗转星移中，文学的城头变幻中，20世纪初曾经被文学革命者放逐的通俗文学、大众文艺又再次占据了舞台的中心。乌托邦文学远逝，网络文学的白日梦又咿咿呀呀地唱着古老的歌调。此时回眸，就会清晰地看到上面艾柯、刘小枫关于虚构功能的阐述正是乌托邦被逐之语境下的发言。在社会乌托邦被普遍怀疑的时代，人文学者不愿意文学堕于廉价的白日梦，他们所能找到的，便是个体精神的乌托邦。不管是王小波文学虚构构造诗意世界、刘小枫虚构叙事作为实践性的伦理构想，还是艾柯所谓小说告诉我们"为何生，为何死"的意义召唤，都是文学虚构在非乌托邦时代所能找到的个体乌托邦的转喻。

　　麦家是叙事高手，在几十年写作生涯中又一直眺望着虚构的精神标高。通过谍战这一类型小说获得读者和市场认可之后，他常被贴上类型写作的标签。但这只是一部分的事实，更多暴露的依然是偏见，即一种纯文学／类型文学的二元对立的偏见。换言之，是否有一种类型文学体裁中的纯文学？博尔赫斯的侦探小说难道不就是类型文学中的纯文学？纯文学难道只能有一副或几副确定不变的面孔？难道不能将纯文学的品质引向更加受大众读者关注的小说类型？或者说，一种好且好看的文学难道是不可能的吗？这些问题一定曾经不断萦绕麦家的心头。从他的谍战小说受到主流文学界的肯定看，他的文学性品质早得到广泛认可；但从他孜孜不倦的探索看，麦家内心仍有更高的价值要通过虚构去实现。他从来就不满足于只是为大众读者生产白日梦，《解密》《暗算》《风声》等小说无疑是将类型小说的"好看性"跟现代主义对个体命运悲剧性的发掘结合起来，这是一种介于现代主义与消费主义之间的作品，这种虚构的价值在于融合和越界，为文学创生出一种新品类。但麦家显然仍有更高的抱负,他要让个体潜入历史中去,以个人的命运故事去烛照一个民族国家的历史寓言。这种个人命运与历史寓言的结合,就是麦家多年磨一剑并于2019年出版的《人生海海》。

小说家的内心不能没有意义的召唤,仍有更高的虚构诱惑着他!

第二章　先锋风潮下的发展和嬗变
（1988—2002）

麦家依靠所谓的谍战、特情小说成名，被聚焦和研究最多的作品主要是长篇小说《暗算》《解密》《风声》，2019年出版的《人生海海》可谓麦家的转型之作，特情元素不像之前作品那么明显，小说呈现出从封闭空间到开放空间，从书写英雄的凡人性到书写凡人的英雄性等变化，颇受市场和专业评论界认可。相对而言，麦家早期的中短篇小说，研究得并不很充分，即使是他跻身当代一线作家之后，其中短篇小说的关注度依然远不如长篇小说。不难发现，对麦家的研究热情，新世纪之前不如新世纪之后；中短篇不如长篇。事实上，研究麦家，不能绕过他的中短篇小说。原因在于：首先，早期的中短篇小说是麦家写作的起点和来路，关注这些作品，才能把握麦家写作的完整脉络；其次，即使在以"特情"长篇小说成名之后，麦家仍没有放弃在中短篇小说中对"另一副笔墨"的追求，中短篇小说呈现了麦家更加全面的写作面目，有助于打破"特情小说家"麦家的刻板印象；再次，中短篇小说中其实藏着麦家写作的很多"线头""种子"，它们跟麦家的特情小说代表作有着密切联系，也潜藏着麦家在《人生海海》中作出转型选择的动因。

季亚娅曾经将麦家作品分为三个板块："第一是创作之初的《私人笔记本》《寻找现实》等。它们类似'成长小说'，描写少年的迷惘、梦想、寻找，面对成人世界的隔绝与刺痛。""第二类可称之为'小人物'系列，这其中很多篇以军旅为背景，比如'阿今'系列，写一名叫阿今的年轻军官面对军营的疏离与恐惧感,诸如《四面楚歌》《谁来阻挡》《出了毛病》《第二种失败》等。另外一些也是以军营为背景,如《农民兵马三》《两位富阳姑娘》《五月的鲜花开满原野》《王军或者王强或者王贵强从军记》,虽然主人公不叫阿今,但他们和前者有着一以贯之的精神气质,即普通人的卑微、梦想、挣扎和困境。军旅以外背景的则有《一生世》《飞机》等","最后一类则是我们熟知的以'密码'或'特情'为切口的小说"。①这个分类具有一定的依据,但将麦家以军旅为背景的小说都归入"小人物系列",将《寻找现实》等带着象征性的作品概括为"成长小说"未必准确。像"成长小说""小人物系列"这样的命名,在分类的同时也对小说进行了主题界定,它无助于阐述麦家作品的丰富性。在我看来,麦家以军旅为背景的中短篇小说的主题和内涵已经超越"小人物"的框架,像《既爱情又凄惨》这样的小说,以战争为背景,但跟"小人物"没有什么关系,指向的是生命阴差阳错的荒诞和无可逃避的宿命;而像《寻找先生》则并非"成长小说",而更像鲁迅《野草》中的《过客》,视为"哲理小说"更恰当。换言之,麦家中短篇小说事实存在着很多向度和可能性,假如超越简单的分类,转而加以深入阐释,更能探知作家文学世界尚未被充分照亮的暗角和潜能。因此,本章仅从小说主题上进行分类,将麦家中短篇小说分为"军旅系列""命运系列""特情前传系列"。

第一节 从"成长小说"到"军旅系列"

1988年,麦家以笔名阿浒在《昆仑》第1期发表了短篇小说《变调》,这是麦家发表的第一篇小说,同年第5期《昆仑》又发表了他

---

① 麦家:《与季亚娅对话》,《麦家文集:人生中途》,浙江文艺出版社,2009年版,第249页。

的中篇小说《人生百慕大》，这是麦家发表的第一个中篇小说。

《变调》是比较典型的"成长小说"，它融合日记和自述的形式呈现了一个当代青年的人生苦闷。主人公写道："最令我伤心的是：有时候，我并不知道，我，是什么？我为了什么？我只知道我是个叫人琢磨不透的东西。是的，是东西。是被人踢来踢去的东西。"[①] 小说如80年代先锋小说一样并不致力于经营精彩故事，而更着力呈现青年主体内心的迷惘、叛逆——一种典型的青年文学情绪。小说不经意地通过人物的阅读书单透露了彼时麦家的文学视野："我喜欢一个人踽踽独行。喜欢无精打采的瓦灰色。喜欢轻松的秋天。喜欢春雨霏霏喜欢打开门窗说天亮话。喜欢严酷但又真诚的上级。喜欢不理睬她来表达对她的爱。喜欢装出一副思索的样子。喜欢追求永远追求不着的东西。喜欢关在闷屋子里写狗屁不通的小说。……喜欢王蒙的'很难追踪'。喜欢刘索拉的'不修边幅'（指她的艺术）。喜欢艾略特的《荒原》。喜欢马尔克斯的《百年孤独》。喜欢冯尼克的《五号屠场》。喜欢海勒的《出了毛病》。喜欢茨威格的《巫云山》。喜欢福克纳的《献给艾米丽的一朵玫瑰花》（我喜欢这些作品的唯一原因是我读不懂）……"[②]

和《变调》接近的是《私人笔记本》。这是一篇有着先锋小说追求，但又尚且稚嫩的作品。小说前面部分以第一人称口吻呈现了一个青年的意识流式的生活讲述，后面部分则以日记体形式呈现了"我"跳跃性很强的生活情绪。彼时麦家还是文学新人，《私人笔记本》就一直没有获得发表机缘，直到十二年后的1998年才以《几则日记或什么也不是》发表在《山花》第1期上。后来麦家又将作品修改为《朋克族一员》发表在《时代文学》2004年第1期上，收入《麦家文集·黑记》时用《私人笔记本》之名。

不难发现，麦家一直在寻找自己的道路，《变调》《私人笔记

---

① 麦家：《变调》，《紫密黑密》，解放军文艺出版社，1994年版，第172页。
② 麦家：《变调》，《紫密黑密》，解放军文艺出版社，1994年版，第173—174页。

本》是受 80 年代先锋文学风潮影响较深的作品。沿着别人的脚印走下去，很难有所突破。麦家一定意识到这一点，他开始寻找自己独特的东西，或许这是军旅题材小说被激活的原因。麦家 1981 年进入解放军工程技术学院就读，毕业后他被分配到某情报机构工作。直到 1997 年，麦家一直在军营。20 世纪 80 年代后期，麦家有意在当时流行的先锋小说和主流的军旅文学之间寻找结合点。麦家"军旅系列"中短篇小说自觉地寻求跟主流军旅文学的差异化表达，具体表现在这些作品普遍疏离于主流军旅文学的英雄主义视角，而采用小人物视角并表现出浓烈的悲剧意识。

《人生百慕大》将《变调》中当代青年的人生迷惘和对单位复杂人际的恐惧心理转移到部队生活中来表现。小说写阿今所在部队机构某科室中几个人相互害怕的复杂关系，呈现了某种"他人即地狱"的意识。每个人都在"怕"中生存，都不能活得自由坦荡，由此而迷失于"人生百慕大"之中。《人生百慕大》疏离于英雄主义视角，带着很明显的 80 年代现代主义思潮下的文学印记，但还没有获得与主流文艺思潮相遇的机缘。

写于 1990 年的《第二种败》[①]并不追求跌宕起伏、扣人心弦的戏剧化效果，以主人公——青年军人阿今的心理刻画为主线，呈现了一个"误解"的悲剧。小说开篇，"第九次冲锋被击溃下来的时候，阿今悲愤得像一头因重创而恐怖、因恐怖而咆哮的困兽，禁不住仰天号叫了一声"[②]。这个一次次失败又不得不一次次继续冲锋的战士不禁令人联想到古希腊神话中被惩罚不断推石上山的西西弗斯。这并非过度联想，作者直接点明："一次又一次冲上去，一次又一次被打下来，像西西弗斯。阿今不知道西西弗斯是谁，但其

---

① 《第二种败》初名为《第二种失败》，发表在《青年文学》1990 年第 4 期，用阿浒的笔名发表；2009 年收入浙江文艺出版社《麦家文集·黑记》中更名为《第二种败》。

② 麦家：《第二种败》，《麦家文集·黑记》，浙江文艺出版社，2009 年版，第 58 页。

实他今天就是西西弗斯。"①面对战士冲锋这样一个情境，以往的文学至少提供了三种思想立场和表达范式：其一是悲剧主义，古希腊神话就是在悲剧的意义上来叙述西西弗斯永无休止的失败，并且将其作为一种命运的惩罚。亚里士多德认为，悲剧的"怜悯是由一个人遭受不应遭受的厄运而引起的，恐惧是由这个这样遭受厄运的人与我们相似而引起的"②。从现实角度看，一个人被置于这种永远看不到成功希望的情境，当然是悲惨的惩罚；其二是英雄主义，以英雄主义立场来叙述战士冲锋，那么不论经历过多少失败，最终的胜利一定归属于英雄。英雄主义叙事乐观昂扬的气概背后始终需要现实结果的补偿。英雄主义叙事暗合意识形态需求，又深谙大众读者的抚慰诉求，所以是中国主流军旅文学最常规的叙述立场。但在麦家的这批小说中，他始终对廉价的英雄主义保持着距离，这可能是他在80年代中国文学观念转型中成长的原因。叙述西西弗斯式的故事，还有一种存在主义立场。法国作家加缪在对西西弗斯神话的阐释中，赋予了这个古希腊悲剧以存在主义式的生命意义，即虽然被惩罚不断推石上山是一种命运悲剧，但西西弗斯的生命也在不断推石上山中获得了意义，因此加缪坚称西西弗斯是快乐的。事实上，《第二种败》无论重复任何一种范式都非创举，麦家主要沿着悲剧主义的路走去，却触摸到了一种新的悲剧性，一种不可知的命运悲剧和个体内在的精神悲剧相结合的新悲剧，这种悲剧就像一颗种子，日后不断在麦家其他重要作品中萌芽。

《第二种败》中，在第十次冲锋时，战士阿今冲在最前面，所有的战友都倒下了，厮杀声也冷落下来，山顶如同死光了人，没有一丝声音。阿今只辨认出山顶上颤颤巍巍地举出了一面敌人的旗帜。阿今开始了一个人剧烈的思想斗争，他像一头暴怒的狮子，决

---

① 麦家：《第二种败》，《麦家文集·黑记》，浙江文艺出版社，2009年版，第58页。
② [古希腊]亚里士多德：《诗学》，伍蠡甫、胡经之主编：《西方文艺理论名著选编（上卷）》，北京大学出版社，1985年版，第67页。

定爬也要独自爬到山顶。

接下去,阿今只要来一个翻滚就上了山顶了。此时此刻,他需要的是拿生命作最后一搏的勇气和毅力。但是,他的目光又看到了那面狰狞可怖的旗帜。旗帜似一个威风的巨人傲然凌立,孤独中透露出一股杀气腾腾的神气。它是山顶不灭的象征。它是对方胜利的铁证。看着它,他的冲动和勇气顿时损失了大半。他想,你一个没腿的伤兵爬上去又能怎样?让对方再次享受屠杀的快乐?一下子没了劲。他再次感到彻骨的冰水从他头顶倾盆下来。他的心凉透了。他对自己说,我被打垮了。他说,你不是打不败的。他看看大腿,好像看见子弹在他的骨头里。他想,子弹干吗不穿透我的心?我活着还有什么意思?[①]

这个沮丧的战士听到自己内心的声音:与其上去让他们屠杀,让他们享受屠杀的快乐,我宁可自杀。但麦家为阿今设置的悲剧性不在于他的自杀,而在于自杀的战士阿今至死也不知道,山顶上既没有战友,也没有敌人,那是一座空山,阿今已经是最后一名士兵。

阿今的悲剧不在于他被投入到这场战争里面,甚至也不在于他必须为战争冒着生命危险。阿今不是怕死之人,争取战争的胜利已经为他的生命许诺了意义。麦家要追问的是,对于不怕死的勇敢战士而言,有什么可以打败他吗?答案是肯定的!那就是对失败的恐惧,当生活的未知劫持了勇敢战士的荣誉感时,就令人唏嘘地夺去了战士阿今的生命。所以,《第二种败》虽然简短,却超出了敌/我、胜/败的二元坐标,看到了生命更复杂的可能性——在光荣的战死和耻辱的偷生之外,还存在着另一种"失去意义"的死亡,但

[①] 麦家:《第二种败》,《麦家文集·黑记》,浙江文艺出版社,2009年版,第63页。

它却又如此真实，它就是生命无数可能性的一种。通过描述这种失去胜利和光荣捐躯之意义庇护的死亡，麦家事实上提炼了一组他文学世界中持久表现的矛盾，即主体和未知世界的矛盾。阿今的悲剧就在于他身处于一种由各种未知组成的世界，而未知恰恰是每个身处世界的主体最真实的体验。假如阿今处在一切都有确定性的世界，假如他明确知道山顶没有人，胜利将以馈赠补偿他为战争付出的代价；假如他明确知道山顶有人，壮烈和崇高也将抵消他之殉难的悲伤。阿今的悲剧在于，他死于信息不对称，阿今之死的意义感也因此一脚踩空。

写作《第二种败》时，麦家意识到主体不仅是在跟看得见的对手作战，也在跟未知的命运和自我内心的阴影持久较量。在他日后声名大噪的特情小说中，那些跟高级密码持久较量的天才解密者，他们正是在用有穷的智慧去对抗密码所代表的那个迷宫般的未知世界。而在此对抗过程中，无常的命运和主体内心的敏感总是不断给悲剧送去神助攻。所以，在《第二种败》中，麦家已经显露独特的生命悲剧意识和对文学悲剧性的独到挖掘。悲剧性表达背后倚靠着一种悲剧性的生命哲学观。因此，《第二种败》事实是一部带着哲学思辨性的作品，它也作为一种悲剧性基因被传递到麦家绝大部分作品中。

同样写于 1990 年的《既爱情又凄惨》[①]对战争故事的表现同样充满悲剧性和寓言性。这是一篇抽空了历史和现实语境的作品，我们既不知道故事的双方是谁，因为什么原因引发战斗，也不知道战斗发生的具体年代和时间，对于一篇旨在寓意表达的短篇小说，这

[①] 《既爱情又凄惨》最初名为《充满爱情和凄惨的故事》发表在《青年文学》1990 年第 6 期，用阿浒的笔名发表；2004 年第 1 期《青年作家》以《南北西东：充满爱和痛的故事》再次发表了这篇小说，并配了访谈。2009 年收入浙江文艺出版社《麦家文集·黑记》中更名为《既爱情又凄惨》，作者标注写作时间为 1990 年初夏。几个版本人物名字有所不同，小说框架和情节没有大变化。本书引用内容据 2009 年版浙江文艺出版社《麦家文集·黑记》。

些并不甚重要。小说中，裙是一个十三岁的牧羊女，她被杀手哥哥指派潜入到对岸排长所领导的哨所去窃取情报。裙以嘹亮清脆的歌声和含着晨露般泪珠的双眸瓦解了对岸排长的警惕，成功地获得了排长的信任。在此过程中，天真无邪的裙也爱上了这个像大哥哥一样疼爱她、喜欢她的排长。所以，裙并未听信杀手哥哥的教唆，她总是不停地延宕把排长引到河边成为狙杀目标的任务。"每一次，杀手总是再三地教唆一通，说排长是世上最坏最坏的大坏蛋，你不杀他，他就会杀你，等等的。每一次，裙总是想今天一定要听哥哥的，把排长骗下山来，骗到河边边上。但每一次，裙只要一见排长总是那么地好，那么地像一个她想象中的大哥哥一样疼爱她，喜欢她。于是裙又犹豫了。裙在排长面前同样无法做一个钢铁一般的战士。"① 等着实施狙杀的杀手在茅草丛中已经开始厌倦，可是上天阴差阳错地给了杀手一个机会。一次，排长和士兵跟裙开起了玩笑，士兵跟裙说，你天天到山上来，不能将这里的情况透露出去，如果你当了特务，就要把你抓起来，还要让小狼狗天天管着你，把你美丽的脸蛋咬个稀巴烂之类的玩笑话。在士兵和排长，正是因为信任才开这样的玩笑，甚至于在排长，即使裙真的是特务，也不准备抓她，"她还是个孩子，顶多不准她过河来就是了"。可是在裙，这个玩笑却给她带来了一连串的噩梦，梦中小狼狗声嘶力竭地吠叫追咬她。这个噩梦促使裙听从了杀手哥哥的安排，排长被引到了合适的地方，被杀手用狙击步枪射杀了。

裙和排长的悲剧同样源于人心的信息不对称，这种悲剧再次重申了麦家关于人心如深渊的意识。事实上，莎士比亚的悲剧，也反复书写着因为人心的不可沟通导致的悲剧。写作《威尼斯商人》时，莎士比亚对一切仍充满乐观：朋友之间有赴汤蹈火的情义——安东尼奥可以为了朋友巴萨尼奥而跟夏洛克借款并签下割肉协议；

---

① 麦家：《既爱情又凄惨》，《麦家文集·黑记》，浙江文艺出版社，2009年版，第73页。

情侣之间有不可攻破的信任——鲍西娅在情定巴萨尼奥之后赠予他一个定情戒指，并约定戒在情在，戒丢情亡；之后又在装扮成律师搭救安东尼奥成功时，戏弄巴萨尼奥，要求他以戒指相赠。巴萨尼奥为了报答眼前这个搭救安东尼奥的恩人，自然在所不辞，却马上被从律师恢复真身的鲍西娅各种"指责"。这段小插曲在《威尼斯商人》中根本没有构成任何情节的逆转，它不过是佐配喜剧生活的调料。因为此时，莎士比亚对于人心有着非常乐观的期待，他相信人心可以相互信任，通往彼此内心的那道桥梁始终是畅通的。所以，鲍西娅对巴萨尼奥的"试探"无损于二人的爱情，反而强化了他们对于伟大友谊的一致认同。可在1600年之后，莎士比亚对于人心的沟通性有了更加悲观的认知。某种意义上，莎翁四大悲剧都是因为人心的不可沟通引起的：李尔王无法与三个女儿的内心相沟通，所以看不透大女儿、二女儿谄媚下的凉薄和三女儿耿直中的忠孝，终因不辨忠奸而成为无家可归的人；奥赛罗无法与妻子苔丝狄蒙娜的内心相沟通，所以轻易听信了伊阿古的谗言，妒火中烧而亲手掐死了妻子；麦克白的悲剧在于他不仅无法信任旁人，他对自己内心的权欲和恐惧都缺乏了解，所以他的悲剧始于野心，终于恐惧，暴露的也是人心的危机；哈姆雷特则对自己的母亲乔特鲁德和女友奥菲利亚也充满了厌恶和疏离。可以说，人心的黑洞作为悲剧的重要源头莎翁表达已经非常充分了。事实上，麦家《既爱情又凄惨》的悲剧性除了展示人心黑洞之外，往往跟很多偶然因素结合起来。古典悲剧中，英雄壮烈或小人阴损，一切都有迹可循，起承转合，恶背后的可知性也是清晰可辨的。《既爱情又凄惨》则如它的题目那样，一半美好，一半凄凉。因为某种不可把握的偶然性，美好消逝，一切不可逆地导向了悲剧。这种对偶然性造成之悲剧的强调，也许正是麦家小说悲剧现代性之所在。

麦家的《既爱情又凄惨》跟张爱玲的《色·戒》也构成了某种可比性。《色·戒》在张爱玲作品中原本只是不起眼的短篇，由于李安改编搬上银幕而广为人知,它和《既爱情又凄惨》一样都是讲述女间谍的悲剧。《色·戒》中,女大学生王佳芝为了满足演戏的虚荣,成了革命派的女卧底,色诱汪政府特务头子易先生。这个用生命做赌注的女卧底,却跟想要暗杀的目标发生了感情,最后时刻却亲自放走了这个男人,并使多年来的任务功败垂成,自己及战友死于非命。在张爱玲,她是用着极冷的眼神盯视着王佳芝的动情,她不过用自己的身体和生命去满足易先生的性欲和优越感,张爱玲大概觉得女人总因为情感的脆弱而使自己陷于万劫不复的境地。相比之下,李安对于这个女间谍的身体和思想的纠缠有着更多理解之同情,因此倒是李安显得更像女性主义者。

  李安的《色·戒》其实讲述了一个关于革命和身份的故事。王佳芝,一个甘愿为革命献身的文艺女青年,在学生时代,或许革命对她来说就是一场热热闹闹的戏,是一场可以让她和心上人同场演出,让她获得关注让她兴奋得睡不着觉的戏。但是,对于邝裕民这些男人来说,革命远不止这些,革命就是杀人,就是宰掉汉奸。于是,他们决定为了革命演一场没有舞台的戏,在这场戏中王佳芝看起来是主角,然而这一切不过是别人的安排,她不得不接受男人们以革命的名义派给了她另一个身份:麦太太。其实从这个时候,电影已经呈现了男人和女人对于革命的不同理解:男人们以革命的名义为王佳芝安排了一个新的身份,而且这个新的身份还必将征用王佳芝的身体。电影中出现了这样一个场面,一群学生去从军,而一群女学生在车上,一个喊:打了胜仗回来就嫁给你!女人的身体居然可以成为取得胜利的男性的战利品,而这一切居然是女性自身的愿望。此时我们真为李安捏一把汗,难道深谙西方文化的李安对于性别问题是这样一种符合革命道德的水准吗?但是,李安的电影显然呈现了比这种流行的革命/性别强权逻辑更加复杂的人性场景。

  为了以一个已婚女人麦太太的身体去勾引易先生,必须由一个男性战友把她从王佳芝变成麦太太,这个时候,王佳芝希望这个人是邝裕民，如果这样的话，那么，革命跟她真实的欲望就是重合的。但是，把她从王佳芝推向麦太太的却是她所不喜欢的梁润生。这一切，显然是王佳芝所始料未及的，所以，男人们设想的革命一开场的时候，王佳芝的身体就受到了伤害。所以，为了革命所导演的这场戏从一开始就不可能从头再来，王佳芝没有性经验的身体在获得了性经验之后已经不可能再恢复如初，再一次和一个她喜欢的男人在一种没有功利目的的情景中和谐了。假如说身体的伤害还能有革命胜利的果实来装点的话，那么，当革命的前途变得迷茫的时候，身体的创伤就尖锐地凸显出来了，所以我们可以理解王佳芝在易太太打电话告辞时的语无伦次和沮丧落寞。为了这场革命的戏她已经先把身子豁了出去了，但是这场戏却突然不演了，一个准备好的拳却不能打出去。

如果说在香港的几个岭大学生导演的戏因为尚未真正开场就结束而没有导致王佳芝过分地身份分裂的话，那么，在上海革命暗杀戏的重新开场因为有了职业力量的介入而必将使王佳芝身份冲突的问题得到彻底的体现。

这一次，革命对于王佳芝身份的改造是彻底的而冷酷的，王佳芝托老吴转给父亲的信被老吴毫不犹豫地烧掉了，因为对于革命者老吴来说，他们需要的只是一个可以把易先生引出来的麦太太，而不是其他。革命冷酷的面目当然不会顾及一个女人真实的经验。表面上王佳芝扮演麦太太的困难在于记住麦太太所必须记住的所有东西，而事实上最大的困难在于一个旧的身份被抹杀之后，也许就再也回不来了。电影中多次运用到了镜子，镜子作为一个映照自身的物体，是个体从中读出自我的媒介，它流露了王佳芝对于自我身份的想象和迷茫。

李安的聪明在于揭示了这样的事实：当王佳芝带着被革命计划所伤害的身体走向革命设计的目标时，她已经渐渐地认同了那个革命派发给她的新身份：麦太太，因为这是一个跟她的身体经验同步的身份。当王佳芝歇斯底里地对着老吴喊"我不但要忍受他往我的身体里钻,还要忍受他像一条蛇一样地往我的心里钻"的时候,电影试图告诉我们,王佳芝已经进入了一种身份的迷茫。而当她和易先生在日本妓院中相会的时候,她告诉易先生"我知道你为什么要带我来这里,因为你想让我当你的妓女",这时,或许她想感叹的是自己的命运。但是,易先生告诉她:"我带你来这里,比你懂得怎么做娼妓。"此时,王佳芝缓缓站起,为易先生唱了一首《天涯歌女》,此时的王佳芝,已经从对革命的认同转向了对似乎有着同样命运的易先生的认同了。那么,这种认同又是怎么样产生的呢?因为易先生的身体经验跟她的身体经验是契合的,张爱玲在小说中引用辜鸿铭一句很刻薄的话说"到女人心里的路通过阴道",在辜鸿铭这儿是对女人的污名化,但是李安却重新诠释了这句话的含义。

王佳芝对老吴激愤地说,"他每一次都把我弄到流血不堪为止,因为这样他才能感到自己还活着,我也折磨他",也许在其他的导演或作家那里,这样的话要表达的意思是一个特务头子对于女人的蹂躏和女人对于特务头子的憎恨。但是,这里却在王佳芝的表达中多了一种不可抑制的相互征服和认同。当王佳芝以麦太太的身份面对易先生的时候,她被折磨,也折磨着易先生,这两个不知道未来的人以身体靠近的时候,他们是真实的。因此,易先生会说"我很久没有相信过任何人了,但是我相信你",因此易先生会把他的恐惧,他的爱和走神,把他对日本和汪政府的末日预感告诉王佳芝。可以说,麦太太的身体面对的是诚实的易先生,这个时候,情感和身体是同步的;而王佳芝的身体面对的却是邝裕民愿意以之跟革命做交换的结果。所以说,从一个女人的经验出发,麦太太受到了易先生的尊重,而王佳芝却被邝裕民以革命的名义放逐。于是,那个被人从王佳芝推向麦太太的女人,她的心终于一点点地倾向于那个设计出来的身份——麦太太。

作为王佳芝,她的任务是把易先生引到珠宝店被枪杀;作为麦太太,她的本能却是保护自己的情人。在张爱玲小说中的"快走,快走"在电影中成了"走吧",意思还在但却更加显示出两种身份争斗的激烈。王佳芝放走了易先生之后,一个人上了三轮车,车夫问:回家?她走神了一会儿,回答说:诶。正如有论者讲到那样:这个电影中何曾有过家,这里有的只是舞台、战场和租来的公寓,但是,王佳芝在最后不但没有按照老吴事先的命令吃下毒药,而且她已经在潜意识里把易先生为她买在福开森路的公寓当成家了。

王佳芝被人以革命的名义变成麦太太,但是作为一个女人,她对革命无条件征用自己身体显然并不满意。因此,她的心里便潜伏着一种对革命的对抗情绪,这种情绪在最关键的时候如火星喷到油里突然燃烧,她以牺牲自己和战友的代价放走了易先生。也许我们可以把这解读为一个女人对于革命对她身体造成伤害的报复。这种报复在以往的革命道德意识形态中是不能存在的,但是在以女性经验为考量标准的女性主义视野中却可以有存在的理由。

因此,我们不能忍受内地版对性爱场面的删节,因为这种删节伤害了我们对王佳芝认同麦太太身份过渡的理解。正是因为对身体经验和情感同一性的认同,使得王佳芝背叛了革命。

小说揭示的悲剧性在于:作为一个女人,王佳芝无论是忠诚于革命还是背叛革命,她都逃脱不了飞蛾扑火的命运。她要么是接受革命对于她身体经验的伤害,要么是报复了革命的安排后被完全地消灭。这显然是一种张爱玲式的冷峻的苍凉,是一个女人(张爱玲)对男人和女人的失望,对人性的哀悼。但是李安却让易先生以无法抑制的悲伤眼神和一个落在床上的背影来表达他对王佳芝的爱。王易之爱使得在张爱玲那里的人性悲剧在李安这里成了一个女性的悲剧,成了一个男人(李安)对女人命运的体认。

我们回看麦家的《既爱情又凄惨》,他显然不是从两性关系的视角来书写这个"间谍"故事。在他笔下,人更像是命运的玩偶和偶然性的俘虏,他们精心经营的美好轻易就被某种偶然性击碎。相比之下，《既爱情又凄惨》对于人物的个性深度触及较少，更多笔墨指向了具有共性的人心深渊——即使是美好单纯的人心也可能陷落于偶然性的深渊，这是麦家对人心很悲凉的一种发现。偶然性作为某种悲剧原型，不断出现在麦家作品中。日后在《暗算》等长篇小说中，瞎子阿炳、黄依依等天才，虽凭着过人的天分和机缘破解惊天密码，最后却都被命运的偶然性所"暗算"。这种命运偶然性，正发端于《既爱情又凄惨》。

与《第二种败》《既爱情又凄惨》那种相对疏离于现实的寓言写法不同，写于1992年的《谁来阻挡》作为麦家的军旅系列中短篇则在非常具体的现实语境中展开。它写的是90年代商品经济大潮对整个社会崇军意识的冲击，以及这种冲击如何影响了青年军人阿今在志愿兵和专业之间的选择。但小说更有意思的地方在于，它书写了一种意义的失重。突然向家人提出转业想法的阿今在内心做好了遭到反对的准备，潜意识中，他是希望有人来反对的。麦家巧妙地抓住了阿今行动与意识之间的矛盾。或者说，转业遭反对才反证了阿今军旅生涯的价值。为了现实阿今可以放弃这种"有价值"的生活，但他又希望有人来阻挡、提醒和确认他从军的价值。可事实上，从妻子、母亲、父亲甚至到军团的政委，他们对于阿今的转业决定却出乎意料一致地支持。这种无阻力状态却是对阿今军旅生涯无声的否定。肯定阿今转业的选择就是在否定阿今过去的生活意义。《谁来阻挡》没有书写军旅生活的英雄主义和确定不移的意义，反而是书写军旅生活崇高意义在商业时代中的瓦解。从这个意义看，它更像是"新写实小说"在军旅题材中的延伸。这跟90年代初"新写实小说"的风行大概不无关系。

写于1999年的《农村兵马三》[①]在故事时间上却是《谁来阻挡》的前传，那是70年代末80年代初，还是留在部队当志愿兵的现实和社会地位远高于退伍返乡的时代。小说讲述了农村兵马三为

---

① 麦家：《好兵马三》，《人民文学》2001年第11期。

了留在部队当志愿兵而费尽心思,最终因为偶然因素而前功尽弃的故事。总体而言,《农村兵马三》作为中篇小说在篇幅和故事容量方面要比《既爱情又凄惨》大得多,但表达的却是相近的偶然性将人击溃的主题。

  写于 2003 年的两个与军旅题材相关的短篇小说值得一提,它们分别是《飞机》和《两位富阳姑娘》。发表于 2004 年的短篇小说《两位富阳姑娘》[①]和 2005 年的中篇小说《飞机》[②]触及的都是偶然性导致的命运悲剧。《两位富阳姑娘》写在女兵征兵体检工作中,一位单纯无辜的富阳姑娘由于程序的误差被错误地当作"破鞋"而不予录用。这件事不仅断送了姑娘的前途,也毁了她的"名誉"。父亲多番辱骂,她不惜以死自证清白,遗言便是要求军队重新体检还她清白。最终,多次尸检证明她确实被冤枉。事实是,另有一个本该被拒录的富阳姑娘在体检完意识到不妙的时候把她的名字报了上去,却没有被发现。偶然的程序误差改变了两个姑娘的命运,葬送了一个姑娘美好的青春。麦家对偶然性的表现总是充满着他对美好事物在残忍命运面前凋零的感慨。《飞机》写保密科长的儿子误用父亲的秘密文件叠纸飞机而付出了生命的代价,并使父母的分房、调动等好事因此而泡汤的悲剧,小说的素材后来又化入了《暗算》的修订本中。小说通过某种明显的"失重"的书写——纸之轻和生命之重,个人之轻和组织秘密之重,寄托了对强大体制环境中个人命运不可知、不可测的感慨。

  我们会发现,对命运偶然性麦家似乎有着从不衰竭的表达欲望。2008 年修改完成的短篇小说《杀人》同样是一篇有关偶然性造成的悲剧,但它又生发了生命的债务这个主题。小说中,主人公"我"出生在浙江东部一个叫朗庄的大乡村,父亲是个好斗之人,"文革"的一次武斗中,被邻村一个蓝姓的人用土枪打死。后来,

---

① 麦家:《两位富阳姑娘》,《红豆》2004 年第 2 期。
② 麦家:《飞机》,《十月》2005 年第 1 期。

"我"两个哥哥将这一家蓝姓的三个人杀死了,两家从此结下了更大的仇。对方拖着三具尸体上门打闹,"我"母亲吓死了,两个哥哥远逃他乡,只剩下六岁的"我"成了没有任何亲人的孤儿,在邻里的同情和接济中长大。十六岁那年,有一次仇家的小兄弟在集市上打断了"我"的两根肋骨。但这件事也帮了"我",第二年,村里人把"我"送去了部队。"我"的命运从此转折,在部队里入党、提干、成家,成了全村羡慕的人。多年以后,"我"转业成了政府机关干部,但幸福平静的生活水面之下潜藏忧伤和痛苦的漩涡,主人公非常想念两个失散多年的哥哥。"我就是这样活着,带着一种痛苦的记忆,和痛苦的愿望,活着,又活着。因为我不能把心里的痛苦说出来,告诉别人,包括我妻子,所以我的痛苦从来没有减少,反而越来越多。我觉得,我的痛苦就像偷偷存在银行里的一笔赃款,不管你怎么想,它们总是不会减少,只会增加。有时候,我真恨我两个哥哥,他们把我好好的生活给毁了。但更多的时候,我还是在怀念他们,希望他们还活着,让我们有机会相见。我经常想,如果有一天我们真的见面了,我一定会对他们大哭一场的,因为我从来没有对我的亲人哭过;他们给我留下了这么多眼泪,可我从来没有地方流。每每想到这些,我就特别想念他们,想让他们看看,我会怎么跟他们痛哭流涕的。"[①]

"我"的命运和心灵都承受着家庭从童年时代就加予的"债务",麦家将它形容成"赃款",一笔永远无法花出去,无法跟人说明又无法卸下的款项,确实不是财富而更像是一笔永远的精神"债务"。这个主体内心的精神债务主题,在麦家之前的作品中着墨不多,它萌芽于《杀人》这个短篇小说中,后来终于在出版于 2019 年的长篇小说《人生海海》中长成大树。在那部长篇小说中,主人公"上校"成年之后,肚皮上的刻纹成了他一生耻辱的印记,是他要拼尽一切去守护的秘密。这同样可以视为《杀人》中精神债务主题的延

---

① 麦家:《杀人》,《麦家文集·黑记》,浙江文艺出版社,2009 年版,第 53 页。

续。不过,《杀人》同样延续了麦家一贯的"偶然性"命题:"我"幸福的生活终于被"偶然性"打碎,源于"我"在回乡时遭遇了仇家女儿和女婿各种无端的羞辱,他们编造如何杀死"我"两个哥哥的细节,终于成功将"我"激怒,迎接仇家的挑衅。阴差阳错的是,在缠斗中,对方女人失手用刀捅死了自己的男人,而这间接过失杀人罪,却因此实实在在戴到了"我"头上。各种偶然性的叠加,一直是麦家小说中悲剧性逻辑的必然。在《人生海海》中,主人公上校悲剧的命运中,同样充满了种种偶然性。麦家小说之所以被纯文学界重视,就在于其好看有别于一般类型小说对跌宕起伏等消费性元素的简单追求。麦家小说的起伏并非简单的情节起伏,而是更内在地与人性的某种极限景观相关联,这种精神起伏事实上构成了对 80 年代以来先锋文学中比比皆是的命运书写的呼应和回声。

回顾麦家与军旅题材相关的中短篇小说,会发现他书写的并非英雄主义式的主流军旅文学,然而他也并非用八九十年代"新写实主义"那种小人物立场和市民日常主义来解构"英雄主义",毋宁说,他孜孜不倦探索的是一种生命的悲剧性,一种由偶然性和个体精神黑洞叠加而成的命运悲剧。事实上,在整个 20 世纪中国文学史上,现代的悲剧性一直是较少得到表达的部分。而麦家的探索无疑为现代的悲剧性以及悲剧的现代性表达提供了很典型的个案。

第二节 人生海海中的命运叙事

麦家写于 1990 年 10 月的短篇小说《寻找先生》[①]是军旅题材以外值得一提的作品,这一年麦家还写了《第二种败》,两部作品都是带有象征的寓言性写作。《第二种败》写战士阿今的第十次冲

---

① 这篇作品直到 2005 年后才修改发表于《山花》2005 年第 2 期。

锋,属于军旅题材;《寻找先生》同样是弱化戏剧性和情节冲突,挖掘象征寓意的作品,它即使置于麦家所有作品中也具有很强的辨识度。小说写的是一个叫棋的行走者一路寻找先生的故事,棋代表的是最变幻莫测的命运,而寻找先生就是问道,小说的情境设置已经包含了主体于千变万化的命运歧路中问道前行的寓意。《寻找先生》在某种意义上更像散文诗,是麦家进行的诗化小说尝试。虽然此条写作路径日后麦家几乎不再采用,但它的存在却意味着麦家身上存在的另一种潜能和可能性。甚至可以说,假如没有《第二种败》《寻找先生》这种哲理化、象征化的小说基因存在,我们或许不会看到麦家在谍战这种类型小说领域大获成功之后,又重新回到纯文学领域继续新的出发。所以,一切最后的结果可能在最初的出发处已经藏下了伏笔。这也是我之所以大费笔墨分析《寻找先生》的原因。

《寻找先生》开篇写道:"或者要有个寻找先生的故事了。或者寻找先生也是寻找红帆船。"[1]这里以不确定的口吻瓦解了小说的现实指向,确认了它的寓言品格,也使作品靠近了80年代开始兴起的先锋文学的调性。所以,棋不是某个人,他或许就是一代人。小说中,十二三岁的时候,棋就开始做着一个个美丽的红色的玫瑰色的梦,所以棋便是一个追梦人;棋受到梦的蛊惑,棋梦见一个苍老的声音告诉他:"孩子,我是你的先生,能给你带来欢乐和幸福。我住在桃花村,你来找我吧,找到了我,你将跟小喜鹊一样,没有忧伤烦恼,天天快乐地喳喳叫。"[2]先生住在"桃花村",这个在中国文化中代表着乌托邦的符号的出现,暗示着棋正是这样一个追逐乌托邦的理想主义者。被先生召唤又诱惑的棋开启了一生艰难的寻找和漂泊。带着梦想上路的棋,置身于万木丛中,犹如走在街市上,满脑子的思想使他并不孤独。棋来到了峡谷,撞见了一株苍老的古

---

[1] 麦家:《寻找先生》,《麦家文集·黑记》,浙江文艺出版社,2009年版,第259页。
[2] 麦家:《寻找先生》,《麦家文集·黑记》,浙江文艺出版社,2009年版,第260页。

树。古树一定遭受过在劫难逃的灾难,粗壮的树身只剩下两根枯干又孤零零的枝干,像一个举手悲号的绝望老人。古树仿佛在鼓舞棋要有持续走下去的精神和魄力,棋拍了拍古树继续启程。棋艰难地穿过人迹罕至的峡谷,遇见过斑斓的毒蛇、倏然起飞的雉鸡、攀崖而上的野兔;他又穿过了峡谷尽头的开阔之地,邂逅了满地的芳草萋萋、落英缤纷、栖息在一片片树叶和草叶上的甲壳虫……他终于来到一个炊烟袅袅的山村,当他满心以为这就是他要寻找的桃花村时,当地的人们却用惊愕的目光给了他否定的答案。棋就这样穿过了一个个既似桃花村又不是桃花村的村庄。他终于走到了这样的阶段,"世人对桃花村似乎一无所知,甚至漠不关心。桃花村似乎根本不存在于世上。这让棋感到害怕——想不到的害怕,比死还害怕"①。继续往前走的棋又一次走进了壁立千仞的峡谷,又一次遇见了那棵干裂的千年古树。棋仿佛走进了历史的迷宫,在一种对鬼打墙式循环反复的恐惧中,棋痛哭起来。一个苍老的声音再次飘然而至,面对棋关于桃花村在哪里的追问,那声音告诉他:"孩子,先生哪个村庄没有?你一路走过的每一个村庄里都有你的先生,有先生的村庄就是桃花村,它们都是桃花村,你怎么都错过了?"② 寻找的故事结束于棋生命的尽头,他对自己的一生被编成故事播散流传充满恐惧,然而生而不留血迹、足迹并不可能,于是便有了棋寻找的故事。小说最后一节,寻找者仿佛看到那片广袤的沙漠和纷扬聚拢的黑暗,这仿佛是第一节遥远的回声,也暗示着寻找的故事永不消逝。

这个叙事性很弱、诗性和象征性却很强的作品表达的内容远不止于"此在即彼岸"等一般性的道理。宽泛来说,它是对所有寻梦者坎坷命运的隐喻,它并不以美好励志的结局来为世人编织一个玫瑰色的梦,当然它并未完全否定这个梦的存在,或许,寻找的过程

---

① 麦家:《寻找先生》,《麦家文集·黑记》,浙江文艺出版社,2009年版,第265页。
② 麦家:《寻找先生》,《麦家文集·黑记》,浙江文艺出版社,2009年版,第267页。

就是意义本身。这里便不无某种存在主义的意味。

在我看来,《寻找先生》既阐释了某种存在主义哲学,又隐含着一个在中外文学中的永恒结构,即时空与人的结构。那个用一辈子在峡谷、山村和大地上行走和寻找的主体,正是无数正在穿过某个时空者的代表。它使我们想起了鲁迅的《过客》和海子的《九月》,鲁迅《野草》中《过客》一篇所描述的"过客",并不知道前面是什么,却依然要走下去,这显然是我们生命过程的高度象征化。我们并不必然走向成功,也不必然走向幸福,只是必然走向死亡。这个认识是悲观的,但我们却只能走下去,并在这种无意义中创造出意义来。海子的《九月》写的也同样是一个草原上的生命过客,空间在《九月》中体现为草原和远方的风,一望无际的草原是一种静态的辽远,远方的风作为一种流动的存在物是一种比草原更辽远的事物,所以,这里突出的是空间的广阔绵延。时间在这首诗中体现为"明月如镜高悬草原映照千年岁月"①,中国古诗最常用来表征时间的两个意象,一个是月亮,一个是流水。"秦时明月汉时关";子在川上曰:"逝者如斯夫",显然是用月亮和流水来表征时间。时间流逝,唯有日月山川永恒,明月表征的同样是一种时间的绵延。不难发现,时空在这首诗中被拉得特别广阔,或者说诗人有意识地把一个抒情的主体置放于一个被拉得特别广阔的时空里。所以,这种广阔映照了其中行走者的渺小、易逝和孤独,这便是"我的琴声呜咽　泪水全无／只身打马过草原"。对生命而言,每个个体都不可避免地要走向悲剧。所以,生命有一种悲剧感,但是他依然要"只身打马过草原",在草原中走下去,过草原。这首诗将人置放于特别广阔、辽远的时空,从而感受到一个人的渺小和孤独。但是另一方面,它又呈现出一个人在悲剧的存在中走下去的存在轨迹。

然而,正如《第二种败》中没有简单借用存在主义哲学立场一

---

① 海子:《九月》,西川主编:《海子诗全集》,作家出版社,2009年版,第205页。

样,《寻找先生》更有逸出于存在主义哲学的部分。这篇小说写于1990年,正是中国大陆经历着重大社会和文化转型的阶段,因此这篇小说不仅应视为个体生命寓言,它还存在着非常突出的民族寓言的特征。多年以后,在重新向纯文学回归的长篇小说《人生海海》中,麦家再次祭起了历史寓言的武器,并非没有前因。

因此,我更愿意将《寻找先生》视为对中华民族寻找现代化过程的隐喻。请想一下,五四时代便将科学和民主称为"德先生""赛先生",小说以"寻找先生"为喻并非空穴来风;小说中说"寻找先生也是寻找红帆船",这里的"红"帆船无疑也是一种政治隐喻。百年中国一直都在寻找"先生",欧美先生、苏联先生,或许真正的"先生"不能他寻,而存在于一种基于中国现实的现代性道路中。这幸福而艰辛的寻找中一次次经历历史与反复,仿佛又回到曾经走过的峡谷,这无疑包含着作者深刻的思考。

在我看来,将《寻找先生》归为"成长小说"并不准确,它包含着更加宏大的思想视野。然而,这篇小说并没有在麦家作品中脱颖而出。它带着先锋小说的特征,而且它不像80年代享有盛名的很多先锋小说那样凌空蹈虚,其象征背后具有更加宏大的历史视野和厚实的现实指向。可是它没有像余华相近主题的著名短篇《十八岁出门远行》那样脱颖而出,它事实上被时代所掩盖了,这在某种意义上促使了麦家向其他的写作道路转型。这里有着时代对文学的选择。这个时候,属于麦家的时代还没有到来。麦家日后也曾得到文学时势的眷顾并走上弯道超车的道路,但此时,他仍只能用勤奋和才华艰难地磨砺着自己。《寻找先生》很有特点,但此时先锋文学五虎将座次已定,寂寂无名的麦家很难仅凭一个短篇突围。但多年后回首,我却觉得《寻找先生》是一篇被远远低估的作品。

试以之与余华的《十八岁出门远行》相比较,余华的小说属于现代主义式的"成长小说",但《寻找先生》则已经超越了"成长小说"的范畴,虽然这个寻找先生的主体出发时是少年,但寻到最后已到生命的终点,所以它覆盖的不仅是少年问题。正因为它超越了"成长小说"的范畴,反而很难被它所处的时代所解码。对于一个渴求着文化解放,有着某种狂飙突进的浪漫性质的时代而言,"青年性"往往是最受欢迎的,比如歌德的《少年维特之烦恼》,比如郁达夫的《沉沦》,比如塞林格的《麦田里的守望者》,比如刘心武的《班主任》……青年主体的困惑和问题天然被视为一个社会变革的起点。余华的《十八岁出门远行》在青年主题和形式变革两方面呼应了时代的内在需求,因此非常容易就时代所识别和肯定。

"成长小说"所具有的弑父主题在《十八岁出门远行》中虽然没有显性表现,里面的父亲是温情而睿智的。这篇小说呈现的是单纯青年主体融入社会过程中所受到的伤害,世界以它固有的粗粝和残酷给怀揣梦想的明媚少年以当头一棒。"成长小说"展示青年闯荡世界的创伤,却不是为了让青年主体屈服于已有的象征权力秩序,毋宁说展示成长的创伤乃是为了呐喊和批判。《十八岁出门远行》没有明确的弑父指向,却展示了子一代新鲜的语言。小说中那种冷漠而略带荒诞的情境营构在彼时的中国文坛是具有杀伤力的,这构成了它非批判的批判性。与它相比,《寻找先生》显得太"熟"了,太深的隐喻使《寻找先生》更像是一部中年人的作品,它对历史和现实过于饱经沧桑的认识并不适合青春热烈而浪漫的 80 年代文化,同样不适合正在展开的务实喧嚣的 90 年代。这或许是这篇作品被忽略的原因。

2002 年之后,麦家已凭谍战小说成名,但在谍战小说之外,我们会发现麦家依然愿意花时间来经营一些并不属于谍战的中短篇。

《一生世》写于 2003 年 5 月,发表于《收获》2005 年第 2 期。2005 年第 5 期《收获》还发表了麦家的中篇小说《密码》。事实上,2002 年,麦家已经凭《解密》获得第六届茅盾文学奖提名,他的作品在中国顶级文学期刊上已经畅通无阻。《一生世》和《密码》是完全不同的两种小说,后者属于谍战类型小说,前者却属于我们通常所说的纯文学。小说以一个"孤老头子"的第一人称视角，叙述了他人生的悲怆和失落。老人自幼就经历过命运的坎坷："1941年，也就是我十三岁那年，洪水把我们家和整个村子都吞了，死了多少人谁也不知晓，反正死人比活人多。我们家九口人，活下来的只有我和二哥，还亏得河滩上的那棵老水沟树。我们在几丈高的树上吊了三天三夜，把弄得到手的树叶和所有挂在树枝上的死肉烂菜都吃尽了，洪水还没在老树的腰肚上。后来上游漂下来一张八仙桌，四脚朝天地颠着，像一艘破船，二哥和我从树上跳下来，抱住桌子腿逃命。"① 大难不死，却没有什么后福。主人公的二哥死了，自己跛了脚，一个人守着一爿小杂货店孤苦地生活。1976年端午节前后的一个晚上，店里来了一个落难的女人，她告诉"我"，她丈夫是部队里的团级干部，却突然落难，她也跟着落难。出于同情，还有其他更隐秘的"心理"，"我"改变了一开始对她的冷淡，给她热了饭菜，临走时还把仅有的五块钱给了她。女子临走时哭着对他说："从今以后你就是我亲爹，我死了也要报答你。"② 孤苦老人既不敢期待女人来报恩，但又何尝不是一直等着有人来改变和拯救自己于愁苦之中。多年以后，"我"通过电视机，居然把她的下落也弄明白了，原来她还活着，已经成了一个军工厂的党委书记和董事长。在电视上看到那个曾经落难的女子，给了"我"巨大的打击："屋子里黑作一团，心里面也疼得发黑。我忍着痛从地上爬起来，稀里糊涂地在房间里瞎转着，直到连着碰翻了两张凳子，才想起我还没开灯。"③

《一生世》特别在于，它对苦难弱者的悲悯，不是直接表达，而是拐了一个弯，通过书写这个受苦的弱者那种隐秘的期盼及其失落，写出了苦难阴影下普通人的真实人性。老人并非一直古道热

---

① 麦家：《一生世》，《麦家文集·黑记》，浙江文艺出版社，2009年版，第269页。
② 麦家：《一生世》，《麦家文集·黑记》，浙江文艺出版社，2009年版，第280页。
③ 麦家：《一生世》，《麦家文集·黑记》，浙江文艺出版社，2009年版，第283页。

肠，他有基本的同情心，但苦难也磨损着这种同情心。所以，一开始面对女人的求助请求，他是冷漠的，甚至就在决定给女人饭吃之后仍然没有好脸色："我也不知晓，都决定给她吃了，为什么还要说这难听的话。也许是我觉得对一个过路人行好，是没意思的，傻的。我们乡下人就这样，认识的人才叫人，不认识的就不是人，感觉气派一点的当龙看，什么事都客气几分，否则就当虫看，该欺不该欺的都要欺。总之，我们乡下人是不大会用正常的眼光去看待一个外人的。"[1]这种底层的"势利"，也是苦难对人正常伦理情感的磨损。一个人遭遇的苦难越多，就越没有安全感，越会按照趋利避害的现实原则行事。所以，麦家并没有浪漫化地想象一个在苦难中的善人。换言之，"我"对女人的救助更像是为自己的人生押的一个赌注，这个女人虽落难，但她的身份使"我"看到了翻身的机会。如此才能理解日后看到这个女人"发达"之后"我"的崩溃。在不知道女人命运之前，他所买的那张心理彩票还一直有效。但女人在电视上的出现，不但意味着他曾经做过"投资"的失败，而且彻底宣告了他内心隐秘希望——甚至可能是精神的支柱——的坍塌。《一生世》重申了麦家一贯的悲剧立场：大地上无所不在的苦难不会被轻易地、戏剧性地救赎，"善"并不必然带来"报恩"，这是对民间"善有善报"祈愿的反叛，只有苦难是永恒的，是"一生世"的。

《一生世》中的苦难主题设置，包括"一生世"这个词，在这个短篇小说完成之后的十六年后被搬进了麦家的长篇小说《人生海海》中。某种意义上，《人生海海》是一部命运之书，也是一部苦难之书。《一生世》中埋下的这颗苦难种子，在《人生海海》中长成了参天大树。麦家其他小说写的是一个人，或几个人的命运，但《人生海海》写的却是几代人、无数人的命运和苦难。《人生海海》中，遭遇苦难的人实在数不胜数。不仅主人公上校遭遇人生的

---

[1] 麦家：《一生世》，《麦家文集·黑记》，浙江文艺出版社，2009年版，第273—274页。

苦难，小说中的恶人小瞎子也是苦难的承受者，甚至就是苦难的产物。小说中还有无数普通人，他们在人生海海中时刻都跟苦难打着照面。譬如上校跟叙事人"我"讲述的一个故事：民国三十二年，上校在上海被一个手下出卖，被汪精卫的特务抓起来，关押在湖州长兴山的一个战俘营里劳改，四五百人天天挖煤。一次山体塌方，一百多人被堵在里面，几百人昼夜不停拼命挖，但塌方面积太大，十多天都挖不通，就放弃了，因为挖出来也是死人。只有一个四十多岁的江苏常熟人不愿放弃，因为他两个儿子都在里面。这是《人生海海》中非常次要的人物线索，麦家借此说明，苦难就是人生海海中的重要主题。这里，我们可以看到麦家写作的生长性，一个命题或元素在一部作品中闪过，或者仅仅是呈现为一个短篇，麦家绝不会轻易放过，他一定会将其经营成参天大树。

熟悉麦家的人会发现他身上有某种近于偏执的修改癖，他总是对同一作品进行反复修改，并不将发表视作一篇或一部作品的终点。修改癖一方面促使麦家推动主题或元素如种子般在自己作品中的生长，另一方面则是对已发表作品进行多次修改。

发表于《山花》2008年第3期的《陆小依》是脱胎于《大家》1997年第2期的《哨音响起》。不同在于，《哨音响起》中的女主角顾小娜更名成了《陆小依》中的陆小依，小说整体构思变化不大，但细节和局部文字改动却不少。《哨音响起》这个题目来自于小说里面所说的，在体育比赛中，比赛的开始或结束会有明确的哨音，但在生活中，一个人的退场却可以悄无声息到令人难以忍受的程度。没有哨音的生活展示的还是命运的某种神秘性和不可知性，这是麦家一贯的主题。小说中，陆小依（顾小娜）是一个幸福得令人羡慕的女人，无论是长相、收入、教育、配偶等等方面，她的一切都顺利得令人嫉妒。然而，一次带着两个孩子去火车站，她一不留神把自己的儿子丢了，从此成为一个不幸的女人。"说真的我在回避看到陆小依，因为每次看到她不修边幅的样子，总会让我对生活勾起一种盲目的恐惧。我总觉得，在她的过去和现在之间落差太大了，她从一个几乎人人羡慕的人，变成了一个几乎要我可怜的人，为什么？就因为安安离开了她。安安是她命运中的一只开关，开关开着，她的一切好好的，开关关了，她一切都完了。而哪个人身上没有这样的开关？这样想着，你就不会觉得生活是无忧无虑的。"[①]麦家用顾小娜或陆小依的命运提示着命运的无常和幸福的脆弱。

发表在《青年作家》2000年第9期上的《爱情事故》，脱胎于发表在《青年文学》1997年第10期上的《胡琴哭似的唱》，小说写的是一个因遭遇男朋友劈腿而自杀的爱情悲剧。小说主人公华玲来自农家，侥幸拜入县川剧团刘京香老师门下，华玲身材出众，但当演员的资质有限。华玲的男朋友陈小村年纪轻轻就当上了县委宣传部的副股长，思想传统的华玲在陈小村甜蜜的许诺下跟他发生了性关系，后遭陈小村抛弃，羞愤自杀。"弃妇"题材自古有之，麦家的这篇小说属于这一古老的题材谱系，他也没有像《杜十娘怒沉百宝箱》那样书写被抛弃女性的愤怒，他笔下的华玲，思想上仍有着沉重的封建枷锁，她的人生既幸运地获得了刘老师的提携，又不幸地遭遇了薄情郎，它再次证明了麦家对人生的悲剧化立场。即使是这样一篇算不上代表作的作品，麦家仍葆有孜孜不倦修改的耐心。

第三节 麦家的"谍战前史"

90年代，麦家已经开始有意识地转入谍战小说的写作，这构成了他走向《解密》之前谍战前史。1997年，《青年文学》第9期发表了他的《陈华南笔记本》，好评不断，也被收入了各种选刊，这可视为麦家谍战小说的开端。

[①] 麦家：《陆小依》，《麦家文集·黑记》，浙江文艺出版社，2009年版，第181页。

90年代，依然不是一个属于麦家的文学时代。我们可以想象，90年代初的麦家一定常常独对寂静和浩瀚的星空，思索着自己的写作方向。日后我们会发现，麦家不仅是一个拥有文学抱负和文学能力的作家，他也是一个拥有足够的文学策略的作家。文学抱负决定了一个作家要往何处走，文学能力决定了一个作家能写出何种品质的作品，但人们常常忽略了一点：拥有文学能力的作家并不必然能走到其文学抱负希望抵达之处，其间如果没有一些文学策略的话，就只能完全听天由命地接受时运的挑选了。对麦家这样多思得不无焦虑的作家来说，文学运气大抵是勤奋、才华和策略叠加的结果。所谓文学策略是指基于对文学场域的洞察而作出的文学发展方向的思考。《寻找先生》之后，麦家放弃了这一诗化、象征化、哲理化的纯文学写作路数，转而激活了自己职业生涯中最不可多得的经验，写起了后来风行一时的谍战小说。

麦家的"谍战小说"最终登堂入室，但过程并非一帆风顺，人们熟知他的《解密》经历了十七次退稿的故事。或许，90年代对他来说，就是不断投出《暗算》，不断遭遇退稿，又不断修改投出的过程。因此，谍战作家麦家不是一夕炼成的，我们不妨分析一下麦家的谍战前史，探测他谍战写作的发展和衍变。

《陈华南笔记本》前身是收入麦家1994年出版的小说集《紫密黑密》中的中篇小说《紫密黑密》，发表在《青年文学》1997年第9期时更名为《陈华南笔记本》。这部作品是麦家小说谍战前史中不能绕过的，它既包含着鲜明的先锋文学印记（有鲜明的向博尔赫斯《小径分岔的花园》致敬的意味），又包含了麦家日后谍战小说挖掘主人公精神深渊的特征，但是人物的悲剧性精神内涵还没有融合进来。

《陈华南笔记本》中，"701"这个日后在麦家谍战小说中频频出现的机构已经出现，陈华南正是"701"解密处处长。小说中，天才破译家陈华南破译过高级别密码紫密，是"701"破译专家中首屈一指的人物,但他正投身于与另一部高级别密码黑密的决战中。小说上部中,陈华南在一次出差中,在火车上被小偷偷走了一个笔记本,里面记录了他破解黑密的各种心得体会和灵感妙想,对他破译黑密极其重要。按理说,陈华南出行,"701"已经为他配备了保险箱和贴身保镖。这么重要的东西,他只要放在保险箱里就十分安全。偏偏他却将笔记本放在身上带的皮夹里,刚好一起被小偷偷走了。随后,"701"虽然获得了地方政府的支持广泛搜寻,但一时无果。这个意外的偶然事件却将陈华南打垮了,他精神失常成为一个疯子。小说上部,看上去是一种外聚焦叙事,即小说是由外在于小说之外的叙述者来讲述。但到了下部,读者突然发现,故事的叙事人走进了小说中,并开始了对陈华南故事的探寻。叙事人父亲与陈华南住同一医院,陈华南神奇的故事成了病友们竞相打听、传播的谈资。当"我"探寻到"701"却获知,当年的黑密后来被另一个破译家严实所破解。他去寻访严实,引出了陈华南笔记本故事的续集——一个关于破译事业的荒诞与残酷的故事。原来,当年陈华南笔记本很快就找了回来,阅读陈华南的笔记本,严实发现,破译黑密之路陈华南只用了两年就走完了九十九步,只剩下的最后寻找密锁的一步却持久地折磨着他。关于"密锁",小说做了这样的比喻——"密锁的概念是这样的,比方说黑密是一幢需要烧毁的房子,要焚烧房子首先必须积累足够干燥的柴火,使它能够引燃。现在陈华南积累的干柴火已堆积如山,已将整幢房子彻头彻尾覆盖,只差最后点火;寻找密锁就是点火,是引爆……"[①]

令人匪夷所思的是,严实之所以能破解黑密,并非因为他比陈华南更具天才和禀赋。恰恰是因为他不具备陈华南那样的破译禀赋,他的专业能力不足以支持他去寻找密锁。陈华南发疯一事令他大受冲击,随后又突发奇想:

---

① 麦家:《陈华南笔记本》,《青年文学》1997年第9期。

那么你知道,正常情况下,你总是会把自己最神圣最珍视的东西存藏于最安全最保险的地方,譬如说陈华南的笔记本,它理应放在保险箱内,放在皮夹里是个错误,是一时疏忽。但反过来想,如果你把小偷想象为一个真正的特务,他作案的目的就是要偷走笔记本,那么,作为特务他一定很难想象陈华南会把这么重要而需要保护的笔记本疏忽大意地放在毫无保安措施的皮夹里,他要偷走的肯定不会是皮夹,而是保险箱。然后你再作假设,如果陈华南这一举动——把笔记本放在皮夹里,不是无意的,是有意的,而他碰到的又当真是一特务(不是小偷),那么这时你想想,陈华南将笔记本放于皮夹"这举动"是多么高明,多么杰出的机智!它分明使特务陷入了迷魂阵是不?这使我马上想到黑密,我想,制造黑密的家伙会不会故意把密锁放在皮夹里?而陈华南——一个苦苦求索密锁的人,则扮演了那个在保险箱里找笔记本的特务?[①]

这个福至心灵的猜想催生了严实人生的巅峰时刻。果然,黑密的设计者在密码中玩起了近乎疯狂的"空城计",黑密根本就没有密锁。严实感慨:"这确实是魔鬼制造的密码!只有魔鬼才有这种野蛮的勇气和贼胆!只有魔鬼才有这种荒唐又恶毒的智慧!魔鬼躲开了天才的攻击,却遭到了我这个幸运儿的迎头痛击。然而,天知道,我知道,这一切都是陈华南创造的,他用笔记本把我高举到遥远的天上,又通过灾难向我显示了黑密深藏的机密。""魔鬼所以制造这种密码,一定是因为他们从紫密被破的悲惨中看到了自己的绝境,他们知道——一次交锋已使他们深悉陈华南的天才,正面交锋无望,于是来了这生僻、怪诞的一招。然而,他们哪里想得到,陈

[①] 麦家:《陈华南笔记本》,《青年文学》1997年第9期。

华南还有更神的绝招，用老人的话说就是：他用灾难的方式向他的同仁显示黑密怪诞的奥秘，这是人类密码史上绝无仅有的一笔！"[1]

《陈华南笔记本》发表之后，"文艺界的评价非常高，很多杂志都选了，也接到好多电话。然后我就想，以前写了那么多小说，没有什么反映，为什么这个小说反映那么好？我就像尝到甜头一样"[2]。这个"甜头"指的是特情小说独特题材带来的关注度。1991年7月，麦家就开始写《解密》，经历了十七次退稿才终于在《当代》2002年第6期登场，随后由中国青年出版社出版。但1997年发表的《陈华南笔记本》获得的好评无疑鼓励着他，让他坚信谍战写作必将曙光在前。

事实上，《陈华南笔记本》已经包含了麦家后面《解密》《暗算》等谍战小说成功的奥秘，包括：

其一，麦家已经找到将破译故事转译为文学故事的语言。事实上，讲述特殊机构"701"的故事面临的最大挑战就在于如何将这种特殊的现实经验转译为既允许公开又具有文学性的文学经验。完全如实照搬破译故事有违破译工作的保密性，而且过于专业的破译问题也难以获得文学读者的共鸣。所以，麦家首先要解决的问题在于，如何在他那些不可多得的破译行业经验中提取出与人和生命困境同构的经验，并用一种文学性语言来转译。结果是，麦家用譬喻和类比巧妙地架设了一条语言的桥梁。上引的例子，为了说明陈华南破译黑密的工作，如何在最后的寻找"密锁"这一步上裹足不前，麦家就使用了"黑密是一幢需要烧毁的房子，要焚烧房子首先必须积累足够干燥的柴火，使它能够引燃"这样的比喻。又如陈华南相信"世上密码就与一具生命是一样的，是活着的，一代密码与另一代密码丝丝相连，同一时代的各个密码又幽幽呼应，我们要

---

[1] 麦家：《陈华南笔记本》，《青年文学》1997年第9期。
[2] 麦家：《与文洁对话》，《麦家文集：人生中途》，浙江文艺出版社，2009年版，第204页。

解破今天的哪本密码，谜底很可能就在前人的某本密码中"，又如"密码的演变就像人类脸孔的演变，总的趋势是呈进化状的，不同的是，人脸的变化是贯穿于人脸的基础，变来变去，它总是一张人脸，或者说更像一张人脸，更具美感。密码的变化正好相反，它今天是一张人脸，明天就力求从人脸的形态中走出来，变成马脸，狗脸，或者其他的什么脸。所以，这是没有基形的变化。但是不管怎么变，五官一定是在越变越清晰、玲珑、发达、完美——这个进化的趋势不会变。力求变成'它脸'是一个必然，日趋'完美'又是一个必然，两个必然就如两条线，它们的交叉点就是新生一代密码的心脏"。[①]这里就巧妙地找到了用文学语言谈论破译工作的方式。通过文学转译，破除了"保密性"和"专业性"的双重壁垒，破译这种特殊经验成为麦家独家武器便获得了可能。

其二，麦家开始建立破译工作的荒诞性与人生悲剧性的同构性书写。解决了破译经验的可书写性问题之后，麦家还必须使这种经验获得更深刻的文学性，在"破译"这一屏幕上投射进更深刻的人生思考。很自然地，麦家以往那些悲剧性的文学书写开始迁移到谍战小说中来。《陈华南笔记本》最直接呈现的就是某种生命的荒诞性悲剧。所谓荒诞就在于，事物发展没有遵循必然性和应然性规律，反而受到了偶然性的支配。作为破译家，陈华南具有非凡的禀赋，严实感慨"他的灵魂就是只老虎！他撕啃疑难就像老虎撕啃肉骨那么执著又津津有味，他咬牙酝酿的狠狠一击就像老虎静默中的一个猛扑"[②]。可是，这头猛虎一头扑进了荒谬之域。破译工作的荒谬就在于，破译家命定要去解决不可能解决的命题。将有限的血肉之躯投入到与无限的不可能性的对抗中。陈华南破解紫密，是才智和运气的胜利，但麦家试图昭示，在命运的不可能性面前，失败才是必然的。而且，"不可能性"往往化身为细微琐屑的偶然性将

---

① 麦家：《陈华南笔记本》，《青年文学》1997年第9期。
② 麦家：《陈华南笔记本》，《青年文学》1997年第9期。

一个巨人打垮。比如,陈华南就是被笔记本失窃这一偶然事件打垮的。可以说,正是通过对破译事业的荒诞性与人生悲剧性的同构性书写,麦家提升了谍战小说的文学品位,使破译经验不仅可写,而且具有深刻的思想洞察。

其三,麦家开启了对破译家心灵黑洞及其人生悲剧性的勘探。在中国主流军旅文学中,陈华南这种破译家必是光辉圆满的盖世大英雄,这恰恰是经受新时期文学熏陶的麦家希望打破的叙述定型。多年后回顾,麦家说道:"从前(五十一七十年代)我们的写作始终缺乏个人化的内容,都是围绕宏大叙事,问国家在说什么,问这个时代在说什么,结果是塑造了一批假大空、高大全的英雄。进一步的结果是,作家和读者都厌倦这种作品,当有一天我们有权作另行选择时,肯定要选择另外一条路走,现在我们这条路就是:写我自己。"① 因此,陈华南们在面对破译这一诡秘又高难的对象时的内心黑洞成了麦家孜孜不倦勘探的对象。一方面,陈华南是大英雄,如严实所说,他的灵魂是只老虎,是人类的精英,魅力无穷,心灵深邃如黑洞;另一方面,他又比常人更敏感、脆弱、神经质,甚至于不堪一击。从陈华南出差坐火车时我们就能感受到他不无病态的神经质。他百折不挠的钻牛角尖精神同时又让他对周遭的一切产生了深奥的敌意。"就像有些人怕关在家里、怕孤独一样,他怕出门,怕见生人。荣誉和职业已使他变得如玻璃似的透明、易碎,这是没有办法的,而他自己又把这种感觉无限地扩大、细致,那就更没法了。就这样,职业和他对可能发生的事情的过度谨懊心理一直将他羁留在山沟里,多少个日日夜夜在他身上流逝,他却如一困兽,伏于一隅,以一个人人都熟悉的姿势,一种刻板得令人窒息的方式生活着,满足于以空洞的想象占有这个世界,占有他的日日夜夜。"②

---

① 麦家:《与季亚娅对话》,《麦家文集:人生中途》,浙江文艺出版社,2009年版,第257—258页。

② 麦家:《陈华南笔记本》,《青年文学》1997年第9期。

从陈华南开始,一个天才与疯子同构(又被称为"弱的天才")的人物模型日后在麦家小说中不断重现,这个形象谱系中有容金珍、阿炳、黄依依、陈二湖等等,成了麦家为中国当代文学贡献的一个典型形象。

其四,麦家尝试在类型小说叙事中融入现代主义叙事资源的探索。2008年,麦家在《口风欠紧的钱德勒》一文中说:"我一直在寻思,小说的好看与耐看之间应该有一条可以沟通的暗道,所谓龙蛇一身,雅俗共赏。"[①]这应该是90年代初麦家就已经获得的文学觉悟,《陈华南笔记本》无疑就走在这条路上。日后由于《解密》《暗算》大获成功,麦家被视为中国谍战小说之父,于是常常被归到钱德勒、阿加莎·克里斯蒂等侦探作家一脉,但麦家在陈述阅读史和师承时直言:"我要说,我的'亲人'中没有阿加莎,没有柯南道尔,也没有松本清张,他们都是侦探推理小说的大师。但是很遗憾,我没有得到过他们的爱。我今年春节才受王安忆的影响开始看阿加莎,我认为她非常了不起,但也很'绝情'——因为她已经把她开创的路堵死了,谁要照她的路子写,肯定死路一条。"[②]麦家的文学资源是80年代中国文学青年典型的现代主义:塞林格、卡夫卡、博尔赫斯、纳博科夫、马尔克斯……特别是博尔赫斯甚至曾令麦家"产生了过度的崇敬"[③],"我曾经推崇卡夫卡为我心中的英雄,但现在我心中还有一个英雄,他就是博尔赫斯"[④]。显然,从《陈华南笔记本》中,我们可以看到卡夫卡的影子,但更直接的当然是博尔赫斯的投影。小说开篇就引用了博尔赫斯经典短篇小说《小径

---

① 麦家:《口风欠紧的钱德勒》,《麦家文集:人生中途》,浙江文艺出版社,2009年版,第20页。

② 麦家:《与季亚娅对话》,《麦家文集:人生中途》,浙江文艺出版社,2009年版,第281页。

③ 麦家:《博尔赫斯和我》,《麦家文集:人生中途》,浙江文艺出版社,2009年版,第4页。

④ 麦家:《博尔赫斯和我》,《麦家文集:人生中途》,浙江文艺出版社,2009年版,第8—9页。

分岔的花园》中的一段话:"什么事情都会恰恰发生在一个人身上,而且恰恰是现在。一个世纪接连一个世纪过去,就是到了现在,事情才发生;空中,地上,地下,海里,生活着无数的人,可所有一切真正发生的事情,都在你身上发生了。"甚至,《陈华南笔记本》的结尾也以"模仿"的方式致敬着博尔赫斯这部经典名篇。在博尔赫斯的小说中,艾伯特博士以被枪杀的方式,向德国传递了一个军事秘密,这个令人脑洞大开的设计到了《陈华南笔记本》中便是陈华南以发疯的方式启示着严实破解黑密。显然,麦家是从纯文学而转战谍战这一类型小说的作家。假如没有谍战这种类型小说,或许他无法从当代很多纯文学作家中脱颖而出;但假如没有纯文学的文学资源,他的谍战小说可能也无法从既有的类型文学谱系中获得辨析度。

写于2001年的中篇小说《黑记》[①],是麦家小说谍战前史中必须提到的作品。小说采用第一人称叙述,主人公是一个叫"麦家"的作家。小说上篇叙述了一个非常离奇的故事:"我"交往的情人林达左乳右侧有一片黑记,这不是一块普通的胎记,而是后天长出,具有强烈感受性的存在,它在林达和"我"的性爱中表现出令人印象深刻的敏感性。这块黑记导致了林达突发的长时间昏迷,后来却在"我"对她身上黑记的触摸下逐渐苏醒。下篇则引出了著名医学家对林达这一病例的解释,医学家在林达的黑记中检测出一种前所未有的细胞,"这群细胞犹如天外来客,背叛了地球上所有生物细胞自古而今都少不了的碳、氢两种基本元素的铁律,同时又冒出了一种自古而今没有的莫名新元素。拿传统的生命科学观念来说,这无疑是荒唐的,荒唐的程度犹如一棵树木上自然长出了一块人体组织,或者一块铁,或者一块塑料等等不可思议的东西"[②]。由于这

[①] 发表在《芙蓉》2003年第2期,本书参照《麦家文集·黑记》,浙江文艺出版社,2009年版。
[②] 麦家:《黑记》,《麦家文集·黑记》,浙江文艺出版社,2009年版,第45页。

种人类细胞突变医学家推测人体身上已经出现反人体的物质,在他看来,人类的发展史也是跟疾病的斗争史,但疾病一定比人类更顽强,即使在世界上没有了人类之后,疾病依然会继续存在。他在一次报告会中以林达的病例想敲响警钟,人类已经进入晚年期:"人的肌体将有可能如同今天人体身上的细胞或蛋白质一样出现更多叛乱分子,然后给人造成致命的伤害。"[1] 小说的结尾耐人寻味:有一天"我"在宾馆里写作时接到一个风尘女子询问"要不要服务"的电话,电话那头的声音十分熟悉,却又想不起是谁,这促使"我"同意她上门来"为我服务",见面却惊觉这个女子居然是林达。林达为何沦为风尘女子,小说提供了一种特别的答案:"这是患有奇特病症的林达接受导师神秘治疗的一部分。换句话说,林达的今天是神秘的黑记造成的,从一定意义上说,为了遏制病情,她需要不停地做爱……"[2]

不难发现,《黑记》是麦家对人类未来医学健康的忧思录,林达身上的"黑记"以及她被卷入的奇特遭遇隐喻着人类在物种上已经遭遇的"突变"。就小说写作来说,《黑记》处在麦家写作的过渡阶段,它并未获得很高的评价,它非常宏大的忧思命题跟某种"非现实化"倾向也存在某种裂痕。这篇小说可能遭遇的质疑在于:"黑记"包含前所未有的细胞(包括这些细胞中包含了已有元素周期表所没有的新元素等说法)这一小说重要的前提,并没有相应的现实科学支持。虽说作家有虚构的自由,但涉及科学的虚构,如果没有一定依据,虚构的现实意义就会大打折扣。那么,"黑记"的价值便只能存在于其象征性。但不可否认的是,一个文学象征的价值,依然来自于它跟现实之间的相关性。格非有过一个说法,他说如果没有20世纪的两次世界大战,卡夫卡的地位可能不会那么高。没有两次世界大战所催生的现实荒诞,人们就很难将卡夫卡的荒诞

---

[1] 麦家:《黑记》,《麦家文集·黑记》,浙江文艺出版社,2009年版,第48页。
[2] 麦家:《黑记》,《麦家文集·黑记》,浙江文艺出版社,2009年版,第50页。

书写体认为真实。或许，人类的生理畸变是一个持续发生的现实，但《黑记》产生的 21 世纪初，似乎没有足够的社会语境使这种认识成为一种普遍性认识。因此，《黑记》很难获得广泛的共鸣。

但《黑记》对麦家却并非没有意义，这种意义就在于它包含了一种后来在麦家谍战小说中大放异彩的"异人叙事"。《黑记》中，林达和医学家都具有异人特征，林达生了怪病，医学家带着神秘的色彩，能轻易获得省府的支持，显示了深不可测的背景。但"这位举世罕见的天才人物居然有着人类少见的生理缺憾。他是个阴阳人！终生未婚似乎只是个无聊的凭证，人们有目共睹的是，每年到了季节更替的期间，他总会莫名地变声，同时变得多愁善感，对男人彬彬有礼"[①]。这种具有生理缺陷天才的文学功能，在《黑记》中并没有被麦家大力挖掘，但日后在《解密》《暗算》的容金珍、阿炳、黄依依等人身上，我们发现它被发展成一种后来评论界津津乐道的"弱的天才"。换句话说，《黑记》中，异人叙事仅仅为小说带来了情节上的吸引力，它尚未挖掘出跟小说精神叙事更相契合的内涵。而在后来的小说中，阿炳等人物那种兼具了极致的天才和极致的缺陷（生理或心理上）的特征被麦家挖掘出多重的叙事功能。首先，异人故事本身就具有较强的叙事吸引力，异人身上的二元性张力（天才＋弱智）又为小说叙事带来很大空间；其次，"弱的天才"的二元性有效地联结了麦家的异人叙事和悲剧叙事，悲剧意蕴使《解密》《暗算》等小说在审美上大大超越于《黑记》；再次，异人的独特天才性，为麦家展现人类身处的那种极限性的精神困境提供了便利。不妨说，《黑记》中存在着异人叙事的胚胎，却蛰伏尚未发芽。麦家虽未使《黑记》大放异彩，却敏锐地提取了《黑记》身上独特的叙事基因，并将其跟《陈华南笔记本》等特情小说结合起来，从而使麦家日后的谍战小说的丰富性得到较大提升。在此意义上，《黑记》本身虽然不是谍战题材小说，却属于麦家小说谍战前

---

① 麦家：《黑记》，《麦家文集·黑记》，浙江文艺出版社，2009 年版，第 31 页。

史中不可忽略的一笔。

结　语

　　从发表处女作《变调》的1988年到《解密》发表的2002年，可以视为麦家写作的探索期。不难发现，这个阶段麦家从新时期文坛前沿风潮中渐渐走出来，摸索着找到了自己的道路。80年代麦家的写作，走的是先锋文学的路，又受着诸如新写实主义之类的影响，有意将军旅题材与文坛前沿写作潮流结合，写出了颇有特色的作品，但产生的影响并不能让他满意。因此，麦家不断摸索着新的写作方向，1991年他开始了《解密》的写作。这部作品经历十七次退稿和无数次修改，终于于2002年在《当代》发表，这是麦家第一部公开发表的谍战类型的长篇小说。事实上，1997年，谍战题材小说《陈华南笔记本》的成功已经给了他鼓舞和指引。纵观麦家此阶段的写作，有个关键词值得注意：

　　文学谋略。上面已经提到文学抱负、文学能力和文学谋略这组概念。文学抱负决定一个作家要往哪里去；文学能力决定一个作家作品的完成度，因此也成为决定他能否到达目的地的因素之一；人们常常有意无意忽略了，文学谋略同样决定着一个作家能否到达目的地。所谓文学谋略，是指作家基于对自身写作资源及其所处的文学场域情况的综合判断，对写作道路作出选择取舍的策略。身处复杂的文学场域，并非所有的好作品都能够浮出水面，都能够被看见和聚焦。因此，文学谋略是一个作家能否脱颖而出的重要因素。不难发现，麦家不仅苦练提升着自己的文学能力，同时也不断根据文学现场的反应，以差异化原则调整着自身的写作方向。最初，他写着《变调》《私人笔记本》这样的成长小说，很快他就转向了《寻找先生》《第二种败》这样带着诗化、哲学化特征的先锋小说；此路不通，又转向了《谁来阻挡》《农村兵马三》这样具有新写实特征的军旅小说；敏感的麦家一定意识到这并非坦途，于是又暗自修炼起独门武功，经历了《紫密黑密》《陈华南笔记本》《黑记》等的积累，终于修成了让麦家声名鹊起、入选茅盾文学奖提名的长篇小说《解密》。

必须说，麦家是一个具有很强文学经营意识的作家。这里的"经营"不仅指如何进行作品的市场化推广，更指他对写作在文学场域的占位策略具有相当的思考。他意识到"写作应该是要有策略的，你东打一拳，西打一拳，评论家没法关注你。那么我现在写这个地下题材，某种意义上，就像我在创我的一个品牌，但是，如果我老是抱住这个品牌不走，人家也会说你江郎才尽，而我自己也会没有新鲜感了"[①]。这里透露出，麦家既有策略，也有抱负。只是，在21世纪初，对于尚未"功成名就"的他来说必须更重"谋略"。所以他深谙一年中"发了5个中篇，密度很高了，没必要再去挤，我就把它们放到明年写长篇时用，让人们感觉我还没有消失"[②]。"策略"还表现在麦家对阶段性写作目标的清晰设定："如果说我写《解密》的理想和愿望是让文学界的人佩服我，那我写《暗算》的时候，某种意义上是这样想的，文学界的人通过《解密》承认我了，我现在需要另外一拨人来承认我，那就是大众。"[③]后来，麦家进一步获得专业和市场双重认可，作品深受读者欢迎，改编成影响巨大的影视剧，2008年又凭《暗算》获得第七届茅盾文学奖。应该说，正是麦家的写作谋略使他为自己找到了与文学时势相遇的机缘。

---

① 麦家：《与文洁对话》，《麦家文集：人生中途》，浙江文艺出版社，2009年版，第205页。
② 麦家：《与文洁对话》，《麦家文集：人生中途》，浙江文艺出版社，2009年版，第208页。
③ 麦家：《与文洁对话》，《麦家文集：人生中途》，浙江文艺出版社，2009年版，第207页。

我还想说，文学谋略不仅是对写什么的取舍，同时包含着对怎么写这种写作内部问题的思虑。比如麦家将现代主义文学资源与谍战这种通俗小说类型进行雅俗融合，同样是其文学谋略的体现。没有好看的故事和通俗类型小说元素的存在，麦家无法打开大众阅读市场；没有纯文学元素的加入，麦家小说无法获得专业文学界的接纳，也就无法获得专业学界的象征资本。值得一提的是，2014年3月18日，《解密》英文版被收入英国"企鹅经典"文库，由企鹅出版集团和美国FSG出版公司联袂出版。此前中国作家被收入"企鹅经典"文库的仅有鲁迅、钱锺书和张爱玲，这意味着麦家并非作为一个通俗小说家被国际接受。欧洲文学界肯定麦家，强调的同样是他区别于其他谍战、侦探小说家的审美异质性。因此，正是坚持雅俗融合的写作策略加持着他一步步走得更远。

第三章　从密室解密到人生海海
（2002—2019）

第一节　《解密》："谍战小说"的发生学

一、《解密》发生学探源

2019年，《解密》由"新经典"再版，事实上，这已是《解密》的第N次再版了。《解密》和《暗算》一同入选英国"企鹅经典"文库，英国《经济学人》盛赞"终于，出现了一部伟大的中文小说。这部作品的节奏，它生动的叙述，它极新颖的故事，是中国小说中独一无二的"。《解密》获此盛誉，却是麦家所有小说中出版最为曲折艰难的一部。在一篇关于《解密》的报道中，作者用非常文学化的笔法点出了《解密》出版史的曲折艰难和苦尽甘来：

> 如今，《解密》再版，麦家谈及这部作品，像是在向人介绍自己心爱的孩子，他的心头肉。这个孩子早年叛逆，又常常碰壁，令他操碎了心，成年后，他愈发懂事，终于在这个社会上占有一席之地。于是老父亲麦家向人说起他时，语气中少不了欣慰与骄傲：他已经会讲三十多种语言，去过上百个国家和地区。[①]

---

① 《麦家〈解密〉再版：人是世间最深奥的密码》，新经典豆瓣账户 2019 年 10 月 23 日，https://www.douban.com/note/739154390/。

这部动笔于 1991 年的小说，一直到十一年后的 2002 年才获得机会出版，中间经历无数次修改和十七次的退稿。关于这部小说的"起点"，这篇报道同样有着非常文学化的描述：

> 1991 年 7 月，北京魏公村，解放军艺术学院文学系。临近毕业，大部分与麦家一同在 89 年入学的学生已经找好工作，正为即将到来的离校日奔走忙碌，27 岁的麦家却表现得迥异，用他自己的话说，是"开始发神经"。他突发奇想般地摊开稿纸，暗自定下目标，决意在毕业之际写出个"大东西"。这就是《解密》之最初。①

在《解密》动笔之前，麦家已经发表过《变调》《人生百慕大》《第二种败》等中短篇，与之前的作品相比，《解密》最大的变化不在于它是长篇，而在于它包含着一种写作上的转型。日后研究者可以非常清晰地将《解密》等作品归入带有类型小说性质的谍战小说，麦家也被视为中国谍战小说之父。彼时落笔之际麦家未必对写作方向的调整有清晰的认知，但他一定意识到，这部小说的核心乃至成败，全在这个叫作容金珍的主角上。长篇小说有很多种，《解密》属于那种传记型长篇，换言之，整部小说完全围绕主角容金珍的人生事功和精神历险来展开。

现在读者仅能通过麦家的讲述知道《解密》曾经在漫长的十一年写作史中遭遇过十七次退稿，至于究竟哪些杂志、出版社，出于什么考虑将《解密》退稿？而在不断的退稿过程中，《解密》又经过哪些大的修改？ 2002 年出版的《解密》的主体内容和结构是从何时确定下来？这些关涉《解密》写作发生史的问题都需要更多实

---

① 《麦家〈解密〉再版：人是世间最深奥的密码》，新经典豆瓣账户 2019 年 10 月 23 日，https://www.douban.com/note/739154390/。

证的资料来支撑。但是，我们可以考察的是，在麦家个人的写作史上，哪些作品构成了《解密》的先声和回响？先声是为此所作的准备，而回响则是同一艺术范式的推衍，它提示着某种艺术有效性的持续和中断。

光从发表的顺序上看，发表于《青年文学》1997年第9期的《陈华南笔记本》最有资格被视为《解密》的先声，问题是《解密》早已于1991年动笔，到1997年究竟已经遭遇过几次退稿不得而知，但距第一次完成投稿时间一定不会太短。所以，究竟应该说《陈华南笔记本》是《解密》的先声，还是说《陈华南笔记本》不过是因《解密》发表（出版）不畅而从已完成稿中拆零出来？

2003年，麦家因上榜了当年度中华文学人物榜接受《新京报》记者术术访谈，这位记者发问：十年前你是怎么决定写《解密》这样一个题材的小说的？这是涉及《解密》写作发生学的问题，麦家如是答道：

> 严格地说，十年前我没有决定要写《解密》。十年前的我还没信心写一部长篇，它是写着写着写出来的。题材也是写着写着出来的。最早"解密"的主人公只是一个国家"机要人员"，不是破译家。写《解密》的过程让我发现，故事可以不是想出来的，有时故事可能是故事自己长出来的，像蘑菇，是蘑菇自己长出来的。①

这个说法诚恳也符合写作的规律。以麦家不断修改的个性，我们可以推断：《解密》十七次退稿中可能已经转换过几番面目，后来出版的《解密》可能是从《紫密黑密》到《陈华南笔记本》中生长出来的。1994年，麦家在解放军文艺出版社出版了一部中短篇小

---

① 麦家：《与术术对话》,《麦家文集：人生中途》，浙江文艺出版社，2009年版，第212页。

说集《紫密黑密》，占了该书七十五个页码的中篇小说《紫密黑密》正是后来发表在《青年文学》的《陈华南笔记本》的母本。详细比较《紫密黑密》和《陈华南笔记本》，它们在某些局部的表述上有不少差异，但人名设置、故事情节、主题结构基本相同。甚至可以说，《陈华南笔记本》就是精致化的《紫密黑密》。

《紫密黑密》和《陈华南笔记本》构思的精髓在于麦家创造了一种与反逻辑的疯狂同在的英雄主义：笔记本的丢失对陈华南的打击，居然到达致其发疯的程度，但陈华南笔记本及其发疯的事实却又鬼使神差地启发了"701"同事对黑密的破译。很可能是，这个构思成了后来《解密》的种子。

《紫密黑密》是麦家第一部小说集，该书除主打作品《紫密黑密》外，还收入了《人生百慕大》《五月的鲜花开遍原野》《变调》《英雄故事》《寻找先生》《深藏的温柔》《第二种败》《充满爱情和凄惨的故事》等中短篇。此书印数二千二百册，这个印数符合一个普通青年作家的待遇，出版社显然并不看好这本书的市场，事实上这本书也未再版，印证了出版社的预期。总体而言，这本小说集的出版对彼时的麦家，是一件值得高兴又并不容易的事，麦家在后记特地强调："在严肃文学境况如此肃杀、尴尬的情况下，这本集子得以出版，是我近年来最快乐的一件事。"①

无疑，《紫密黑密》包含了跟同名小说集其他作品非常不同的质素，日后麦家正是沿着这条大路大放异彩的。但在当时，他和评论者或许都没有意识到这颗石头将变成一条大路。麦家在小说集前面的题词写道："我有几位如博尔赫斯小说的朋友，他们是这世界给我的最大馈赠和安慰，本书献给他们。"中篇小说《紫密黑密》在构思上显然有向博尔赫斯致敬的意思，它既说明麦家本人的博尔赫斯情结，也说明彼时麦家的自我文学规划依然在先锋文学所设定

---

① 麦家：《紫密黑密》，解放军文艺出版社，1994年版，第244页。

的延长线上。为小说集《紫密黑密》作序的殷实先生同样并未发现主打作品包含的异质性和生长性,而依然习惯性地从先锋性的角度来解释这篇作品:"作品伪造了一个侦探故事的大体结构,在他煞有介事地抖露的那些扑朔迷离的素材当中,并不包含任何经典侦探故事特有的实质性内容。""他变成了一个从语言或'叙述'的内部寻求小说出路的人。同中国所有的先锋小说的写作者一样,他不得不把小说从人类寻求对自身和世界表达的链条上拆解下来,满足技艺或窍门方面的精益求精。"[①] 1994年的中国,称一个小说家在语言和叙述内部寻求出路,依然是一种新潮的赞美;而将一个有志于纯文学的作家指认为侦探作家,可能会被视为某种程度的贬低。麦家在本书后记中强调的也是小说的语言而不是题材。换句话说,1994年,《紫密黑密》虽然写出来并收入了公开出版的小说集《紫密黑密》中,但麦家已有的文学观念和作品获得的社会反馈,尚未促使麦家将其视为一个崭新的方向。

事情发生变化是在1997年《陈华南笔记本》发表之后,对此麦家有一段自述:

> 在《解密》之前我曾经写过一个中篇小说,《陈华南笔记本》,文艺界的评价非常高,很多杂志都选了,也接到好多电话。然后我就想,以前写了那么多小说,没有什么反映,为什么这个小说反映那么好?我就像尝到甜头一样。另外一方面,这个题材我还是比较熟悉的,我知道有这样的部门,虽然没有太具体地干过这样的工作,但我多多少少有些别人没有的了解,在外围做过些服务性的工作。可以说,这些人每天都跟我擦肩而过,只是我不能跟他们说话。如果有一天你跟他们说话,你还会给自己惹下

---

① 麦家:《紫密黑密》,解放军文艺出版社,1994年版,第5页。

麻烦，万一他的有些话是秘密的，而这个秘密很可能是5年、3年，也有可能是20年，那我就20年不能离开那个岗位。实际上，后来我很快就离开了。因为我会写点小说，军区领导说，会写小说就会写材料，就把我调到军区机关去。其实我根本不会写材料，去了后干得很不好，所以后来一有机会就考到解放军艺术学院去了。[1]

这是一个属于《解密》发生学的时刻，不妨推断：正是《陈华南笔记本》在文学杂志发表所产生的正向反馈让麦家意识到：《紫密黑密》代表着一条独特的道路，这也激活了他对自己独特生活经验的认知。麦家之前一定也考虑过发挥独特经验的问题，因此写了一批军营题材的作品，这些作品也产生了一定反响，但尚不构成真正的影响。《陈华南笔记本》的成功使麦家"发现了中国老百姓一个巨大的好奇心。对国家机密机构的好奇心"[2]外，更意识到自身独特的优势："可以说，这种小说只有我能写，你没有一点类似的经历，没门，经历太深了也不行，麻痹了，同化了，我恰好在似有似无中。这不是可以设计的，是可遇不可求。"[3]这种优势的存在是一回事，意识到这种优势的存在并使其成为有效的写作资源又是另一回事。正是1997年《陈华南笔记本》的成功，使麦家萌生了将其扩展为长篇的信心和动力。

有意思的是，日后麦家虽被称为中国"谍战小说"之父，以一己之力使一种小说类型在中国落地生根、发展壮大，但在写作之初，他未必有如此自觉的使命感和类型小说意识。毋宁说，他是在

---

[1] 麦家:《与文洁对话》,《麦家文集：人生中途》,浙江文艺出版社,2009年版,第204—205页。

[2] 麦家:《与文洁对话》,《麦家文集：人生中途》,浙江文艺出版社,2009年版,第202页。

[3] 麦家:《与姜广平对话》,《麦家文集：人生中途》,浙江文艺出版社,2009年版,第220页。

作品的文学接收信息中找到了读者趣味、作者经验和文学追求三者之间的重合点和共振区。"写《解密》的理想和愿望是让文学界的人佩服我"[①]，麦家的这个自述以及作品所整合的纯文学元素都说明，他写《解密》时并未自觉想在纯文学之外新开类型文学的赛道，而依然是想在纯文学赛道求得一席之地，只不过他意识到一定要激活自身不可替代的独特经验。

按照麦家自己的说法，《解密》经历十七次退稿，《解密》艰难临产的故事，折射的不是90年代中国文坛对类型小说的偏见，而是麦家寻找自身文学道路的艰难历程。甚至可以说，正是《解密》的大获成功，确认了麦家将"谍战小说"（也有称为特情小说、新智力小说）进行到底的信念。

二、石榴树上结樱桃：麦家走向"谍战"之路

关于《解密》发生学的探讨，可以再换个思路，看看麦家的谍战小说接受史。当人们将麦家称为"中国谍战小说之父"时，一种自然而然的想象是：麦家受到外国谍战小说的影响，遂发愿勠力将此种小说引入中国并终于大获成功。事实大相径庭，那些经典的侦探小说家、谍战小说家，并没有给麦家多少滋养。麦家的文学资源，主要是西方现代主义文学，这是80年代中国文学场域建构起来的"世界文学"视野，对80年代投身文学的作家影响至深。

麦家早期的短篇小说《变调》以第一人称写出主人公的喜乐哀愁，这个青年主人公"喜欢关在闷屋子里写狗屁不通的小说。……喜欢王蒙的'很难追踪'。喜欢刘索拉的'不修边幅'（指她的艺术）。喜欢艾略特的《荒原》。喜欢马尔克斯的《百年孤独》。喜欢冯尼克的《五号屠场》。喜欢海勒的《出了毛病》。喜欢茨威格的

[①] 麦家：《与文洁对话》，《麦家文集：人生中途》，浙江文艺出版社，2009年版，第207页。

《巫云山》。喜欢福克纳的《献给艾米丽的一朵玫瑰花》"[①]。虽不是自传,这些现代派的作品也透露了彼时麦家的文学视野。写于2000年的一篇文章中,麦家说"我曾经推崇卡夫卡为我心中的英雄,但现在我心中还有一个英雄,他就是博尔赫斯"[②]。麦家的博尔赫斯情结和博尔赫斯作品所存在的侦探小说元素是推动麦家走向谍战小说的隐秘动力。

2008年,在跟季亚娅的对话中,麦家说道:"我的阅读资源主要还是来自外国文学,而且是比较单纯的西方文学,到目前为止日本文学我一部都没有看过。我最早迷恋的一个作家现在被大家认为是一个二流作家,就是奥地利的茨威格,是他唤起了我对文学的热情。但真正教我写小说的第一个作家是塞林格。""有一天我发现塞林格的小说《麦田的守望者》完全像是日记。我非常高兴,原来日记也就是小说。于是我就开始写小说了,写了《私人笔记本》","当然后来看了卡夫卡、博尔赫斯、纳博科夫、马尔克斯这些作家","其实我长期以来很迷恋和反复读的一个小说是纳博科夫的《洛丽塔》。我非常喜欢纳博科夫,远远超过博尔赫斯。""最后,我要说,我的'亲人'中没有阿加莎,没有柯南道尔,也没有松本清张,他们都是侦探推理小说的大师。但是很遗憾,我没有得到过他们的爱。我今年春节才受王安忆的影响开始看阿加莎,我认为她非常了不起,但也很'绝情'——因为她已经把她开创的路堵死了,谁要照她的路子写,肯定死路一条。我可以说,有了她,足够了,我们再也不需要第二个复制品了。"[③]

麦家说他没有得到过阿加莎、柯南道尔等侦探作家的爱,这是

[①] 麦家:《变调》,《紫密黑密》,解放军文艺出版社,1994年版,第173—174页。

[②] 麦家:《博尔赫斯和我》,《麦家文集:人生中途》,浙江文艺出版社,2009年版,第8—9页。

[③] 麦家:《与季亚娅对话》,《麦家文集:人生中途》,浙江文艺出版社,2009年版,第280—281页。

实情；不过当他说他对纳博科夫的喜欢远远超过博尔赫斯时，可能我们必须考虑时间因素，他的文章分明清楚地记录下80年代中期博尔赫斯带给他的震颤：

> 我没有忘记，我第一次读博尔赫斯小说的时间是1987年春天，在南京鲁羊家里。当时鲁羊还不叫鲁羊，也不像现在的鲁羊，可以尽管待在家里，除了少有的几堂课的时光。那时候他在出版社谋生，单位像根绳子拴着他。这天，单位又把他牵走了。也许怕我一个人在家太无聊，出门前，他从书堆里抽出一本《世界文学》(不是当月的)，建议我看看福特的两篇小说。我看了，但福特的僧尼一般冷静又干净的语言没有叫我喜欢，于是就顺便看了另外几个栏目，其中有个"拉美文学"专栏，是王央乐先生翻译的一组博尔赫斯的短篇小说，有《交叉小径的花园》、《马别图书馆》、《沙之书》和《另一个我》等四个短篇。①

麦家将他初次邂逅博尔赫斯的那个下午描写得细腻而文艺，但可能存在某种记忆的错认。事实上，如果他是通过《世界文学》杂志阅读博尔赫斯的话，那么他读到的作品不可能是《交叉小径的花园》《马别图书馆》《沙之书》《另一个我》这几篇。《世界文学》在1981年第6期有一个博尔赫斯小辑，刊登了王永年翻译的《玫瑰角的汉子》《刀疤》《埃玛·宗兹》三个短篇小说，该期还推出博尔赫斯的诗歌及作家小传。首次刊载王央乐翻译的《交叉小径的花园》的中国大陆文学刊物是《外国文艺》，该刊1979年第1期发表的是博氏《交叉小径的花园》《南方》《马可福音》《一个无可奈何的奇迹》这四篇作品。后来《交叉小径的花园》这个译名被其他译者

---

① 麦家：《博尔赫斯和我》，《麦家文集：人生中途》，浙江文艺出版社，2009年版，第5页。

纠正为《小径分岔的花园》，麦家记得的《交叉小径的花园》这个译名正是来自王央乐先生。此处无意考证博尔赫斯在中国的传播轨迹，相关事实已有不少翔实的梳理。麦家不是学者，散文回忆发生错置并不奇怪。但我相信他描述的博尔赫斯给他带来的震撼一定是真实的：

> 当时我对博尔赫斯一无所知，所以开初的阅读是漫不经心的，似乎只是想往目中塞点什么，以打发独自客居他屋的无聊。但没看完一页，我就感到了震惊，感到了它的珍贵和神奇，心血像漂泊者刚眺见陆岸一样激动起来。哈哈，天晓得那天下午我有多么辛苦又兴奋！我很快就得出结论，捧在我手上的不是一个作品或作家，而是一个神秘又精致，遥远又真切的世界。这个世界是水做的，但又是火做的，因而也是无限的、复杂的，它由一切过去的、现在的和将来的事物交织而成，而我仿佛就是交织的网中的一个点、一根线、一眼孔。阅读中，我不止一次地深深感到，我被这个框在黑框框里的陌生人扯进了一个无限神秘怪诞的，充满虚幻又不乏真实的，既像地狱又像天堂的迷宫中。奇怪的是，出现了那么多我心灵之外的东西，它们让我一次又一次地迷失，可我却并不感到应有的慌乱和害怕，而是感觉像回到了一个宝贵的记忆里，回到了我久久寻觅的一个朋友身边。
>
> 什么叫难忘的经历？这个下午就是我阅读人生中第一次难忘的经历，它全然改变了我对文学的认识，甚至改变了我人生的道路。①

---

① 麦家：《博尔赫斯和我》，《麦家文集：人生中途》，浙江文艺出版社，2009年版，第5—6页。

不厌其烦地引述,是因为麦家如此生动细腻地描述了这个改变他的文学观,改变他的人生道路的阅读的下午。1986 年 6 月 14 日,博尔赫斯逝世。在他生前麦家连他的一个字都没有读过。"这本来不该算我的错,但后来由于我对博尔赫斯产生了过度的崇敬,这竟然成了我常常对自己发出蛮横责骂的一个大不是。我有些天真地想,如果让我在博尔赫斯生前结识这位大师,那么他的溘然长逝一定会成为我的一次巨大悲痛,真正的悲痛。一个人需要真正的悲痛,否则那些小打小闹甚至自作多情的悲痛会把他毁坏的。"① 这篇名叫《博尔赫斯和我》的文章写于 2000 年,此时麦家依然在为《解密》的发表和出版而努力。距离他初次阅读博尔赫斯已经十三年,我们相信此时他表述的对博尔赫斯的情感,以及博尔赫斯对他的写作甚至人生的改变。

此处我们不是为了简单强调麦家的博尔赫斯情结,而是想说明麦家走向谍战小说的特殊路径。正如作家格非所言,"中国 1980 年代中后期的创作广泛受到博尔赫斯的影响","在八十年代,博尔赫斯是一个炙手可热的标签,一经贴上,作品似乎立即熠熠生辉",相当一部分的作家"借助于他作品的幻想色彩,为处于敏感政治学、庸俗社会学、陈腐的历史决定论重压下的中国文学找到一条可能的出路"。② 格非既指出博尔赫斯对 80 年代中国文学产生影响的事实,也指出了背后的原因。80 年代在中国文坛产生重大影响的先锋作家如马原、格非、余华、苏童、残雪等人,无一不对博尔赫斯津津乐道乃至推崇有加。相比之下,1987 年才开始接触到博尔赫斯的麦家,确实并未第一时间接收到来自大师的文学密码,但麦家与先锋作家主要吸收博尔赫斯在叙事上的启发不同,麦家在博尔赫斯那里吸收的是一种智性叙事的气质。博尔赫斯的小说绝不循规蹈矩

---

① 麦家:《博尔赫斯和我》,《麦家文集:人生中途》,浙江文艺出版社,2009 年版,第 4 页。
② 格非:《博尔赫斯的面孔》,译林出版社,2014 年版,第 310—311 页。

地讲故事，人物及典型论在博尔赫斯小说中十分次要。事实上，正是因为博尔赫斯提供了超越革命现实主义及古典现实主义的艺术可能性，他才在80年代中国文坛激起如此的追捧热潮。所以，博尔赫斯启示马原、格非等人的正是如何在现实主义之外展开小说。博尔赫斯是属于智性和冥思的，格非如是理解博尔赫斯：

> 一个人要是过多地沉湎于冥想，沉湎于那些由宇宙的浩瀚和时空的无穷奥妙所组成的虚幻之境中，他本人也很容易成为虚幻的一个部分。博尔赫斯认为，他所面对的这个世界本来就是虚幻的，不堪一击，弱不禁风。它是由一个更高意志（智慧）的主宰（也许是上帝）所做的一个无关紧要的梦。另一个梦，是博尔赫斯和所有的人共同完成的，从某种意义上说，它就是日常生活。应当说，博尔赫斯的冥想或梦本身就是最完整的作品，它是秘密的，不可言说的，如果一定要说，只能借助于隐喻或比方。①
>
> ……
>
> 有人说，博尔赫斯的小说是超政治（或者说超越现实）的，他观察、思考世界的方式基本上是唯心主义的，他的哲学和世界观则是相对主义和虚无主义。从本质上来说，他认为世界是不可知的、神秘的。这些笼统的说法并没有错，也许正是这些笼罩在他身上的特殊的光环吸引了世界各地的大批年轻的追随者，当然也招致了许多批评和轻视。在众多的追随者眼中，博尔赫斯的小说由于远离了社会现实、政治层面的一般描述和典型化的创作方法，反而给"想象力"留下了足够多的空间，从而解除了创作上的许多束缚。②

---

① 格非：《博尔赫斯的面孔》，译林出版社，2014年版，第308页。
② 格非：《博尔赫斯的面孔》，译林出版社，2014年版，第310页。

博尔赫斯的小说是属于思的，这缕思魂指引着先锋作家摆脱了现实故事的限制；可是，如果麦家在博尔赫斯身上吸取与马原们相近的启示的话，那他已经丧失了借此脱颖而出的机会了。所以，麦家对博尔赫斯的接受，是以独特的中国经验为基础进行的重构。博尔赫斯不重故事，麦家小说却发展了坚实的故事外壳；博尔赫斯不重人物，麦家小说却提供了容金珍、黄依依、阿炳等一系列栩栩如生的人物。麦家从博尔赫斯处借来了"虚"的思魂，却并不忘记以独特经验营构着"实"的故事。博尔赫斯的小说因为沉湎于思而缺乏现实性、社会性、公共性，只属于专业读者；麦家的特情小说却以"701"这个特殊机构的机密经验为基础而架构了沟通读者、历史和哲思的桥梁，有着鲜明的"及物性"。质言之，在博尔赫斯这里，麦家已经清晰地意识到纯文学和通俗文学、西方经验和中国经验结合的必要性。应该说，《解密》的发生学过程中，博尔赫斯产生了隐秘的作用，但其中更重要的，还是麦家融合两套文学范式、两条文学道路的觉悟。

我相信麦家应该读过博尔赫斯关于侦探小说的这段话：

> 我们能对侦探体裁作品说些什么赞扬的话呢？有一点明确无误的情况值得指出：我们的文学在趋向混乱，……我们的文学在趋向取消人物，取消情节，一切都变得含糊不清。在我们这个混乱不堪的年代里，还有某些东西仍然默默地保持着经典著作的美德，那就是侦探小说；因为找不到一篇侦探小说是没头没脑，缺乏主要内容，没有结尾的。……我要说，应当捍卫本不需要捍卫的侦探小说（它已受到了某种冷落），因为这一文学体裁正在一个杂乱无章的时代里拯救秩序。这是一场考验，我们应当感激侦探小说，这一文学体裁是大可赞许的。[①]

[①] ［阿根廷］博尔赫斯：《博尔赫斯全集·散文卷（下）》，黄志良、陈泉等译，浙江文艺出版社，1999年版，第46页。

博尔赫斯显然并不将侦探小说视为一般的类型文学而有所轻视，相反，或许是侦探小说内在的智性品质跟他的文学观有所契合，他赋予侦探小说"在一个杂乱无章的时代里拯救秩序"的伟大使命。所以，一个有趣的"石榴树上结樱桃"的接受现象产生了：没有接受过阿加莎、钱德勒、松本清张等经典侦探推理作家文学营养的麦家，却经由被80年代中国文坛视为纯文学大师、"作家中的作家"的博尔赫斯，获得了逻辑推演、智力写作和叙事迷宫的营构能力。这种智性叙事的写作路径一旦与麦家的"机密经验"结合，就创生了1994年的《紫密黑密》和1997年的《陈华南笔记本》。这两部作品带着浓厚先锋文学色彩的作品，倒成了孕育麦家日后重要文学根据地的种子。事实上，《黑密紫密》和《陈华南笔记本》就包含着明显地向博尔赫斯《小径分岔的花园》致敬的构思。在博尔赫斯的小说中，艾伯特博士以被枪杀的方式，向德国传递了一个军事秘密，这个令人脑洞大开的设计投影到《陈华南笔记本》中便是陈华南以发疯的方式启示着严实破解了黑密。

麦家因为对纯文学的迷恋而狂热地迷恋上博尔赫斯，却又阴差阳错地在博尔赫斯小说的智性迷宫中获得了提炼自身机密行业经验的钥匙，从而成了后来人们口中的"中国谍战之父"。不妨说，《解密》作为谍战小说在麦家个人写作史上的发生，背后的核心问题是麦家如何将独特的自我经验、中国经验融合进外来艺术经验之中，其结果是麦家无意间打开了中国"纯文学"的一个缺口，生成了一种中国文学的新品种，这恐怕是连他自己开始都没有意识到的。时间来到了世纪之交，80年代成形的"纯文学"观念框架开始无法囊括不断涌现的新艺术经验。新世纪初，80年代的"纯文学"推手李陀便率先发出对"纯文学"的反思[①]。麦家如果依然以80年代先

[①] 李陀、李静：《漫说"纯文学"》，《上海文学》2001年第3期。

锋作家那样的方式去模仿"不及物"的博尔赫斯，那就不可能有后来的麦家。由此《解密》的发生学提示着：在外来艺术经验的接受中，基于本土经验和时代问题意识是多么重要。

有人将麦家视为中国的博尔赫斯，殊不知博尔赫斯的艺术经验早被他中国化了。如果说《解密》（包括它的前传《紫密黑密》和《陈华南笔记本》）都有意向博尔赫斯致敬的话，那么《解密》区别于博尔赫斯的最重要之处在于，它为博氏的冥思性打造了一个以人物为中心的经典写实框架。《解密》的人物塑造法则既不同于革命现实主义"高大上"的英雄，也不同于古典现实主义的"典型人物"，成功创造了一个全新的文学史形象容金珍，这个被麦家称为"弱的天才"的独特人物，放在中国当代文学史的谱系中，甚至可以称为一个新英雄形象的诞生，麦家还在《解密》之后继续发力，使之成为一个充满魅力的形象谱系。这个文学史新形象的诞生及其关联着的新的艺术原则的崛起，本书后面将重点剖析。

第二节 《暗算》：个人话语与国家话语的镶合

2008年，《暗算》获得茅盾文学奖。授奖词这样写道："麦家的写作对于当代中国文坛来说，无疑具有独特性。《暗算》讲述了具有特殊禀赋的人的命运遭际，书写了个人身处在封闭的黑暗空间里的神奇表现。破译密码的故事传奇曲折，充满悬念和神秘感，与此同时，人的心灵世界亦得到丰富细致地展现。麦家的小说有着奇异的想象力，构思独特精巧，诡异多变。他的文字有力而简洁，仿若一种被痛楚浸满的文字，可以引向不可知的深谷，引向无限宽广的世界。他的书写，能独享一种秘密，一种幸福，一种意外之喜。"[①] 从2002年《解密》历经十七次退稿终于出版，到2008年摘

---

① 第七届茅盾文学奖授奖词。

得中国最有分量的权威文学奖,麦家迈向文学巅峰的时间路径如此之短,这是因为麦家在题材和写法上都走了一条不可复制的道路,李敬泽称麦家为文坛"偷袭者"[①],某种意义上,麦家携带着在新世纪日益强大的类型文学象征资本,逼使日益陷入窘境的纯文学打破自身的边界。《解密》《暗算》《风声》大热之后,诸多重要文学批评家纷纷从麦家独特的题材和想象力中阐发"麦家的意义",这意味着,彼时的主流文学界,正努力通过接纳麦家,将麦家经典化来弥合纯文学与类型文学之间的缝隙,并维系严肃文学写作新的平衡。这或许便是麦家获奖背后的文化意味。

茅盾文学奖肯定麦家和《暗算》,肯定的既是麦家的"独特性"和"奇异的想象力",也是肯定麦家为当代文学创造的新增量。应该说,麦家的《解密》《暗算》《风声》等被称为"特情"(或新智力)小说,使用了类型小说的题材和叙事,却延续了八九十年代"先锋小说"中常见的命运主题,在人物谱系上为中国当代文学创造了一系列"悲剧天才"(也称为"弱的天才")形象,这事实上是将80年代以来的个人性话语融入社会主义文学的英雄叙事,将人学话语铆合于国家话语的结果。麦家的人物塑造还促使我们去思考,"典型环境中的典型人物"在被麦家转化为"特殊环境中的特殊人物"之后,对经典现实主义产生了怎样的爆破和新创?并不抵达"一般"的"特殊",在麦家这里将打开什么样的"可能性"?

一、《暗算》:版本重构的文化政治

《暗算》是麦家作品中版本最多的,麦家这样说:

> 我搜索了下记忆,发现《暗算》的版次着实多;盗版

---

① 李敬泽:《偏执、正果、写作——麦家印象》,《山花》2003年第5期。

除外，外文不算，中文正版（包括港台）有二十三次，累计印量过百万。这些版次又分两个不同版本：原版和修订版。前者通常被称"茅奖版"，后者说法混乱，有的说"修订版"，有的说"完整版"，有的说"未删节版"，有的把矛头指向我，说是"作者唯一认定版"。①

用麦家的说法，《暗算》"写得很容易"，写起来有削铁如泥的感觉，只用了七个月，"甚至没有《解密》耗在邮路上的时间长"②。2003年，麦家尚未得到市场和权威文学奖的确认，《暗算》由不太出名的世界知识出版社出版。但《暗算》却迅速被影视公司看中，并希望由麦家亲自操刀编剧。电视剧《暗算》的走红无疑助推了麦家的大众名声和小说的畅销，但电视剧《暗算》仅使用了小说《暗算》的前二章。初版本的《暗算》共分三部五章。第一部《听风者》含第一章《瞎子阿炳》；第二部《看风者》含第二章《有问题的天使》和第三章《陈二湖的影子》；第三部《捕风者》含第四章《韦夫的灵魂说》和第五章《刀尖上的步履》。应该说，《暗算》的结构倾注了麦家的一腔心血和深沉寓意，但后来这部小说的结构却遭遇质疑："火力最猛的是关于小说'各章独立'的结构上，有人甚至因此而认为它不过是几个中短篇的巧妙组合。对此，我深有'委屈'之苦。"③为此，麦家不惜夫子自道，为《暗算》的结构一辩：

> 我对《暗算》的结构是蛮得意的。《暗算》是一种"档

---

① 麦家：《〈暗算〉版本说明》，《暗算》，北京十月文艺出版社，2014年版，第295页。
② 麦家：《〈暗算〉版本说明》，《暗算》，北京十月文艺出版社，2014年版，第296页。
③ 麦家：《形式也是内容》，《暗算》，浙江文艺出版社，2009年版，第284页。

案柜"或"抽屉柜"的结构,即分开看,每一部分都是独立的、完整的,可以单独成立,合在一起又是一个整体。这种结构恰恰是小说中的那个特别单位701的"结构"。作为一个秘密机构,701的各个科室之间是互为独立、互相封闭的,置身其间,你甚至连隔壁办公室都不能进出。换言之,每个科室都是一个孤岛,一只抽屉,一只档案柜,像密封罐头,虽然近在咫尺,却遥遥相隔。这是保密和安全的需要,以免"一损俱损",一烂百破。《暗算》中五个篇章互为独立,正是对此的暗示和隐喻。也可以说,这种结构形式就是内容本身,是701这种单位特别性的反映。[①]

对结构的满意并不意味着麦家对作品已经满意。对麦家这种具有修改强迫症的作家来说,出版并不意味着作品的彻底完成。上述辩言写于2006年,在此之前,麦家在改编电视剧《暗算》时,已经深深意识到初版本第二章《有问题的天使》"似乎只有人物,情节缺乏张力,更要命的是,作为一个破译家,主人公黄依依只有对密码的认知,缺少破译的过程。用个别评论家的话说,这个人物只有'心跳声',没有'脚步声'"[②]。麦家遂萌发了修改之念,借着电视剧改编之机,搜集了大量素材重写,遂有了后来所谓的"作者唯一认定版"。两个版本的主要差别其实就在第二章《有问题的天使》上,原版四万字只保留了不到两万字内容,新增的有十万字。甚至,这个部分已经可以作为一个小长篇独立了。后来,这部分就单独以《看风者》之名发表于《西部文学》2008年第17期。

修改完毕之后,麦家心心念念希望在《暗算》再版时将内容替

---

① 麦家:《形式也是内容》,《暗算》,浙江文艺出版社,2009年版,第285页。
② 麦家:《〈暗算〉版本说明》,《暗算》,北京十月文艺出版社,2014年版,第297页。

换为新版,也曾与后来的版权授权单位人民文学出版社协商。出版社没意见,但希望将已印作品售完再换新版。有趣的是,2008年《暗算》连续获得华语传媒文学大奖和代表中国文学最高荣誉的茅盾文学奖,人民文学出版社当然不愿改变茅奖作品的原貌。后来经麦家本人亲自参与协商,《暗算》版权改授作家出版社,采用修订版内容。

然而,《暗算》的版本故事并未结束。2012年,英国企鹅出版公司买走了《解密》和《暗算》两书的英语版权,并将其列入"企鹅经典"文库。这是麦家小说迈向国际非常重要的一步,麦家遂成为继鲁迅、钱锺书和张爱玲之后列入"企鹅经典"文库的第四位中国作家,也是唯一列入该文库的在世中国作家。不过,该书的编辑却提出删掉最后一章《刀尖上的步履》的建议,原因在于:

> 前面四章,从题材类型上说是一致的,都是一群天赋异禀的奇人异事,做的也都是事关国家安危的谍报工作,却独独最后一章,岔开去,讲一个国家的内部斗争,两党之争,扭着的,不协调。
>
> 从结构上讲,删掉最后一章,全书分三部、四章,呈ABA式结构,是一种古典的封闭平衡结构,恰好与701单位独具的封闭属性构成呼应;否则,为ABB式结构,是开放型的,现代性的,形式和内容不贴。云云。[①]

麦家接受了这一意见,他感慨《暗算》"出现第三个版本。这是它的命"。2013年,麦家写下《〈暗算〉版本说明》:"到目前为止,除英语外,《暗算》还卖出西班牙语、法语、德语等多个外文版本,在以后的以后,它们都将一一成书出版。我不知道,该书奇特的命

[①] 麦家:《〈暗算〉版本说明》,《暗算》,北京十月文艺出版社,2014年版,第299页。

会不会还安排哪个编辑来制造新的版本?"① 2014 年,由北京十月文艺出版社推出的《暗算》采用的是与英文版本统一的内容,即删去《刀尖上的步履》一章,说明麦家对英文版本的认可并非出于海外传播时必要的妥协。

《暗算》三个版本的变化,主要落在情节和结构两个元素。第二版在情节上对《有问题的天使》进行改写和扩容,使黄依依作为破译家既有"心跳声",也有"脚步声";第三版通过内容的删节对结构的属性进行变更,所谓从 ABB 的开放型结构变成 ABA 的古典闭合型结构。然而在我看来,第三版的修改其实可以有另一番解读。

要承认麦家在《暗算》结构上的"深思熟虑",因此简单将《暗算》结构视为几个中短篇的"巧妙"集合(言其"巧妙",实则其"讨巧"),并不符合事实。要注意《暗算》非常严格的限制叙事,以及通过身为作家的叙事人将不同章节串联起来的良苦用心,其严谨性不是一般由几个关联松散的系列中短篇连缀而成的长篇可相提并论。更重要的是,且不论《暗算》在艺术上的完美性,我们却必须看到其初版本中便已经显示出来的某种"整体性"或"有机性",其意义其实超越麦家自己强调的"抽屉结构"。《暗算》中,阿炳、黄依依和陈二湖都是破译家,阿炳和黄依依都属于"弱的天才",是天才和白痴的结合体,是悲剧化的英雄,他们之间构成"同位关系";陈二湖和阿炳、黄依依同为破译家,都为"701"作出了巨大贡献,他不是"弱的天才",却也遭遇了和他们二位程度不同的悲剧,所谓异人同命,殊途同归,陈二湖与阿炳、黄依依构成了"对位关系",诠释了破译家的另一种悲剧方式。从第三部开始,《暗算》就突破了"破译家"框架,《韦夫的灵魂说》写的是"701"执行局老吕"导演"的一出故事,这并不属于"电台密码破译"而属

---

① 麦家:《〈暗算〉版本说明》,《暗算》,北京十月文艺出版社,2014 年版,第 300 页。

于"谍报"。《韦夫的灵魂说》可能得之博尔赫斯《小径分岔的花园》的启示，描写一种以死人作为传递情报媒介的谍报方式。从叙事学角度看，《韦夫的灵魂说》在主体故事采用死者越南人韦夫的灵魂视角，这对严格限制叙事来说是一种瑕疵。因为在其他部分，整部小说的叙事人——第一人称"我"，一个与"701"有接触的作家——所有故事材料都是通过听乡党或朋友讲述得知，这是符合现实情理逻辑的。独独《韦夫的灵魂说》一章在此不能成立，换言之，当作家不能完全严格地遵守限制叙事时，他不能不借助于"视角越界"来弥补材料之不足。不过，《韦夫的灵魂说》显然扩大了《暗算》中"701"的工作格局，"701"作为一个事关国家安全的特殊部门，不只有"破译处"，还有其他同样不得不身处"暗算"和"被暗算"逻辑的执行部门。而韦夫这个在战争中蒙受不幸的越南小伙，意外地卷入这场"暗算"中，跟整部《暗算》人不能决定自身命运的主题（本文第二节将重点分析这一主题）有着密切关联。因此，第四章使《暗算》的内在张力进一步扩大。

到了第五章《刀尖上的步履》，小说的取景框进一步扩大，它在空间上超越了"701"，在时间上已经来到20世纪40年代，写国共战争期间的谍战，共产党打入国民党内部的特工人员之命悬一线、忠心不渝以及莫测的命运。显然，这一章是最近于国家的英雄主义话语的。或许，写作《暗算》时，麦家便在小心翼翼地维系着种种话语的平衡。前面的部分，书写天才英雄的悲剧，更容易获得80年代以来兴起的文学个人话语的共鸣；但这些天才的悲剧如何在国家主义话语的内部获得意义，第五章给出了解释——"701"英雄们的悲剧，在第五章显豁的国家安全视域中得到了整体确认和提升。就此而言，第五章对于《暗算》并非可有可无。很可能，对于茅奖而言，第五章也是主题上画龙点睛之笔。

于是，我们就看到了"企鹅经典"文库不同的期待视野。事实上，如果仅是为了保持小说那种关于"破译家"的奇人异事的相同属性，那么《韦夫的灵魂说》也在可删之列，但何以这个故事被保留，很可能是因为这依然是一个基于个人话语立场来书写战争的作品。小说奇特的故事背后隐含的依然是个体无常的命运。渴望在战场上建功立业的越南小伙韦夫因为身体原因而被安排在一个很窝囊的管仓库的岗位；没能上战场的他因此获得了一个完整的身体，这导致他的尸体被老吕看上，死后被用来顶替一个叫胡海洋的中国人，他的尸体替中国向美军发出了假情报。这是一个游走于个人话语和国家话语之间的故事，而基于个人话语的命运无常之叹要更占上风。某种意义上，麦家作品正是以对个人化文学话语和国家主义话语的成功镶合为特征的，他并不放弃其中的任何一面。

然而，"企鹅经典"文库看中的是《暗算》中在谍战叙事中书写"天才的悲剧"或"人的悲剧"的这一重属性，却完全不在乎《暗算》想维持的"个人话语"与"国家话语"的平衡。其结构上的变更，与其说是让小说从开放型现代结构回复为封闭型古典结构，不如说是剔除了小说的国家话语，使其更符合西方读者的文化期待。这番改动，于是也显出了某种文化政治的意味。

二、谁在"暗算"：《暗算》的命运主题

麦家的《解密》《暗算》《风声》常常被作为题材和写法都相近的"特情小说"系列来看待，事实上这些小说每部都各有新创，但彼此的"家族相似"（Family Resemblance）面貌也很突出，甚至于常是"你中有我，我中有你"。事实上，"解密"和"暗算"构成了这些小说两个核心关键词。所谓"解密"，就是破译，既是容金珍、阿炳、黄依依、陈二湖等天才从事的工作，也是天才与天才之间的较量，用书中的话说"破译密码是跟死人打交道"，是"想方设法聆听死人的心跳声"[1]；"破译密码不是单打独斗的游戏，它需要替

---

[1] 麦家：《暗算》，浙江文艺出版社，2009年版，第69页。

死鬼！只有别人跌入了陷阱，你才会轻而易举地避开陷阱"[1]；"破译密码是男人生孩子，女人长胡子，正常情况下是不可能的"[2]；"研制或者破译密码的事业就是一项接近疯子的事业，你愈接近疯子，就愈远离常人心理，造成的东西常人就越是难以捉摸、破解"[3]；"破译家的职业是荒唐的，残酷的，它一边在要求你装疯卖傻，极力抵达疯傻人的境界，一边又要求你有科学家的精明，明确地把握好正常人与疯傻人之间的那条临界线，不能越过界线，过了界线一切都完蛋了，就如同烧掉的钨丝。钨丝在烧掉之前总是最亮的。最好的破译家就是最亮的钨丝，随时都可能报销掉"[4]。这里已经非常清晰地说出了"解密"和"暗算"之一体两面了。解密是一个非常天才通过密码与另一个非常天才的长期残酷的较量；解密就是一个天才绕过另一个天才设下的阴损陷阱，却又陷入似乎永难走出的泥潭深坑。所以，解密之残酷就在于，破译家要充满警惕性地避开暗算，又要让同伴成为"替死鬼"，这构成了另一种"暗算"；同时解密还是对自身的"暗算"，破译家把自己逼上绝境，去踩踏科学与疯傻之间那条危险的临界线，解密事业充满了被"烧坏的钨丝"——那些被密码"暗算"的疯子。不过，在麦家小说中，最大的"暗算"或许并不来自于密码本身，而是来自于命运，来自由于自身才华被解密事业盯上时就已经无法拒绝的命运的"暗算"。

《暗算》中，陈二湖和疯子江南属于被密码"暗算"的人，尤以江南为甚。江南是《暗算》中极不起眼、一晃而过的人物，但其作用却是明显的。安在天听说黄依依又到后山去私会王主任，找到后山却遇见了因密码而疯癫的破译员江南在后山喃喃自语，仍沉浸在破译的情景想象中。江南的存在意在指出，所谓一将功成万骨

---

[1] 麦家：《暗算》，浙江文艺出版社，2009年版，第96页。
[2] 麦家：《暗算》，浙江文艺出版社，2009年版，第151页。
[3] 麦家：《暗算》，浙江文艺出版社，2009年版，第211页。
[4] 麦家：《暗算》，浙江文艺出版社，2009年版，第212页。

枯,在阿炳、黄依依这些成功的破译家之外,还有大批被密码所击败,精神上被击溃的破译者存在。相比之下,陈二湖在破译成绩上比疯子江南好,虽没有取得阿炳、黄依依那样的成就,但一辈子待在"701",破译了好几部高级别的密码。但陈二湖同样是精神上被密码深刻扭曲的人,表现在他离开"密码"就已经无法生活。长期从事破译这种极致的高级智力活动已经使他从一个完整性的人变成一个单向度的人。退休之后,他的生活需求无他,却需要源源不断的"智力游戏"来填充。他从一个初学的棋手迅速击败各种级别的对手,最后变得一"敌"难求,精神生活又陷入极度的虚无中。这一不无荒诞的情节设计,意在说明陈二湖这批被密码选择的人,终生都难以脱离密码的精神"暗算"。

相比江南,阿炳和黄依依是密码战争中的胜利者,却都是偶然性导致的悲剧命运的认领者。换言之,在密码的暗算之外,另有一种更复杂的"暗算"令这些天才无法避开。阿炳摸电源插头自杀,因为他发现了妻子林小芳生下的不是自己的儿子。作为破译天才,阿炳没有性能力,且天真地以为只要夫妻睡在一起就会有孩子,因此以为没有孩子的责任在林小芳,为此甚至几次说要休掉林小芳重新找女人。无奈之下,林小芳找了药房的山东人"借种"怀孕。"白痴"的阿炳欢天喜地地迎来了孩子的出生,但他"天才"的听力却使他仅从声音上就辨认出孩子与山东人之间的血缘关系,于是只有去死。这里当然有文学夸张的因素,却通过文学虚构使阿炳之死成为令人唏嘘的偶然性的产物。因为天才的听力,阿炳成为组织重点保护的宝贝,甚至不惜让林小芳自我牺牲成为阿炳的妻子。问题在于阿炳乃是天才与白痴合体的存在,他白痴到不能明白男女之事及传宗接代之基本原理,却天才到不需任何外在手段(更别说科学测定)就可以判别血缘关系。这个情节设计离奇到荒诞,但其荒诞却又因同构于解密工作之疯狂而别具合理性。

黄依依之死同样充满偶然性。几经婚恋挫折的黄依依内心强烈地渴望着爱情，甚至把任何愿意和她在一起的男人都当成了爱情对象。在破译成功成为"701"大英雄之后，她忍不住又跟有妇之夫张国庆暗通款曲，并且珠胎暗结。这使她理直气壮又简单粗暴地要求组织上安排张国庆离婚并跟她结婚。作为为国家安全作出重大贡献，未来依然存在巨大战略价值的重点保护人才，黄依依的要求得到了组织上的支持。获得幸福的黄依依却在流产手术之后在医院厕所意外邂逅张国庆的妻子，并因为后者隐秘的报复行为（让厕所弹簧门反弹打在黄依依身上）而意外丧生。黄依依死于偶然，但悲剧的必然性却隐藏在其肆意任性、无拘无束的性格中。问题于是又回到那个疯狂与科学的悖论中：假如她性格循规蹈矩、一切都在中庸和伦理的限度，没有这种肆意妄为的部分，她如何可能破译那些几乎不可能破译的密码？可是，她性格如此张扬，情商和智商如此不匹配，即使组织上重重保护，她又如何能逃过无所不在的偶然性？于是，她终究逃不脱成为"一条烧坏的钨丝"的宿命，她遭遇的乃是命运的"暗算"。

在破译家之外，很多人也处在某种不可摆脱的悲剧中。比如"701"副院长安在天，他被组织上安排到苏联以留学生身份从事地下工作，又因组织上工作需要而被安排回国参加"701"的破译工作。留学期间，他并不知道他的妻子小雨同样是同一战线的地下人员，归国时他也不知道妻子小雨"惨遭车祸"身亡乃是组织上遮人耳目的障眼法。后来，当主管领导铁院长把这个秘密告诉他后，他怀揣着秘密等待着妻子某一天以某种方式"复活"，为此不惜一再伤害对他痴心苦恋的黄依依。某种意义上，安在天对于黄依依后来的悲剧负有一定的责任；荒唐的是，安在天对黄依依的冷漠辜负和对妻子的忠诚守望换来的却是多年后妻子真的死于车祸的消息。一个假骨灰盒换来一个真的骨灰盒，可是多少真实的青春和日子，多少辜负和血泪已经彻底归零。这是命运对人的另一种"暗算"——你别无选择。

事实上，对命运偶然性的表现，是麦家小说一贯的主题。麦家短篇小说《两位富阳姑娘》（《红豆》2004年第2期）和中篇小说《飞机》（《十月》2005年第1期）同样触及了偶然的命运悲剧。偶然的程序误差改变了主人公的命运，葬送了她们美好的青春。麦家对偶然的残忍性和个体在命运面前的无力常有无限感慨。出版于2019年的麦家新作《人生海海》中，主人公上校悲剧的命运中，同样充满了种种偶然性。麦家小说之所以被纯文学界重视，就在于其好看有别于一般类型小说对跌宕起伏等消费性元素的简单追求。麦家小说的起伏并非简单的情节起伏，而是更内在地与人性的某种极限景观相关联，这种精神起伏事实上构成了对80年代以来先锋文学中比比皆是的命运书写的呼应和回声。

麦家对特情人员悲剧命运的书写，已然触及了某种生命荒诞主题。不同在于，麦家希望从这些命运不可选择的人身上不断提炼某种命运的不可知性，更提炼出一种个体为集体献身的道德情感。恰恰是这种悲剧性与英雄性同在的表现方式，使麦家巧妙地铆合了当代文学的"社会主义经验"和"80年代文学经验"。这两种文学经验无疑都纷纭复杂，很难一言以蔽之，涉及的概念也多歧义纷争。不惜挂一漏万并冒"二元论"危险的话，我们或许可以简单说，"社会主义文学"更看重集体性，而"80年代文学"更看重个人性；"社会主义文学"更重视塑造并激活英雄的阶级主体召唤性，而"80年代文学"更重视打开卑微者的普适的日常经验；"社会主义文学"更相信一种螺旋式上升的历史进化论，而"80年代文学"虽不都秉持历史虚无论，但由于对个人价值的坚持，因此对大历史演进过程中无数个体被轻易归零的生命经验常有悲剧化的感慨；"社会主义文学"主要以国家话语为主导，而"80年代文学"主要受启蒙和人性话语影响至深。由此而产生了两个时代文学不同的资源导向和价值分野，以至于人们常不自觉地把它们完全对立起来。因此，这两种不同的文学经验像两条背向而行的河流，在麦家这里找到了合流的契机,也便促成了"当代文学"一个新的增量。

三、从"高大全"到"有问题的天使":
英雄叙事的悲剧化

必须指出,麦家小说虽然充满了荒诞命运主题的回响,但是荒诞在他那里不是走向虚无,而是跟一种新创的英雄叙事迎面相遇,化合成一种悲剧化的英雄叙事,这也是麦家对于中国当代文学的特殊贡献。麦家是个酷爱读书和思考的作家,很多作家自称不读活着作家的作品,而他读,因而对自身写作站位及中国当代的文学趋势都有相当独到的把握。麦家称,《解密》之前发布的中篇小说《陈华南笔记本》,"文艺界的评价非常高,很多杂志都选了,也接到好多电话。然后我就想,以前写了那么多小说,没有什么反映,为什么这个小说反映那么好?我就像尝到甜头一样"[①]。这个"甜头"指的是特情小说独特题材带来的关注度。他开始意识到"写作应该是要有策略的,你东打一拳,西打一拳,评论家没法关注你。那么我现在写这个地下题材,某种意义上,就像我在创我的一个品牌,但是,如果我老是抱住这个品牌不走,人家也会说你江郎才尽,而我自己也会没有新鲜感了"[②]。关于当代文学中的宏大叙事和个人叙事,他有这样的思考:

> 从前(五十—七十年代)我们的写作始终缺乏个人化的内容,都是围绕宏大叙事,问国家在说什么,问这个时代在说什么,结果是塑造了一大批假大空、高大全的英雄。进一步的结果是,作家和读者都厌倦这种作品,当有

---

① 麦家:《与文洁对话》,《麦家文集:人生中途》,浙江文艺出版社,2009年版,第204页。
② 麦家:《与文洁对话》,《麦家文集:人生中途》,浙江文艺出版社,2009年版,第205页。

一天我们有权作另行选择时,肯定要选择另外一条路走,现在我们这条路就是:写我自己。这种完全个人化的写作,二十年前是不允许的。这种写作对反抗宏大叙事来说有非常革命性的意义,但是这种革命性现在某种程度上被消解了。中国文学也好,中国影视也好,总有一窝蜂的毛病,反对宏大叙事时,大家全都这样做,这就错了。回头来看这将近二十年的作品,大家都在写个人,写黑暗,写绝望,写人生的阴暗面,写私欲的无限膨胀。换言之,我们从一个极端走到了另一个极端。以前的写法肯定有问题,那时我们全为国家来写作品,只有国家意志,没有个人的想象,但当我们把这些东西全部切掉,来到另一个极端,其实又错了。①

因此,在宏大叙事与个人叙事、英雄叙事与解构叙事两端,麦家寻找到了第三条道路,那就是将两者结合起来。从人物塑造角度,麦家确乎为中国当代文学创造了一种前所未有的形象,即所谓"弱的天才"。不论是容金珍、阿炳还是黄依依,他们一方面具有常人所不具的破译天才,另一方面在生活的某方面又近乎弱智。这是一种有缺陷的英雄,"有问题的天使"。这种书写截然不同于20世纪50—70年代那种"高大全"的文学人物,既延续英雄叙事又能与80年代以来的人学话语相衔接。

"高大全"是"文化大革命"时期大力倡导的人物塑造原则,跟"三突出"紧密联系在一起。所谓"三突出"是指"在所有人物中突出正面人物,在正面人物中突出英雄人物,在英雄人物中突出主要英雄人物"的原则。经过"三突出"原则塑造出来的英雄人物都是没有任何缺点的"高大全"人物。能否允许文学塑造中间人物,

---

① 麦家:《与季亚娅对话》,《麦家文集:人生中途》,浙江文艺出版社,2009年版,第257—258页。

或者塑造有缺点的英雄人物,曾经是长期困扰社会主义文艺的问题。"文化大革命"结束之后,对于文艺的反思一个很重要的点便是为人物塑造松绑。1979年洪子诚先生在一篇对话体文章《不要忘记他是人》中以一个对话人口吻指出:"在英雄人物塑造上的一些错误的理论、框框,也不是这十几年才有的";"其中有些理论,实际上是在提倡把英雄人物写出'神',这种理论还越来越占据统治地位"。[①]文章强调,英雄人物"同样过着普通人的生活,吃饭、睡觉、走路、说话,并不特别带着英雄的气质——如果一举一动都带着这种气派的话,那是装腔作势,拿肉麻当有趣。他们不是生活在真空中,也很难避免受到各种非无产阶级思想意识的影响。他们也会犯错误。他们也恋爱、结婚,也爱自己的父母子女,也有朋友之间的友谊。他们也有自己独特的生活爱好、习惯,这些爱好、习惯,很难冠以革命或不革命之类的定语……总之,他们也是人"[②]!将文学人物从过度理想化、阶级化、意识形态化的僵化原则中解救出来,这构成了80年代文学一个重要的探索,其中最重要的理论成果当数刘再复提出的"性格组合论"。

然而,70年代末期开始的对"高大全"理想化英雄的反思,导致的不是有弱点英雄的流行,而是人学话语对英雄主义叙事的取代。彼时,北岛喊出了"在没有英雄的时代,我只想做一个人",一时可谓振聋发聩。换言之,80年代的文化英雄是以反英雄的形象出现的。到了第三代诗歌中更是呈现出一种站在市民立场嘲讽英雄的解构性文化姿态,典型如韩东的《有关大雁塔》。进入80年代以后,中国文坛喊出"重回五四"的口号,这种口号的实质是重置"人的文学"与"人民文学"的价值秩序。英雄叙事被视为从属于"人民文学"谱系而在实际上被"人的文学"话语取消和解构了。进入90年代,在文学市场化的背景下,以个人化之名而行私人化、欲望

---

① 洪子诚:《不要忘记他是人》,《花城文艺丛刊》1979年第2期。
② 洪子诚:《不要忘记他是人》,《花城文艺丛刊》1979年第2期。

化叙事之实的潮流成了文学时尚，此时谁再写英雄，不是被视为迂腐，就是被视为造假。怀疑英雄一度成为一种普遍的大众文化心理。

麦家对特情英雄的表现，跟他个人独特的军旅经历有关："我知道有这样的部门，虽然没有太具体地干过这样的工作，但我多多少少有些别人没有的了解，在外围做过些服务性的工作。"[①] 有时麦家也非常自信地说这类小说只有他能写出来。对于他有所接触的这些特殊领域的英雄，麦家事实上怀着复杂的情感。作为一个有过军旅生活的人，他对这些因着个人天才而不得不牺牲献祭于国家安全的英雄们，当然有着崇高的敬意；但作为一个受过 80 年代文学熏陶的作家，他的视点并不囿于集体主义话语内部的英雄颂歌立场，带着人学立场去观看，他深刻地感知到这些英雄身上的悲剧色彩，他们所面临的内在精神深渊并由此挖掘出驳杂的人性景观。因此，麦家的特情小说，表现出家国话语和人学话语相铆合的驳杂话语面貌。也正是这种铆合，使得麦家小说成了在集体与个人、革命与人性、英雄与悲剧之间相沟通的桥梁。麦家作品成为站在革命家国立场、纯文学立场和类型化消费主义立场都能接受的文学对象。"当代文学"在经过"社会主义文学""启蒙文学"和"市场化类型文学"三个阶段之后，麦家是罕见地能将三者兼容的作家。因此，不妨说麦家特情小说以不同的侧面回应着"当代文学"不同阶段的诉求。我们也更能理解 2008 年茅盾文学奖授予麦家的原因。

结语：从"典型环境中的典型人物"到"特殊环境中的特殊人物"

《暗算》给我们带来的理论冲击还在于，这是一种以写实逻辑来结构的小说，却又明显超越了现实主义一贯的设定。比如，在古

---

① 麦家：《与文洁对话》，《麦家文集：人生中途》，浙江文艺出版社，2009 年版，第 204 页。

典现实主义中,对人物形象的要求在于形象性和丰富性;在经典马克思主义文艺中,则要求写出"典型环境中的典型人物";在50—70年代文学中,对人物的要求则是"三突出"和"高大全"。这种不同设定反映了不同的文学诉求。要求人物性格的形象、丰富,这是要求人物必须建立一种基于细节真实的艺术可信性;要求塑造"典型环境中的典型人物",则是要求文学通过人物去建立跟时代的关系,要求文学处理好特殊和一般的关系,通过个别对象提炼时代的普遍性;至于"三突出"和"高大全",则是要求文学通过理想人物的塑造为读者提供一种具有社会动员和精神召唤功能的想象性符号。不难发现,《暗算》人物塑造服膺的原则已经从"典型环境中的典型人物"变成了"特殊环境中的特殊人物",该如何在理论上解释现实主义"当代化"过程中这种新变化,构成了当代文学研究的新课题。

如果说典型是要在特殊和一般之间建立联系的话,《暗算》里这些有缺陷的英雄却并不具有典型性,因此无法构成普遍性的启示。无论阿炳、黄依依还是陈二湖,他们都是难得一遇的天才,他们的遭际和命运也是不可复制的。那么,这种以绝对的特殊性为基础的人物的文学意义何在?这是麦家抛给当代文学理论研究的问题,值得从不同角度去回答。假如抛砖引玉的话,我以为,麦家创造的这类新的文学人物并不像很多人理解的那样更多从属于消费性。奇人异事在中国传奇和话本中都具有很强的吸引力,但麦家笔下的"弱的天才"的特殊性中却隐含了某种通过极限而打开可能性的潜能。换言之,虽然很多无法通往"一般"的"特殊"常被视为欠缺意义,但麦家笔下人物的"特殊"却是一种极致的"特殊",因而是一种在消费性之外另有意义的"特殊"。阿炳和黄依依们,他们以某方面极致的天才而被某种特殊生活所选择,从而使某种极致的人性景观获得了呈现的可能。因此,如果说恩格斯"典型环境中的典型人物"是要求文学通过特殊去抵达一般的话,麦家这些"特殊环境中的特殊人物"却通过特殊而打开了可能性。这也是中国文学现实主义书写当代化过程中打开的新路径,其文学经验的理论意义还有待进一步提炼和总结。

第三节 《风声》:推理、人心和历史的三重逻辑

《风声》上部《东风》一稿完成于 2006 年 11 月 7 日,二稿完成于 2006 年 12 月 3 日;下部《西风》一稿完成于 2007 年 6 月 5 日,定稿于 2007 年 7 月 1 日;外部《静风》完稿于 2007 年 7 月 31 日。《风声》完稿之后,首发于《人民文学》2007 年第 10 期,并在当年由南海出版公司出版发行。2005 年,麦家曾凭《解密》入围第六届茅盾文学奖提名名单。2007 年,他还不知道次年《暗算》将会摘得茅盾文学奖这一中国文坛最有分量的奖项。所以,此时已获得市场广泛认可的麦家,内心依然憋着一股劲儿,渴望获得纯文学界更多的肯定。从 2003 年《暗算》出版到 2007 年《风声》发表前,麦家已有四年没有推出长篇小说,所以这算得上是一部苦心孤诣的作品。《风声》三部,不断反转,麦家腾挪跳跃着启用了推理、人心和历史三重逻辑,以开放性的谍战叙事拼贴了一幅独特的历史图景。

《东风》:推理逻辑和密室叙事

王安忆曾说:"在尽可能小的范围内,将条件尽可能简化,压缩成抽象的逻辑,但并不因而损失事物的生动性,因为逻辑自有其形象感,就看你如何认识和呈现。麦家就正向着目标一步一步走近——这是一条狭路,也是被他自己限制的,但正因为狭,于是直向纵深处,就像刀锋。"某种意义上,《风声》最典型地代表了王安忆所说的这种自我设限、由逻辑推动而险狭如刀锋的作品。《风声》

一开篇，日军代表肥原和伪军张司令就将吴、金、李、顾四人封锁在裘庄。根据情报，这几个人中有共产党卧底"老鬼"。故事框架围绕肥原如何抓老鬼，老鬼如何将群英会必须取消的情报送出这两个主要问题展开，由此掀起一次次的对垒。作为中国当代谍战推理小说的代表，这部作品展示的逻辑过程值得作一个较详细的剖析：

章节	对垒情节	结果	文学效果
《东风》第三章	王田香让二太太（老虎）指认"老鬼"；试图以顾小梦为突破口，李宁玉和吴志国必有一人说谎，密切接触者顾小梦如能提供指证，不失为解决问题的常规思路。	无果	王田香是特务处长，肥原的走狗，在肥原出马之前，先让他出手，将常规思路证伪。
《东风》第四章	肥原出马。第一招：白秘书分别约谈吴、金、李、顾四人，要求各指证一人。吴志国指证李宁玉；金生火指证顾小梦；李宁玉拒绝指证；顾小梦刁蛮地指证自己。	无果	"老鬼"与肥原的第一次较量。否定了通过相互指证来确认"老鬼"的可能性，在原有吴、李之外，再增加顾作为嫌疑人的可能性。增加疑云。
《东风》第五章	卫兵报告顾小梦的异常：跟哨兵套近乎，申请打电话通知其男友简先生来裘庄。肥原决定对简进行布控，以酒会来测试顾。酒会上李宁玉与吴志国爆发冲突。测笔迹，确认传情报者笔迹与吴志国高度相似。	推出高度嫌疑人吴志国	本章中顾、李、吴分别被怀疑并经受试探，顾、李的嫌疑缺乏进一步证据；嫌疑落在吴志国身上。本章继续与读者玩障眼法，探照灯逐一在顾、李、吴脸上闪过，最后定在吴脸上，对于有经验的读者而言，答案远未确定。
《东风》第六章	为进一步获取吴志国是"老鬼"的旁证，肥原打了"老鳖"这张牌，故意请"老鳖"进裘庄收破烂，观察他与吴志国之间是否有异动。由于吴志国遭毒打，不适宜出现在"老鳖"面前，肥原采用了逆推法，让金、李、顾三人与"老鳖"打了照面。"老鳖"与此三人未有异常接触。	进一步强化"老鬼"是吴志国的判断	上一章通过验笔迹，将吴志国设置为高度嫌疑人。麦家没有将推理逻辑建立在此孤证上，此章肥原推理逻辑的精细化，印证的是麦家对粗疏推理逻辑的不满足。

111

(续表)

章节	对垒情节	结果	文学效果
《东风》第七章	反转。吴志国亲手枪杀了"老虎",并以笔迹过分相似反而证明他不是"老鬼"的推论说动肥原,将猜疑对象集中在李宁玉身上;肥原用吴志国"自杀"遗留的血书诱诈李宁玉。	猜疑对象转到李宁玉身上	对于有经验的读者来说,嫌疑重点不可能一直在吴志国身上,嫌疑对象如何合理转移到他人身上,是本章的一大看点,本章以"诡辩"逻辑实现嫌疑对象反转。同时,李宁玉如果被肥原一诈即败,小说也不算成功。因此,她如何以强大的逻辑与肥原抗衡,是本章另一看点。本章使小说的谍战智斗形成一个小高潮。
《东风》第八章	继续审讯四人,寻找李宁玉是"老鬼"的其他证据。	无果	在第五、六、七章形成强烈冲突之后,这一章冲突转缓,为下面新的高潮蓄势。
《东风》第九章	肥原再设计。让人佯装共产党人攻打裘庄营救"老鬼",企图诈"老鬼"露出马脚。李宁玉跟肥原爆发肢体冲突,袭击肥原后遭受惨烈殴打;第二天自杀,并分别留信给肥原、张司令表明自己以死自证清白的心迹;给"丈夫"留遗书称得急病暴毙,并给两个孩子留下一幅纪念画。	"老鬼"依然无法确认	冲突升级,重要嫌疑对象之一李宁玉的死亡意味着叙事走向已经产生了转折。留下了诸多疑点,一贯冷静的李宁玉为何以如此决绝的方式自我了结?"老鬼"究竟是谁?"老鬼"能否把情报传出去?悬念在这一章达到了高潮。
《东风》第十章	叙事人现身解密,表明前面几章乃是历史纪实,通过走访李宁玉丈夫潘老,揭秘"老鬼"李宁玉如何通过死亡的方式博得肥原信任,将一幅由摩斯密码编码的情报画传出来,向组织传递了取消群英会的情报。	抓捕"老鬼"失败	揭秘谁是"老鬼"的秘密,用摩斯电码画传电报的设计出人意表。但也留下破绽:李宁玉的画得以传出,依赖于日本特务肥原的恻隐之心,这个设定是否低估了他的智力和疑心,高估了一个特务的同情心?资深的读者必有疑问。

《风声》第一部《东风》故意留下漏洞，作为第二部《西风》二次叙述的基础。如果不是特别挑剔的读者，依然被其营造的紧张氛围和缜密逻辑所折服。不难发现，《东风》为了制造悬念使用了一些常见的叙事技巧：

首先，借助叙事人的声音参与对读者的"欺骗"。作为小说的阅读成规，读者未必信任小说人物说的话，却倾向于信任"异叙事人"[①]的讲述。在《东风》中，麦家将叙事人刻意隐藏起来，读者还不知道《东风》仅是一个作家的一次叙述，而容易将其识别为传统小说那种客观叙事人讲述的"真实"故事。比如这段叙述："不过，有时遇到一些重要的密电，有些老机要员会临时加上一道密，这样万一密码簿落入敌手，也可起到迷惑对方的作用。因为是临时加的密，这个密度一般都很浅……这个说来很简单的东西，有时起的作用却相当大，像顾小梦就被难住了。可以想象，如果这份电报被第三方截获，而且他们手头也掌握着密码簿（破译，或偷来的），同时又恰好遇到像顾小梦这样的新手，识不破这个小小的机关，这个浅浅的密就成就大事了。"[②] 这段话的叙述者是外在于作品的异叙事人，读者对同叙事人的讲述会存在警惕，对异叙事人提供的信息却倾向于接受为真。读者此刻越认可顾小梦是一个解密新手，在《西风》中顾小梦身份发生反转就会产生越大的"被欺骗"的快感。

其次，借助悬念叙事的信息遮挡原则。《东风》非常重要的阅读动力来自于"谁是老鬼"的猜想。由于采用了限知叙事，每个人物所占有的信息都少于读者，而读者和肥原一样也无法获知全部信息，因此只能根据浮出水面的信息去猜测。巧妙地利用信息遮挡原则，能够激发读者的好奇心，组织起饱满的悬念。李宁玉透露吴志

[①] 在叙事学中，叙事人由作品中的人物充当，则称为"同叙事人"；叙事人并非作品中的人物，则称为"异叙事人"。异叙事人的讲述对于读者而言，具有某种超然的客观性。

[②] 麦家：《风声》，北京十月文艺出版社，2015年版，第30页。

国曾经向她打听过"密电",吴志国矢口否认。[①]究竟谁说谎?由于读者和叙事人信息的不对称,构成了很好的悬念。诸如此类的信息隐藏很好地构造了悬念叙事。

再次,巧妙地安排设悬和解密的关系。如第二章中,肥原等人开始审讯,肥原如何获知老鬼就藏身在"吴金李顾"中,这是小说藏着的另一个悬念。如何解开这个悬念,可以以直接叙述的方式,开篇即由叙事人点出日军捕捉到传情报的"老虎",得知情报泄密,由此密电的四个接触者被确定为嫌疑人被审讯。这个处理方式的缺点是:过于直白,失去了让读者获悉真情时的快感。小说展示相关事件的顺序如下:1. 李宁玉向张司令称告诉过吴志国密电内容;2."吴金李顾"被确定为嫌疑对象;3.肥原在审讯会上展示截获情报,说明审讯来由。这里有个有趣的问题,叙事人在这里采用了外视角叙事,即只通过人物行动来呈现信息,叙事人所知小于作品中的任何一人,叙事人被限制在所有人物心理之外。审讯会上部分,叙事人站在了审讯者——即追寻悬念者的位置上。因此,作者始终很好地把控住读者的探寻谜底的阅读动力。

很多人都意识到,《东风》的叙事借鉴了一种"密室狼人杀"的游戏模式,几个人中有一个是"老鬼",但其他人并不知情。所以,游戏的张力就在于抓"老鬼"者的试探和"老鬼"放烟雾弹的相互推理之间。问题是,如果仅有《东风》,《风声》不过是一个标准的推理小说,这远非麦家的目标。对麦家来说,仅有推理逻辑是不够的;或者说,复杂历史推理的背后,并不仅有一般的情理逻辑,它还会有其他更复杂的逻辑维度的参与。由此,才有了《西风》的二次叙述。

[①] 麦家:《风声》,北京十月文艺出版社,2015年版,第31—32页。

《西风》：人心逻辑和不稳定叙事

从叙事和悬念的设置方式来看，《西风》跟《东风》大异其趣。《东风》的悬念来自于"老鬼是谁"，"吴金李顾"四人都可能是老鬼，小说的冲突主要来自于肥原跟被锁定的嫌疑人之间（吴、李之间的矛盾也转化为肥原与嫌疑人的矛盾）。但《东风》末尾，"老鬼"是李宁玉的疑团已经揭秘，因此，《西风》的悬念来自于"老鬼"李宁玉如何与肥原周旋并最终将情报送出去。不妨说，对于推理小说而言，悬念基本设定在"是谁"和"如何"两个层面。"凶手是谁"和"凶手如何"构成了凶杀推理小说两个最基本的悬念模式。在东野圭吾的《恶意》中，悬念来自于"凶手是谁"，答案在追寻中不断反转；但在他的《嫌疑人X的献身》中，小说一开始就叙述了花岗靖子和女儿美里如何在一时愤怒之下将不断前来骚扰的前夫勒死，以及接下来如何得到邻居的一位高中老师——数学天才石神的掩护。因此，悬念完全不来自于"凶手是谁"，而来自于石神"如何"帮助花岗靖子脱身。不难发现，《风声》第一、二部将两种推理小说的经典悬念模式都囊括其中，在将"是谁"悬念演示一番之后，又轻盈地转向了"如何"，在另一种推理参数条件下再次推演了小说的其他可能性。

在《东风》中，处于叙事明处的是肥原一方，"老鬼"则处于暗处。它使冲突主要被设置为审讯方（肥原）和地下方（"老鬼"）之间的智斗。小说主要是从站在明处，作为"侦破者"的肥原视角来展开。这个视角遮挡有助于保持"老鬼是谁"的悬念，局限则是丧失了对"老鬼"在险象环生的处境中惊心动魄内心的描写机会。虽然小说有限地借助了"全知视角"，在不透露"老鬼"身份的前提下简单提及其内心的焦灼，但这终究是很有限的。到了《西风》，"老鬼是谁"的悬念已解，小说被切换为顾小梦的视角。换言之，《西风》的叙事实质就是从顾小梦角度再次讲述老鬼的故事。但这次重述，并非完全地从头讲起，在扑朔迷离的事件中，有些事件已经确定，已经发生过的事件无法推翻，但事件背后的因由却可以有新的阐释。因此，《西风》相比于《东风》，区别主要体现在：材料来源从潘老转换为顾小梦；主要事件从"抓老鬼"转为"传情报"；冲突双方从肥原／"受侦察者"转变为顾小梦／李宁玉。在此过程中，"老鬼"李宁玉的内心冲突的深广度遂得以展示。在《东风》中，关于"老鬼"的心理只有局部的暗示："老鬼现在就是度日如年。时间在分分钟地过去，老K和同志们的安全在分分钟地流失，而他／她，似乎只能不变地、毫无办法地忍受时间的流逝。窗外，依然是那片天空，那些神出鬼没的哨兵；心里，依然是那么黑，那么绝望。"① 这里为了不暴露"老鬼"身份，对其心理展示只能限定于某种心情范畴，而难以展示实质内容。但在《西风》中，"老鬼是谁"谜底已揭，作品得以展示了"老鬼"李宁玉所面对的不同对手：既有吴志国、肥原，同时又增加了顾小梦。由于与前两个对手的交流在《东风》中已经展示，《西风》主要就是李宁玉如何在错综复杂的不利局面中在心理上制服顾小梦，迫使其帮助自己传情报的故事。

但《西风》不仅是《东风》逻辑上的递进和延伸，而是在一个新的逻辑维度上重构了《东风》的密室叙事，并悄然地使小说从具有唯一真相的确定叙事变成开放性的不稳定叙事。

细心的读者会注意到，《西风》的叙述并未解决所有的问题，在叙事人抛出的最后几问中非常重要的一个：顾小梦帮李宁玉传情报"是因为她怕李宁玉反咬她。可最后李宁玉死了，其实已经不可能反咬她，她又为何还要帮她"②？顾小梦面对这个问题的反应很有意思："老人一听，神情一下变了，变得激动，伤感，感慨万千。后来说着说着竟然忍不住呜咽起来，令我非常愧疚。一个

---

① 麦家：《风声》，北京十月文艺出版社，2015年版，第60页。
② 麦家：《风声》，北京十月文艺出版社，2015年版，第236页。

耄耋老人的呜咽啊,天若有情天亦老……擦了一把热毛巾,喝过一口温水后,老人才平静下来,对我再度回忆起那天发生在厕所的事情。"①顾小梦随后提供的理由有二,一是因为同情心,受不了李宁玉的跪求,"最后膝盖都跪破了,血淋淋的"②,"我最后能够战胜对她的恨和恐惧,同情心是起了一定作用的"③。其二则是敬佩心,"觉得她做的这件事实在太高明,有惊世骇俗的迷人之美,我被打动了,迷住了,我要成全她"④。这两个理由在情理上都能够自圆其说,但如果说《风声》在"老鬼是谁""如何传情报"等核心情节上都可以有接近于唯一确定的答案的话,却有意识地将顾小梦和李宁玉的关系设置成一种不稳定叙事。叙事人感到顾小梦"这么大度,这么客观,我没有任何理由不信服"。但又在第三部《静风》中则由潘老与顾小梦之子潘教授之口指出:"我姑姑的眼泪感动了她,你觉得这可信吗?要知道,这是一群特殊的人,他们不相信眼泪。说实话,作为父亲的儿子,我说过我什么也不想说。但站在一个读者的角度,一个了解这群人特性的读者,我觉得这……值得推敲,你把一个关键的情节落在一个可疑的支点上,这也许不合适吧。"⑤之后,叙事人在王田香之子王汉民的揭秘之下,获悉"因为那个原因(对不起,我要尊重顾老永远为她保守这个秘密),顾小梦一直没有结婚,直到抗战结束后才与弃共投国的潘老结了婚"⑥。

潘教授的质疑不无道理,如果顾小梦是基于同情心和敬佩心帮助李宁玉,这两种谈不上惊心动魄的感情何以导致她在八旬之年面对叙述人的疑问时激动、伤感、感慨万千竟至于呜咽失声,如果说她和李宁玉之间有什么牵动心肺的深刻情感联系,那又是什么?这

---

① 麦家:《风声》,北京十月文艺出版社,2015年版,第238页。
② 麦家:《风声》,北京十月文艺出版社,2015年版,第238页。
③ 麦家:《风声》,北京十月文艺出版社,2015年版,第239页。
④ 麦家:《风声》,北京十月文艺出版社,2015年版,第239页。
⑤ 麦家:《风声》,北京十月文艺出版社,2015年版,第250页。
⑥ 麦家:《风声》,北京十月文艺出版社,2015年版,第252页。

跟叙述人所讲的"顾老的秘密"是否有什么关系？回头看《风声》，就会发现麦家刻意为这个问题留下种种暗示，却又始终不使其坐实，从而为小说"留白"，以供读者猜想，为阐释预留更大的空间。麦家借此暗示：历史的拼图永远有难以彻底揭开的谜团。对于谜团，只能猜想，而没有绝对的答案。由此，《风声》的多角色叙述虽整体上在重构中趋向确定，但在局部上依然迷雾重重。而在"顾老的秘密"这团迷雾背后，麦家其实试图确立的正是一种历史背后的"人心逻辑"。

事实上，"顾老的秘密"并没有多么难猜，《东风》中就通过肥原之口有所暗示。不妨做一猜测：顾小梦是同性恋，她爱李宁玉。因此她们之间才如此亲密，既住在一起，甚至共用一管牙膏，李宁玉牺牲之后，顾小梦一直保留着李宁玉的梳子。以下两段描写就显得意味深长：

> 老年人感叹一声，拿起梳子翻来覆去地抚摩着，好像要用这把破梳子梳理已经日渐远去和模糊的记忆。看得出，老人家的手指已不再灵巧，不饶人的年龄带来的笨拙，使我担心梳子随时都会掉落在地上。①
>
> 岁月回到一九三九年十二月的下午，时任剿匪总队司令的钱虎翼领着顾小梦来到译电科科长李宁玉的办公室。当时李宁玉像是刚刚洗过头，一边埋头看着报纸，一边梳着湿漉漉的头发。顾小梦惊讶于她的头发是那么秀丽，又黑又直，犹如青丝一般散开，垂挂在她脸前，红色的梳子从上而下耙动着，有一种诗情画意，又有一种藏而不露的神秘。从某种意义上说，顾小梦是先认识她的头发和梳子，然后才认识她人的。②

---

① 麦家：《风声》，北京十月文艺出版社，2015年版，第182页。
② 麦家：《风声》，北京十月文艺出版社，2015年版，第183页。

多年以后，顾老仍保留着李宁玉的梳子，翻来覆去抚摩着，暗示着她对"破梳子"特别的感情；而小说对顾、李初次见面的叙述显然是从顾小梦的角度进行，这段描写清晰地暗示了初遇李宁玉在顾小梦内心投下的涟漪，这不像是对一个旧日同事的记忆，更像是对一个恋人刻骨铭心的惦念。或许正因为爱着李宁玉，当顾小梦发现李宁玉暗算她时，才加倍地愤怒和心碎；但又因为顾小梦对李宁玉这种特殊的情愫，所以在面对李宁玉的跪求时会心软并且在李宁玉牺牲之后依然愿意继续援手。当然，在中国的社会环境下，特殊性取向是一个常常被视为带有负面色彩的隐私，特别是作为已届耄耋之年的老人，再让顾小梦亲自承认这一点并不容易。因此，在李宁玉成功传递出情报的过程中，包含着一个重要而偶然的人心因素——顾小梦对她隐秘的爱。正是在这里，《风声》在基于必然性的情理逻辑之外，又洞开了另一层基于偶然性的人心逻辑。

通过《西风》的重述，顾小梦的身份和形象也被重构，她进入了具有厚重历史内涵和独特精神内核的无间道形象谱系中。《东风》中，顾小梦是投靠汪伪政府的大商人顾先生的女儿，一个进入特殊系统的富家千金，业务能力普通，性格刁蛮，大大咧咧。这个形象本身过于简单，也存在某些逻辑疑点：比如一个这样典型的富家千金如何胜任解密系统对破译员的要求？在《西风》中，顾家父女成了国民党打入汪伪政府中的间谍，这是无间道上生存的人物。虽然老鬼、老虎、潘老等人同样是间谍，但他们命运体现的则是间谍人生的惨烈，顾小梦人生体现的则是间谍人生的另一面——身份双面性带来的动荡和流离。顾家父女看似服务于汪伪，实际上则是国民党的人。她后来嫁给潘老，潘老是延安的人。在潘老向她表明身份劝她转投共产党后，她打掉了肚子里的孩子，毅然抛夫弃子去了台湾。

间谍的人生，由于同时兼有阳面和阴面两种身份，对他们来说，可以公开的阳面身份是虚假的，不能公开的阴面身份才是真实的，他们必须用阳面的身份为阴面身份背后的系统输送情报。但阳面身份也有其种种必然的社会关系，为了这种阳面身份的可信性，他们必须不断牺牲作为普通人正常的权利。比如，顾小梦与电影明星谈恋爱，这不过是一种遮人耳目的手段，为此她牺牲掉自己的恋爱权；她跟潘老结婚，甚至在生下儿子，并且又有身孕情况下决绝地离开，这是因为她作为间谍来到了阳面身份和阴面身份必须作出决裂的时刻。顾小梦与李宁玉不同，李宁玉的阳面以决绝的自杀而成就了阴面的光荣。小说主要强调的不是李宁玉作为间谍的悲剧性，而是她惊人的聪慧沉着以及牺牲的意义和价值。但对顾小梦而言，她的一生却始终被她的间谍身份所缠绕和折磨。这或许是她在多年后站出来重新讲述当年往事的部分原因。对于间谍的无间道人生，麦家一直心有戚戚焉。日后他在《人生海海》中再次通过"上校"成功地展示了阴面身份所具有的反噬性。因此，我们可以说，《西风》对裘庄故事的重述，不仅在于使故事变得更复杂，转换另一种方式创造悬念，还在于它使顾小梦的形象变得更加饱满立体，从而激活了另一类间谍的悲剧人生，也为小说的解读增加一层新的维度。

事实上，通过多角色叙述来推动叙事的方式在现代小说中并不少见。从叙事的确定性看，多角色讲述存在着真相拼图、重构和遁形三种方式。真相拼图是指不同叙述者所讲述的同一事件或内容的不同部分，它们各有侧重，互相补充，共同完成了对某个具有唯一性叙述的拼图；真相重构是指对同一事件的不同叙述之间构成了相互驳诘、冲突的关系，而时序上居后的叙述重构并定义了事件实质，对于文本中那个唯一性的答案具有更高价值；真相的遁形跟以上两种情形不同之处在于：经过多次讲述之后，小说中那个唯一的、确定的真相被解构了，不同讲述之间互相排斥，但并不能确定何种为真。最典型的真相遁形的多角色叙述就是芥川龙之介的《罗生门》,真相遁形的讲述内在镶嵌着一种不可知的悲观认识论,世界的真相是无法被把握的,因此叙述者没有勇气去讲述一个具有确定性的故事。

《风声》的重述介于真相重构和真相遁形之间。《东风》和《西风》没有构成绝对的对抗,《西风》拥有比《东风》更缜密和完备的逻辑。《东风》采用"潘老"提供的信息,《西风》激活了"顾小梦"而提供了另一种讲述。看起来这似乎是在为《东风》"推理逻辑"打补丁,事实不仅如此。《西风》为《风声》提供了另一个维度的逻辑,即所谓"人心逻辑"。小说借此暗示:历史的发展既受情理逻辑(常体现为事物的必然性)的推动,也常受人心逻辑(常体现为必然性之外的偶然性)的左右。

人心作为偶然性因素会使历史事件的进程发生逆转,也会影响着关于历史的叙述。比如,潘老和顾小梦二人关于裘庄事件就有着迥然不同的叙述。虽然表面看来顾小梦的叙述似乎比潘老的叙述更具说服力,但同样留下了当事人不愿意揭开的疑云。影响他们叙述的,既有人心的因素,还有更重要的因素,那就是历史和政治。他们所属的政治体统决定了他们叙述可能作出的取舍,他们所处的历史时代又影响着他们所属的政治集团之间的关系,影响了他们采取的行动和作出的叙事。因此,《风声》事实上在人心逻辑之外,还包含着一层有新历史主义色彩的历史逻辑,这主要体现在最容易被人忽略的第三部《静风》中。

《静风》:历史逻辑和命运叙事

事实上,我们有必要注意到作者在《西风》中刻意留下的一个逻辑"漏洞":通过王田香之子王汉民的讲述,叙述人了解到顾小梦后来嫁给了潘老,"潘老弃共投国是假,骗取顾老信任,打入国民党内部去工作才是真"①。问题是，为何因为某个秘密一直没有结婚的顾小梦会在抗战结束后嫁给潘老呢？假如这个秘密是她的性取向问题，她不可能基于意愿嫁给某个男性；即使她不是同性恋，潘老在此之前的身份是李宁玉的丈夫，她在获悉李宁玉的真实身份后，不可能不对潘老的身份产生怀疑；更兼假设她对李宁玉的情愫存在，她对李宁玉有家暴倾向的"丈夫"潘老不可能有好感。因此，顾小梦嫁给潘老，一种可能的解释是：潘老是共产党安插在国民党系统的卧底，而她很可能早已看穿这一切，才会成为安插在共产党卧底身边的国民党卧底，如此才能解释这场不无蹊跷的"婚姻"。如果继续推论下去，还存在另一种可能性，即顾小梦在北平被潘老策反成功，但因为工作需要，她被组织上派到台湾担任间谍，表面上她的阳面身份没有任何改变，但阴面已经改变。不要忘记，多年以后顾小梦的儿子作为港商成了全国政协委员。这当然只是诸多可能性之一，我想说明的是，《风声》三部，越到后面，叙事就越从封闭走向开放，越从小团体而走向大历史，个人越置身于历史维度之中，叙事的确定性就越不可把握。在《东风》中，故事由超然于文本之外的异叙述人讲述，舍此并无其他可能性；但到了《西风》，读者才发现，《东风》不过是一个根据潘老等人讲述而写成的故事，是叙述之一种而已，故事在顾小梦那里会有另一种样子；到了《静风》，我们发现，顾小梦的讲述虽提供了更稳固的逻辑框架和更缜密的细节，但同样存在疑点，这些疑点甚至存在引发另一番颠覆性叙述的可能。比如上述提到的顾小梦被共产党策反而后派往台湾，这是一个始终不能说出的秘密，即使她在耄耋之年也无法面对后人将真正的真相尽数说出。换言之，从《东风》到《西风》再到《静风》，《风声》不仅是换了三种写法，更从稳定叙事而走向开放性的不稳定叙事，麦家以情理逻辑、人心逻辑和历史逻辑

---

① 麦家：《风声》，北京十月文艺出版社，2015年版，第252页。

三种方式共同推动某种历史之思。当然,他的结论并未超出90年代以来风行中国的新历史主义框架。

所谓新历史主义,很核心的一条是强调历史的叙事性,即使是正史也不过是特殊历史条件规约下的一种叙事。这种强调并非没有道理,任何假借于"上帝视角"的叙述都是可疑的,因为任何叙述都必然来自于某个叙述者,而任何叙述者的叙事都必然要受到其历史、政治位置的限制。任何叙述都要经受来自个体、政治等复杂因素不动声色的篡改。为何在潘老的讲述中,刻意排除顾小梦作为传情报者的位置?为何在顾小梦的讲述中,她和潘老的婚姻被按下不表?重要的原因就在于,他们始终不能自外于独特的历史政治位置,他们的讲述必须符合这个位置的要求。因此,真正代表"历史谜底"的叙述或许并不存在。

有必要指出,《风声》第三部《静风》因为在三部中篇幅最短,节奏最为松弛,作者已经放弃了前二部那种悬念叙事,没有了前二部的阅读快感,因此也常被读者和阐释者所忽略。事实上,如果从纯文学角度看,第三部才真正完成了小说的历史叙事。《静风》正如它题名所暗示那样,历史除了由"东风""西风"所代表的那种脑袋提在裤袋上,紧张得令人透不过气的涡旋时刻外,还有紧张时刻过后静风轻拂的时刻。所以,《静风》像是闲笔,是对《东风》《西风》的补述;但《静风》又暗暗打开新的维度,它的视野超出了"裘庄抓老鬼,老鬼传情报"这个在叙述中逼近燃点的事件,而进入了更广阔的历史中芸芸众生的命运这一更大命题。叙事人在《静风》开篇说"有人说故事是小说的阳面,那么这就是阴面了"[①]。阳面是给看热闹的人看的,阴面才藏着更大的真相。因此,我们对《静风》是不能不详加辨认的。

不妨说,《静风》的真正主角不是某个人或某件事,而是"裘

---

① 麦家:《风声》,北京十月文艺出版社,2015年版,第244页。

庄",或者说是"裘庄"所收集的命运。如果说前二部采用的是推理小说典型的"是谁""如何"的叙事,因而虽然扣人心弦但终究属于事件型类型小说的话;第三部则以独特的"裘庄"视角,以历史的广角镜头构造了一部裘庄人物简史,从而超越了"事件型小说"的限度,而将形形色色人的命运收入了历史的胶带中,获得了优秀长篇小说的命运感。

《风声》前两部主要是在民族主义的叙事领地中运行。从故事看,作者清晰地站在李宁玉所代表的共产党一边,李宁玉作为智慧卓绝的英雄牺牲了,情报传出来了。因此,在这场发生于抗战背景下的谍战事件中,以李宁玉为代表的中方,用智慧、沉着和牺牲精神挫败了日本侵略者的进攻。不妨说,小说整体故事上维护着1949年以来革命历史小说的民族主义叙事语法。然而,麦家自然是不满足于此的,他不断在叙事上更新了革命历史小说,在小说的历史内涵上也作出了新的调整。《静风》中提及的人物,主要有三类:首先是革命者,以靳老(老虎)、老K、老汉为代表;另一类是革命者的敌人,包括日本人肥原和汉奸王田香(曾经的苏三皮);第三类是敌我双方的第二代,比如潘老的儿子潘教授,王田香的儿子王汉民。如果在革命历史小说中,这个人物关系会按照非常清晰的二元对立的叙事框架来进行。但麦家显然努力打破了这种单调的二元性。比如,小说花了相当笔墨书写的靳老,作为杭州共产党地下组织负责人,如果按照革命历史小说对于英雄身份的纯洁性要求,他的出身是有问题的,他参加革命的动机也很不纯粹。作为裘庄的少主人,他是国民党司令钱虎翼的亲戚和旧下属,他投身行伍的目的跟夺回家族财产有着直接关系。在钱虎翼通奸投敌之后,他才毅然与其决裂。换言之,他身上有强烈的民族情感,但并没有清晰的阶级情感。这跟革命历史叙事中的红色英雄是有区别的。换言之,麦家刻意让人物的来历更接近未经提纯的野草般的世界。同样,王汉民相对于其汉奸父亲王田香的立场差异,也是麦家昭示历史复杂性的方式。

事实上，我们会发现《静风》非常独特的"裘庄"视角，它用裘庄的兴衰来见证历史，也收集历史大潮中来去匆匆、形形色色的命运。"据说，裘庄的老主子早先不过是一个占山行恶的土匪。上个世纪初叶，江浙战争爆发，杭州城里因战而乱，老家伙乘机下山，劫了财，买了地，筑起了这千金之窝。"① 后来，主人家日渐败落，裘庄租了出去，被租客办起了茶肆酒楼，成了依红偎柳、污浊不堪的桃花坞。再后来，裘庄少主人小三子投身行伍，以剁指的凶残和气势从租主手里要回裘庄。可惜转眼一九三七年十二月日本人占领杭州，裘庄被鬼子强占。鬼子意在裘庄寻宝，却没有结果。肥原受命在此寻宝，结果却是老婆命丧于此。裘庄遂在几番折腾中变得千疮百孔、破败不堪，成了不祥之地。"不过数月，马啃光了园里的花草，屙下了成堆的粪便，从此裘庄成了一个臭气冲天的鬼地方，更是无人问津，只见马进马出，肮里肮脏，一个养马场而已，叫人一时难以想起它昔日的荣华富贵。"此后裘庄被批转给了汉奸司令钱虎翼，"很快，这里又是美色接踵而至，酒色泛滥成灾，再现了过去的糜烂"。② 裘庄仿佛是大历史的一个小舞台，各路豪杰在此登台，历史风云在此变幻，喧闹与寂寞同在，繁华和凄惨并存，命运的感慨遂深藏于此。《风声》有别于完全站在阶级或民族立场进行的英雄叙事，站在"裘庄"视角，其实就是力图站在一个更超然于民族阶级的立场去看取历史的沧桑、命运的变幻，因此，《风声》便是在传统的英雄主义叙事与新的思想资源中维持着微妙的平衡。

对于日本人肥原，《静风》也不吝笔墨。虽然小说的基本民族立场使其不可能为其恶魔性开脱，但也努力卸下"鬼子"恶魔的刻板印象，呈现了更多的复杂性：诸如他的才气，他的思想转折，他对

---

① 麦家：《风声》，北京十月文艺出版社，2015年版，第254页。
② 麦家：《风声》，北京十月文艺出版社，2015年版，第269页。

中国文化曾经的热爱和崇拜，他对西湖及其妻子所含有的感情，都显示了他的复杂性。尤其值得注意的是，麦家虚构了肥原和日本作家芥川龙之介的交往，肥原成了芥川龙之介文章中曾经评价过的人物。在此最重要的用意不仅在于模糊虚构与纪实的界限，更在于通过芥川龙之介而使《罗生门》成为《风声》的互文性文本。前面已经提到，《罗生门》乃是最著名且典型的不稳定叙事的代表。《风声》到了《静风》，历史的正义虽然没有被解构，但历史的残忍和荒诞同样熔于一炉。因为个人原因客观上有恩于西湖的肥原终究死于西湖湖畔。"作为一个对西湖有恩的人，我不知道西湖在见证肥原被人毒杀、碎尸时会不会感伤情乱。"①虽则基本的民族叙事法则确认了《风声》的价值立场，但新历史主义视野也使其并不愿意居留于过分确定的认识论。因此，裘庄中那些永远找不到的财宝便成了一个绝佳的隐喻：有些东西确实存在，但你永远不知道它身在何处；有些事情确实发生过，但叙事永远无法完美地还原。绝对的真相就隐藏在历史的迷雾和命运的飘摇中。《风声》由是通过其历史逻辑完成了它的命运叙事。

结　语

应该说，《风声》依然延续着《解密》《暗算》那种以精神冲突作为情节推动力的密室小说特征。亚里士多德在《诗学》中指出"悲剧是对一个严肃、完整、有一定长度行动的模仿"。对于叙事文学来说，外部"行动"是极为重要的元素，"行动"的起承转合构造了情节和故事。对于古典戏剧来说，其"行动"主要是一种外部"行动"。但在现代叙事中，一种源于心理和精神冲突的内在"行动"也获得了推动叙事的能力。无论是中篇小说《陈华南笔记

---

① 麦家：《风声》，北京十月文艺出版社，2015年版，第295页。

本》还是后来的长篇《解密》《暗算》，虽然有着某些外部行动，比如陈华南在火车上遗失笔记本，安院长寻找黄依依的过程等等，但小说真正扣人心弦的是主体与密码之间展开的心理冲突，是发生在密室之内的内在行动。相比之下，《风声》展开的是另一种"密室小说"。它的戏剧行动依然是强烈、高强度的心理冲突，或者说智力对抗，但它不是来自于主体内部，而是主体与同在密室者的心智较量。因此，《风声》依然是"窄"的小说，它从一个极小的角度展开茶杯风暴。从叙事角度看，《风声》对类型小说叙事经验的吸纳远超《解密》《暗算》。《解密》《暗算》主要是关于破译家精神悲剧的小说，《风声》则主要是关于间谍的谍战推理小说，小说的写法已经发生了巨大位移。

2008年，麦家还这样说："我的'亲人'中没有阿加莎，没有柯南道尔，也没有松本清张。"[①] 这不意味着他在否定这些推理大师，而意味着他跟他们作出清晰区分的强烈愿望。如果说《风声》的上部《东风》是麦家进行的标准谍战推理叙事的话，他通过下部《西风》和外部《静风》完成了对这种标准"推理逻辑"的两次重构和超越。不妨说，《西风》不仅使《东风》的"推理逻辑"更加严密，而且增加了另一种完全不同维度的"人心逻辑"；到了《静风》，麦家为小说再添另一维度——"历史逻辑"。因此，《风声》的三次叙述，完成了推理逻辑、人心逻辑和历史逻辑的位移和综合。麦家确乎是在原来《解密》《暗算》的基础上完成了纵身一跃。

《风声》后来获得2008年第六届华语文学传媒大奖年度小说家奖，又因改编成电影而广受关注。由文学评论家谢有顺执笔的华语文学传媒大奖授奖词如是评价这部作品：

> 麦家的小说是叙事的迷宫，也是人类意志的悲歌；他

---

① 麦家：《与季亚娅对话》，《麦家文集：人生中途》，浙江文艺出版社，2009年版，第281页。

的写作既是在求证一种人性的可能性，也是在重温一种英雄哲学。他凭借丰盛的想像、坚固的逻辑，以及人物性格演进的严密线索，塑造、表彰了一个人如何在信念的重压下，在内心的旷野里，为自己的命运和职责有所行动、承担甚至牺牲。他出版于2007年度的长篇小说《风声》，以从容的写作耐心，强大的叙事说服力，为这个强悍有力、同时具有理想光芒的人格加冕，以书写雄浑的人生对抗精神的溃败，以关注他人的痛苦扩展经验的边界，以确信反对虚无，以智慧校正人心，并以提问和怀疑的方式，为小说繁复的谜底获得最终解答布下了绵密的注脚。麦家独树一帜的写作，为恢复小说的写作难度和专业精神、理解灵魂不可思议的力量敞开了广阔的空间。①

2008年，正是华语文学传媒大奖如日中天的时候，这个奖项由当时在中国具有广泛影响力的《南方都市报》主办，当届奖项终审评委则由马原、程光炜、林建法、王尧、程永新、李敬泽、谢有顺担任，这代表了专业评论界对这部作品的认可。不过，我希望探究的是：相比于《解密》《暗算》，《风声》发生了哪些巨大的改变。如果说《解密》《暗算》书写的主要是一群被麦家称之为"弱的天才"的破译家命运，《风声》书写的主要对象李宁玉、顾小梦虽然也属于破译人员，但她们远称不上破译家，她们较劲、作战的对象也不是可以令人丧魂落魄的高级密码。她们的间谍身份远超破译者身份，因此，《风声》触及和想象的是间谍世界的瞬息风云和智力肉搏。与陈华南、阿炳、黄依依、陈二湖等破译家相比，李宁玉、顾小梦并非"弱的天才"，因此麦家借由她们展现的不是天才／白痴的张力空间，以及天才个体被荒诞解密命运裹挟的悲剧。换言之，

---

① 第六届华语文学传媒大奖授奖词。

麦家已经意识到某种非变不可的压力。从陈华南到阿炳、黄依依、陈二湖等等，他们都属于"弱的天才"这一谱系的人物，再写下去并无法开创。放弃这一成功范式，如何在类型性和文学性中找到新的有效结合点，面对这个挑战，麦家闯关成功。

第四节 《人生海海》："转型"与"回望"

麦家的《人生海海》虽谈不上十年磨一剑，却也是步步为营、苦心孤诣、增删几载的良心之作。普遍的看法是，这是麦家从谍战（也有称为特情或新智力小说）小说转向带有浓厚乡土色彩的纯文学的转型，麦家的"转型"再次获得了从专业到市场的双重认可。麦家作为一个文学大 IP 的号召力，诸多文学名人和各路影视明星先后发声为麦家助阵，使小说在短短两个月之间就销量过六十万，这在纯文学作品可谓"奇迹"，其中折射的当下文学制度的新变颇值得分析。但本文更关心的是，麦家新作的"转型"在多大程度上是一种"回望"？作为一个通过类型小说突围而获得纯文学接纳的作家，《人生海海》相比以往在文本叙事和思想探寻上有何独特创造，或者说"转型"该从何说起？有必要留意到，《人生海海》折射了麦家内在挥之不去的"纯文学"情结，作为一个 80 年代文学遗产的继承者，《人生海海》可能是麦家彻底换一条赛道证明自己的结果，麦家也果然通过诸如"伤疤叙事学"、历史寓言等方式大大拓展了其小说的叙事和精神叙事容量。就此而言，《人生海海》既是"转型"，也是麦家向 80 年代文学传统的"回望"和致敬。如果进一步将麦家的崛起置于新世纪以来文学时势的"移步换景"中，或许会看到时势的淘洗和麦家的个人选择之间的有趣错动，也看到麦家通过《人生海海》将自身镶嵌进流动的"传统"秩序的努力和启示。

"侦探叙事"和伤疤叙事学

讨论《人生海海》，也许难以绕开上校肚皮上的刺字。它凝结着上校命运全部的秘密和精神耻辱，可谓上校的伤疤。从小说叙事角度看，它是谜底式的存在。对于一般小说而言，其意义很容易被谜底所用罄，所谓图穷匕见，故事的意义在谜底出现时达到最大值，然后迅速消失殆尽。因此，我关心的是《人生海海》如何通过独特的伤疤叙事学营构，使小说在上校身体刺字的秘密出场之后继续获得意义增益而非减损。

在中外文学史上，将伤疤等身体印记引入文学叙事是非常古老的事情。在《奥德赛》中，"曾是奥德修斯奶母的老女仆欧律克勒娅从腿上那块伤疤认出了远行归来的奥德修斯"[①]，这个细节启发了埃里希·奥尔巴赫写出了《摹仿论》的第一章《奥德修斯的伤疤》，奥尔巴赫的问题意识在于讨论西方文学中现实的再现问题，这不在本文讨论范围。从叙事角度看，伤疤远未上升到作为《奥德赛》动力机制的程度，伤疤仅仅是作为一个人独特的身份标识而局部推动叙事。伤疤或胎记作为身份标识几乎是古典叙事中的常规套路，在《俄狄浦斯王》中，俄狄浦斯的身份最后被指认，也端赖于其出生时被刺穿的脚踝。在《哈利·波特》中，哈利尚在婴儿时，在家里险些遭到伏地魔的阿瓦达索命咒所杀，哈利父母用爱为他创设了一道屏障，使魔咒反弹回去，重创伏地魔，哈利父母也因此丧身，同时哈利额头上也留下一个闪电状的疤痕，这个疤痕联结了哈利和伏地魔，使他们可以感应到彼此的心理。这是一个具有叙事推动力的伤疤设置，但它覆盖的也仅是小说的局部。就叙事功能而言，绝大部分小说中的身体印记仅参与局部叙事，《人生海海》之外，几乎没有其他作品将伤疤或其他身体印记设置为参与小说全局性叙事，

[①] [德]埃里希·奥尔巴赫：《摹仿论》，吴麟绶、周新建、高艳婷译，商务印书馆，2014年版，第5页。

甚至是作为小说叙事动力机制般的存在。

　　文学如何使伤疤参与自身的叙事乃至于精神叙事，赋予这种身体印记以叙述功能和精神动能，这是伤疤叙事学的核心。"给身体标上记号，这意味着它进入了写作，成了文学性的身体，一般说来，也就是叙述性的身体，因为记号的刻录有赖于一个故事，又推演出这个故事。给身体打上记号，这是关于进入了写作的身体成为文学叙述之主题的一个象征。"[①] 换言之，伤疤作为打在身体上的印记，让这一能指去指涉勾连起更丰富幽深的精神所指，这也是伤疤叙事学的必由之路。伤疤最经常被用为耻辱或创伤的象征，如霍桑的《红字》中，白兰被当众惩罚，戴上标志"通奸"的红色 A 字示众，这是典型的耻辱印记和道德污名；而在苏童的《米》中，五龙是一个被侮辱的报复者，这种侮辱也通过某种身体印记来表现，如他被枪射穿的左右脚和几乎被冯老板抓瞎的眼睛。五龙的心理扭曲和疯狂的报复正是由身体伤害及其精神创伤推动的。所以，《米》中的身体印记主要是作为精神创伤的能指。然而，有时候伤疤也可能反向转喻出耻辱的反面——光荣，这典型地体现在中国当代的革命历史小说中。《红色娘子军》中的吴琼花，一开始跟所有青春爱美的女孩一样忌讳容貌上哪怕轻微的伤疤，但在找到党组织之后，却自豪地挽起袖子，向党组织展示了她被南霸天抽打的伤痕。此时，伤疤成了无产阶级光荣的精神标识。同样，《青春之歌》中的林道静，直到带着满身伤痕出狱，才获得了党组织的认可，伤疤就是其在精神上脱胎换骨成为无产阶级的肉身见证。伤疤的内涵在当代小说中也有着独特的表达。在小说家王威廉的中篇小说《第二人》中，从小顽劣的刘大山玩汽油失误而毁容，他脸上的大面积伤疤严重到令人畏惧颤栗的程度。但一张正常脸的丧失却使他获得了某种由恐怖带来的权力。公司老板利用他脸上恐怖的伤疤来治理他

[①] ［美］彼得·布普克斯：《身体活：现代叙述中的欲望对象》，朱生坚译，新星出版社，2005 年版，第 3—4 页。

人,最后又逐渐被其恐怖性所震慑。小说因此提出了关于恐怖与权力的思辨。不管伤疤被转喻为耻辱、创伤、光荣还是恐怖,内在却不脱从"能指"到"所指"的意义发生机制,而"伤疤"的内涵往往也相对单一。

在《奥德赛》《哈利·波特》等作品中,伤疤仅在局部发挥叙事功能;而在《红字》《米》《红色娘子军》等作品中,伤疤被着力开发的是其象征意义,而非叙事功能。而在《人生海海》中,"伤疤"既是整个小说悬念的谜底,又是解读上校精神世界及其命运隐喻的钥匙。《人生海海》伤疤叙事学的独特处恰在于它精巧地以上校的刺青为联结点,将小说的叙事和精神叙事作了极其严密的统一,这在某种程度上回答了《人生海海》的悬念揭开却并未将作品的意义用罄,反而使意义得以增盈的秘密。《人生海海》以叙事人一生的追踪而填补了上校人生的拼图,小说从一开始就处于上校身份谜题带来的悬念中。李敬泽称麦家写的是一种理科生思维的小说,大概是指麦家小说内部那种高度错综复杂而又严丝合缝的逻辑安排。

为何说上校身上的刺字是叙事的谜底?一方面,可以说《人生海海》是一种拼图叙事。小说三个部分通过叙事人各种亲历、偷听,将爷爷、父亲、表哥、老保长及林阿姨(小上海)的讲述完成上校人生轨迹的基本拼图(只有少年时极少部分听上校亲自讲述),渐次揭开上校在抗战时期、国共战争时期、朝鲜战争时期的种种人生奇遇。随着小说的行进,上校的人生谜团逐渐浮出水面,却又不断有新的疑云丛生,解密和悬念的张力始终伴随小说。直到第三部分林阿姨讲述了自己和上校的故事,上校的人生轨迹才基本完整。可以说,小说围绕上校的人生谜团而设置了环环相扣的重重悬念并最终指向了上校身上的刺字。

有趣的是,我们可以用"金蝉脱壳"和"在劫难逃"来概括上校跌宕起伏、匪夷所思的人生。所谓"金蝉脱壳"是指上校凭借着他过人的才智和幸运在抗日战争、国共战争、朝鲜战争、"文化大革命"等不同历史时期穿梭来回于双家村、上海、北京、东北,在国军、日军、共军等不同政治力量构成的云谲波诡的历史波浪中穿行而多次化险为夷、虎口余生;所谓"在劫难逃"是指仁心仁术、智勇双全的上校终于被各种必然和偶然的力量所击溃,并发了疯,而让他终生难以逃脱的便是那个肚皮上的刺字。当女鬼子和女汉奸在他身上渐次刻下印记时,他的身份已经再难清白,这成了他一生如影随形的耻辱、秘密。他像俄狄浦斯一样,携带着被诅咒的命运上路,左冲右突、随遇而安、洒脱旷达却始终难脱节节败退、一败涂地的命运。所不同者,俄狄浦斯不知自身被诅咒的命运,而上校却是自身命运诅咒的知情人。他需要有怎样强大的心智,他曾产生怎样浩荡的孤独,面对历史扑面而来的巨浪、飓风和漩涡。有趣的是,小说中,上校的内心从未在内部敞开,伴随他去穿过历史的,只有那一黑一白两只猫,这事实上反证着他内在无边的孤独和辽阔的暗经验。

  换个方式提问:谁毁掉了上校?女鬼子、女汉奸、跟他竞争副院长的嫁祸者、年轻时由爱生恨的小上海、散布他是鸡奸犯谣言的小瞎子、作为告密者的爷爷……都是。可是这一切却必须环环相扣地回溯到他身体被刺字的时刻,那却又是他彼时身为无间道中人所难以拒绝的命运。正是在这里,麦家再次呼应了他一贯的悲剧英雄主题,这是在上校这里,这个主题有了新的内涵,即是盖世英雄与历史有限者的矛盾。作为盖世英雄,上校退敌、救人似乎无所不能,可是人终究是历史规定性下的有限者,不得不认领时间和命运打在他身上的烙印。上校可以放弃欲望和名利,却依然不能保全自己,他败给了阴谋、偶然和爱的误解,败给了他身外错综复杂的矛盾构成的多米诺骨牌或蝴蝶效应。谁承想,一个无欲无求但冉冉升起的军医新星,会让阴谋的竞争假着爱之手将他遣返回家?谁承想,与人为善、救人无数的乡村义士会成为小瞎子报复叙事人父亲的牺牲品?命运的闪电远在天边,却瞬间来到眼前将他劈成两半。

回头再看《人生海海》中的伤疤叙事学，谓其将伤疤创设为小说叙事的谜底和动力机制，谓其在此种叙事之上成功地建构起一套完整的精神叙事，实在所言非虚。正因此精神叙事的存在，使得上校的刺字在彻底出场完成其叙事功能之后，却激活了精神叙事层面的幽深想象，所以作为"侦探叙事"这个谜底才没有将小说的意义用罄，反而增益和延伸。与一般小说伤疤那种确定单一的所指不同，上校身上的刺字却是一个滑动游移而丰富多元的能指。在上校那里，它是秘密与耻辱；在公安那里，它是汉奸的证据；在女鬼子和女汉奸那里，它是调情和占有；在小瞎子那里，它是造谣的武器；在林阿姨那里，它是与命运及苦难和解，还上校清净之身的通道……像麦家这样，激活了一个身体印记内部驳杂的意义喧哗的，可谓仅见。

还必须看到，《人生海海》中身体印记能成为小说叙事动力机制，有赖于麦家对侦探叙事的吸纳和改装。一般意义的侦探小说被视为通俗类型小说，很多人称麦家为"中国特情小说之父"，事实上肯定的也是他创造某种"类型"的贡献。麦家对此并不受用，甚至还耿耿于怀。很重要的原因在于，麦家的文学资源并非来自作为通俗类型小说的侦探小说，"我的'亲人'中没有阿加莎，没有柯南道尔，也没有松本清张，他们都是侦探推理小说的大师。但是很遗憾，我没有得到过他们的爱"[1]。麦家的文学资源来自于茨威格、卡夫卡、博尔赫斯、纳博科夫、马尔克斯等经典文学作家。所以，《人生海海》以身体印记为核心的"侦探叙事"跟世界文学经典有着密不可分的关联，并携带着自身哲学观。

李敬泽、陈晓明等人都敏感地指出了《人生海海》跟《红字》《耻》《罪与罚》等经典作品的联系[2]，我还想指出小说与《喧哗与

---

[1] 麦家：《与季亚娅对话》，《麦家文集：人生中途》，浙江文艺出版社，2009年版，第281页。

[2] 来自2019年5月22日，北京大学中文系主办、新经典文化协办的"纯文学与精彩故事——从麦家《人生海海》说起"的分享会，会上，麦家、李敬泽、陈晓明、苏童对此书各有精彩解读。

骚动》《罗生门》等经典作品在多角度限知叙事上的联系。《喧哗与骚动》前三章从班吉、昆丁和杰生三兄弟的限知视角讲述，这成了现代主义小说叙事上的经典范例。限知叙事并不仅是一种叙事技术，而携带着自身的小说哲学。与传统全知全能叙事所预设的认知整体性不同，限知叙事站在有限性一边，本身便带着对整体主义认识论的怀疑。限知叙事的哲学是："上帝视角"创造全知幻觉，有限性的人才更值得信任。《罗生门》是限知叙事从有限性走向不可知论的结果：不同的讲述无法完成真相的拼图，反而是"真相"遁形的迷宫。《人生海海》是一部严格采用限知叙事的作品，小说的所有描写，所有讲述都可以找到某个具体的观看者、描述者。即或是开篇对双家村的环境描写，也严格地置于"爷爷讲"的限制中，其意味非止于技术。《人生海海》充满了各种上校人生的讲述者，第一部主要是"爷爷讲"，第二部主要是"老保长讲"，第三部主要是"林阿姨讲"，这些不同的讲述者都是上校生命的局部知情人，也拥有一套属于自己的行为逻辑和生存哲学，某种意义上他们都深信自己"讲述"世界的完整性，但事实上他们并不能掌握上校生命的全部秘密。洞悉上校的一生，要用尽了叙事人一生的流离和倾注。换言之，《人生海海》并没有走向《罗生门》那样不可知的虚无，它使"侦探"上校人生获得了某种哲学的象征性：整体性未必完全没有，但却不是自明自呈的，它需要个体在"人生海海"中艰辛的跋涉和印证。在此，麦家赋予了侦探叙事鲜明的人文意义，它使小说从见证现代世界的认识和意义危机，转为个体朝向作为可能性之总体性的努力。因此，他赋予侦探叙事不同于博尔赫斯等人论述的意义。

博尔赫斯认为应捍卫侦探小说，"因为这一文学体裁正在一个杂乱无章的时代里拯救秩序"[①]。为混乱的世界创作秩序，这不

[①] ［阿根廷］博尔赫斯：《博尔赫斯全集·散文卷（下）》，黄志良、陈泉等译，浙江文艺出版社，1999年版，第46页。

是《人生海海》的旨归。侦探小说的意义，张柠也有说法，他以爱伦·坡为例指出，"现代侦探小说，是现代社会的一个隐喻。陌生人世界的侦探，要寻找和捕获的不是一张完整的面孔，而是要赋予这个零散化的社会一种新的整体性，一种与传统社会的连续性相反的连续性，或者说一种病态的连续性和整体性"①。他以为爱伦·坡的小说可以作为现代城市精神病理学的典型标本来看。张柠并不认为侦探小说可以"拯救"，但却是现代社会的隐喻与现代人精神病理学的镜像。细察《人生海海》的"侦探叙事"，却既是镜像又是拯救。作为镜像，它指涉的不是"现代城市"，而是整个20世纪中国浩浩荡荡的历史，由此它可视为民族国家的历史寓言；作为拯救，它的对象也不是"秩序"，而是"人生海海"的苦难和迷途中个体的精神坐标，这恰是本文第二节重点分析的内容。

"转型"：从人性奇观到历史寓言

诚然，《人生海海》局部闪烁着麦家以往作品的各种元素，但整体上却又呈现了迥异于以往作品的气息。如果此谓之转型，那么《人生海海》最重要的"转型"，或在于小说用侦探叙事的方式将霍布斯鲍姆所谓的"短二十世纪"包裹进上校这个人物动荡的人生奇遇之中。在《暗算》《解密》《风声》等麦家代表作中，麦家将悲剧性融合进英雄主义叙事中，用逻辑力量和人性奇观使作为类型叙事的特情小说得到精神扩容。"书写了个人身处在封闭的黑暗空间里的神奇表现"，同时"人的心灵世界亦得到丰富细致的展现"②；用叙事的迷宫，"求证一种人性的可能性"，"塑造、表彰了一个人如何在信念的重压下，在内心的旷野里，为自己的命运和职责有所行

---

① 张柠：《贪婪世界里的现代孤儿——纪念爱伦·坡诞辰200周年》，《中国图书评论》2009年第12期，第57页。
② 《暗算》获第七届茅盾文学奖授奖词。

动、承担甚至牺牲"①。大概是关于麦家小说的基本共识。叙事迷宫、逻辑力量、悲剧英雄和幽暗人心依然是《人生海海》的重要元素,但使个体悲剧和普遍悲剧形成合奏,使个体命运成为历史的切片和镜像,却是麦家以往小说所未有的。在使小说成为20世纪中国"民族秘史"方面②,《人生海海》找到了自己的独特幽径。

与以往诸多小说不同,《人生海海》的开篇在叙事节奏上展示了前所未有的缓慢甚至静态的描摹。作者以精准、风趣的短句不厌其烦地对一座村庄的方位、环境、历史展开书写。静态的村庄叙述背后携带着相应的前现代世界观,时间川流不息而又循环往复,人们世世代代寄居于亘古不变的乡土空间和伦理中。在原来的村庄世界中,爷爷代表的"理"(道德)、保长代表的"力"(欲望)、上校母亲代表的"善"(信仰)构成了三位一体的稳定支架。小爷转信耶稣在某种意义上代表了人生苦难对乡土信仰空间的松动。外出开启神奇人生的上校代表了稳定乡土被迫裹挟进如火如荼展开的外部历史。

麦家以往的小说基本可视为单线或复线叙事,主人公虽然也经常由某个叙事人来讲述,但主人公的故事、命运和精神世界占据了小说绝对中心地位,叙事人通常只作为小说叙事转轴存在。《人生海海》的标题已经对小说从"个体"到"复调"作出了暗示,这个来自闽南语的短语暗示了麦家的志趣不仅在"一人"构成的"海",而在无数人构成的"海海"。不仅叙事人跟主人公上校形成了某种程度的生命对照关系,小说其他的次要人物也置身于麦家所设置的命运海海之中。叙事人的爷爷、父亲、小爷门耶稣、上校母亲、叙事人第一任妻子、岳父、瞎佬、小瞎子、林阿姨这些次要人物不管在小说中获得怎样的叙述篇幅,都具有自身生命的完整长度,他们

---

① 第六届华语文学传媒大奖授奖词。
② 李敬泽:《"人海"与"红字"——麦家〈人生海海〉》,《中华读书报》2019年6月19日。

无一例外都是人生海海中的一叶扁舟甚至微粒草芥,他们在村庄生活样式和存在伦理被20世纪现代历史所胀破之后,不得不置身于历史的狂风骤雨和大河拐大弯的动荡中去重建个人的存在依据。如果看到《人生海海》内部那条动荡不安的20世纪历史河流,再回头看开篇处的"静态叙事",便会发现,《人生海海》的叙事结构在象征意义上隐喻了乡土中国被迫投入现代性的历史进程。乡土世界的内部伦理在剧变的历史中遭遇了强大的挑战、异化、剥落和重构。乡土世界各式人等的命运从此被逐一攻破,走上了各自精神的流离失所之途。

最典型的当数叙事人的爷爷。爷爷是乡土世界某种伦理守护者,他是雄辩的理学家、哲学家,他是讲故事高手和乡土格言专家。爷爷的"理"跟稳定的前现代乡土生活互为表里。假如乡村的静观世界不被瓦解,爷爷的"理"便足以为家族生活的安宁遮风避雨。讽刺的是,爷爷在守护家庭名声冲动的推动下(这无疑是儒家伦理中最强大而正当的诉求),成为了可耻的"告密者"。由此,爷爷从美善伦理的守护者转而成为破坏者,并终于可悲地认领了为乡人不容、为家人不齿的自杀命运。爷爷绝非坏人,他捍卫儿子及家庭名声的动机也未必有错。联系到他丧妻、丧女的遭际,他为儿子及家族维持清誉的行为更像是护犊情切。爷爷的悲剧,暴露了现代性境遇下乡土伦理的内部矛盾性:熟人社会的蜚短流长、听风是雨、道德压力与乡土世界知恩图报的道德守持是一体两面。爷爷对上校的排斥本质上是由于上校这个历史风雨的穿花蝴蝶作为一种乡土世界的异外之物难以被爷爷的旧有价值观所理解和容纳。爷爷自身伦理的异化并最终被乡土道德伦理所反噬,显示的正是驳杂现代性给乡土中国带来的精神难题。

某种意义上,《人生海海》甚至具有了类似于《百年孤独》那样的长时段历史概括力。笔者曾经分析过《百年孤独》那个著名开篇如何通过"见识冰块"和"行刑队"等关键词而宏观地隐喻了拉美的百年史:"'见识冰块'的时刻是马孔多前现代和现代的转折瞬间,这一刻,前现代的长夜将尽,更多的现代之物——火车、飞机、政党、议会等等将纷至沓来,它们始于见识冰块的时刻。此刻,现代虽未真正到来,但帷幕已经拉开,接下来的战火和纷争将持续不断,直到战功赫赫的奥雷良诺被行刑队执刑,纷争永无止境,而且不能回头。于是,帷幕才发现,这个短短的开头镶嵌的不是一般的'百年'",或者说是有现代性历史内涵的"百年","这是对拉美百年现代性非常悲观的概括,它就神奇地隐在开篇中"[①]。当我们说《人生海海》中上校个人命运书写已经深刻地包裹了不断展开的中国近现代史乃至于全球化的世界史时,耳边不由得响起詹明信那段著名的论断:"第三世界的文本,甚至那些看起来好像是关于个人和力比多趋力的文本,总是以民族寓言的形式来投射一种政治:关于个人命运的故事包含着第三世界的大众文化和社会受到冲击的寓言。"[②]詹明信这个"深刻的片面"判断,收获了拥护也遭到了批评,刘禾便认为"这种说法听起来有几分道理。但我认为詹明信在这里忽略了一个重要事实:他所描述的这一切特征其实是某种批评实践的产物"[③],刘禾对詹明信的批评不无道理,然而,将民族国家的历史寓言理论用于观照《人生海海》却是合拍贴身的。

只是,在民族寓言外,《人生海海》事实还内置了一个深刻的"还乡"命题。《人生海海》第三部分除了在叙事上通过林阿姨的叙述补全了上校人生最后的拼图外,更重要的就是叙事人"我"成为了更重要的角色,并通过"我"的还乡而使精神还乡这一命题鲜明地凸显出来。"诗人的天职在于还乡",这是海德格尔基于现代性的存在境遇为人提出的精神命题,因此《人生海海》中叙事人的还乡

[①] 陈培浩:《马尔克斯的配方》,《四川文学》2019年第3期。
[②] 詹明信:《晚期资本主义的文化逻辑》,张旭东编,陈清侨、严锋译,生活·读书·新知三联书店,2013年版,第429页。
[③] 刘禾:《语际书写——现代思想史写作批判纲要》,上海三联书店,1999年版,第194页。

既是写实，也是象征。当动荡不安的 20 世纪历史河流穿过并瓦解了传统乡土的生存伦理之后，叙事人带着惶恐和心灵上的遍体鳞伤背井离乡，远涉重洋。事实上，将人视为历史的人质和囚徒的见解并不新鲜，麦家念兹在兹的却是人心如何克服历史投下的阴影，如何消化苦难所播撒的恨意。所谓"还乡"，不仅是肉身上回归故土，而是人在精神上重建自身的存在依据。《人生海海》第三部分，还乡的叙事人悲哀地发现父亲始终处于历史恐惧的后遗症中，历史的鬼火始终萦绕于他心头，他沉默、惊恐地与"鬼"同在，以期为儿子守住一份不被鬼魂滋扰的安宁。这是羞愧转化为恐惧的精神压迫性，这个曾经独断暴烈的汉子，不得不向善呼救，他没有最终战胜内心的鬼影，但他对小瞎子的饶恕，意味着他始终在历史的阴影下寻求得救的可能。小瞎子则是一个始终无法从仇恨的深渊中得救的异化者，小瞎子来到世间，本就是欺骗和背叛的产物，他扭曲的心灵没有半分善意，即使身在绝境、口不能言脚不能动也在寻找着报复和反击的时机。他备受践踏又始终暗蓄着践踏他人的能量，多年以后他通过 QQ 聊天再次造谣污蔑叙事人之父，暗示着这是一个彻底被恶和恨所击溃的个体。而叙事人，在面对小瞎子时，初始是从恨中获得快意，继而渐渐释然。他领悟到："爱人是一种像体力一样的能力，有些人天生在这方面肌肉萎缩"，叙事人觉得自己的父亲就是一个在爱上肌肉萎缩的人，"上校是父亲的反面，天生在爱人这方面肌肉发达。两人完全是对立类型的人，也许正因此才互相吸引，能做好兄弟。我这辈子没交到上校这样的好兄弟，但两任妻子都属于上校型的，这就够了"[①]。这里还不是简单鼓吹以"爱的伦理"来战胜历史幽暗的阴影，而是一种渐进的领悟：一种对被历史囚禁的自我进行心灵拯救的自觉。

正是在此意义上，《人生海海》不仅是詹明信意义上的第三世

---

① 麦家：《人生海海》，北京十月文艺出版社，2019 年版，第 319 页。

界民族寓言，它更内蕴了携带历史创伤的个体如何得救这一重要议题。事实上，20世纪以降，几乎每一个真正的大作家都有志于为自身国家的历史创伤寻找疗救。譬如君特·格拉斯的《铁皮鼓》之于德国，村上春树的《海边的卡夫卡》之于日本[①]……似乎，主要以特情、侦探叙事而获得了国际认可并不能匹配于麦家的文学理想，《人生海海》某种意义上展现了麦家成为国民作家的文学抱负。

有必要将麦家放在80年代文学的背景中来辨认。作为一个由20世纪80年代开始写作的作家，麦家的写作资源、文学观念乃至历史视野都内在于"80年代"中国文学。他由80年代中国文化语境中打开世界文学的视野，他对博尔赫斯式纯文学化侦探叙事的服膺，他对文学人心幽暗意识的开掘，都不难在80年代文学中找到来源。事实上，无论是詹明信的"民族寓言"理论还是海德格尔的"存在"与"还乡"哲学，同样是在80年代传到中国并找到汇入中国当代文学的契机。某种意义上，麦家是一个化合80年代文学思想资源与现代性侦探叙事而在新世纪"当代文学"转型背景下大放异彩的作家，他由此而为中国当代文学提供了一个极具辨析度的增量。但市场的巨大成功也使他不得不承受某个他并不乐于接受的类型作家标签，这个标签在象征意义上同构于《人生海海》中上校身上耻辱的文身。《人生海海》既是麦家的"转型"和新创，又何尝不是某种赓续和返程。麦家要从"类型文学"往回走向"80年代"，这是致敬，或许也是承受历史光照和投影的麦家改造身份文身的象征性行为。

应该说，《人生海海》的历史想象也可能招致某些狐疑的目光，这个从双家村到上海到马德里的"世界空间"包含的从革命到后革命的全球化世界想象事实上对应于已经结束了的"短二十世纪"。

[①] 虽然村上春树《海边的卡夫卡》的历史观受到了小森阳一的质疑，但不能否认村上春树从小资作家转型为国民作家的雄心。小森阳一的质疑参见小森阳一：《精读〈海边的卡夫卡〉》，秦刚译，新星出版社，2007年版。

小说的时间下限是 2014 年，但 2014 的内涵似乎只是 1989 的无限绵延。换言之，《人生海海》的历史景观内在于冷战结束后的"历史终结论"和全球化世界想象。可是，进入 21 世纪第二个十年以来，世界格局正在发生着全新的变化，科技迭代和国际格局变化可能将开启晦暗未明的文明和历史转型。《人生海海》的叙事并未为我们提供新的历史想象。可是，我想《人生海海》或许已经为此提供了自我辩护：个体的生命伦理就在于他只能置身于自身的历史有限性中去寻求得救的可能。《人生海海》第三部分最引人注目的地方在于多达十处的"报上说"，这绝不是一个偶然的重复，而是一个跟小说历史观内在相关的象征叙事："我每天看报，回国看《参考消息》，在国外看西班牙《国家报》和中文版《侨新报》《欧洲时报》，四张报纸一年四季陪着我，影子一样，奖牌一样"，报纸曾经是叙事人与孤独交战的战利品，当他老年忙得没有时间孤独时，"唯一留下这战利品：看报纸，伤疤一样，褪不掉"[1]。当报纸与"伤疤"这个小说的核心叙事元素关联起来时，它显然包含了内在的象征性并被作家作了刻意提示。叙事人的一切智慧都来自于"报上说"："报纸上说，民航飞机是最安全的""恐怖分子是当今人类的肿瘤——这也是报纸上说的"[2]；"报纸上说，人要学会放下，放下是一种饶人的善良，也是饶过自己的智慧"[3]；"报纸上说的，当一个人心怀悲悯时就不会去索取，悲悯是清空欲望的删除键"[4]；"报纸上说，中国自实行改革开放政策后焕发出了勃勃生机"[5]；"报纸上说的，世上只有一种英雄主义，就是在认清了生活真相后依然热爱生活"[6]；"报纸上说，爱人是一种像体力一样的能力"[7]；"报纸

---

[1] 麦家：《人生海海》，北京十月文艺出版社，2019 年版，第 243—244 页。
[2] 麦家：《人生海海》，北京十月文艺出版社，2019 年版，第 243 页。
[3] 麦家：《人生海海》，北京十月文艺出版社，2019 年版，第 245 页。
[4] 麦家：《人生海海》，北京十月文艺出版社，2019 年版，第 267 页。
[5] 麦家：《人生海海》，北京十月文艺出版社，2019 年版，第 269 页。
[6] 麦家：《人生海海》，北京十月文艺出版社，2019 年版，第 305 页。
[7] 麦家：《人生海海》，北京十月文艺出版社，2019 年版，第 319 页。

上说，多数人说了一辈子话，只有临终遗言才有人听"[①]；"报纸上说，生活是如此令人绝望，但人们兴高采烈地活着"[②]；"报纸上说，没有完美的人生，不完美才是人生"[③]。如此多的重复绝不仅为了说明叙事人文化程度不高，借助报纸阅读获得生命体悟，而是通过报纸这种典型的印刷文明时代的大众媒介来指出叙事人与20世纪之间的深刻历史关联。在叙事人带来的报上格言中，我们似乎看到他正和他爷爷一样在融入他时代的媒介和伦理。叙事人爷爷也是他时代的伦理捎信人，但是传递这些"理"的不是报纸，而是前现代乡土世界代代相传的故事。乡土世界崩溃，现代世界建立起来，印刷文明时代也用自身的媒介来确认自身的伦理。小说暗示，在叙事人身后，一种新的网络媒介正在兴起（叙事人和小瞎子通过QQ聊天这一设置意味深长），可是他不可避免地只能是一个20世纪人。小说由此便暗示了，技术所带来的历史转型或许正在发生，但每一代人都无法逃脱这样的宿命：个体如何携带着自身的历史有限性，以对人心的修持而从历史怪兽的虎口余生。于此，我认为麦家致敬了80年代极为兴盛而如今几乎无人问津的存在主义，实在意味深长！

增量：麦家与文学时势

讨论《人生海海》，或许不能孤立地谈，而应将其放在麦家的写作历程乃至于中国当代文学的转折背景中，麦家投寄于《人生海海》中的抱负及其之于当下文学的意义才能看得更加清晰。

《人生海海》出版后麦家接受《人物》杂志专访，提到《解密》在90年代初投给南方一个著名的文学杂志，但遭到退稿的事。笔者也从南方某个著名文学杂志当年的编辑处得到确认，这位资深的编

[①] 麦家：《人生海海》，北京十月文艺出版社，2019年版，第325页。
[②] 麦家：《人生海海》，北京十月文艺出版社，2019年版，第328页。
[③] 麦家：《人生海海》，北京十月文艺出版社，2019年版，第344—345页。

辑对此表示相当遗憾。这家文学杂志从90年代起以倡导先锋立场而著名，也推出了很多90年代影响巨大的实验文学以及关于先锋文学的讨论。事实上，麦家博客早就提到《解密》在出版前经历过多达十七次退稿的事实。我关心的是，《解密》在90年代被退稿带出的潜在信息，它意味着在新世纪大获成功的麦家小说与90年代中国文学观念的某种错位，彼时从80年代"纯文学"中走来的中国文学正在酝酿着转型，但并没有相应的观念装置来安放麦家这类后来主要被称为中国化的"特情""谍战""新智力"小说。更直截了当地说，在90年代很多"严肃"文学家的观念中，"纯文学／类型文学"之间存在着显而易见的等级关系。《解密》的"好看"并不能为它获得在90年代纯文学刊物出场的机会。我关心的是《解密》遭遇背后的文学时势移易和观念变迁，换言之，在"当代文学"期待视野怎样的移步换景中，麦家成了"意义"的焦点？

讨论麦家的"成功"①，应该将其置于新世纪网络文学的崛起对类型文学象征资本产生的增值效应这一背景中。90年代中国文学

---

① 相比其他作家，麦家从引人瞩目到获得代表中国文学最高荣誉的茅奖的时间路径确实太短了。随着作品改编的影视作品火遍中国，麦家及其作品真的成为引车卖浆者街谈巷议的话题，一个作家所梦想的市场和专业的双重认可，他在短短几年间全实现了。而后，虽然他的写作一度落入低潮，《风语》《刀尖》等作品并不能达到他的预期，但他却"意外"地获得了世界性文学接受。2014年3月，《解密》英文版由英国汉学家米欧敏（Olivia Milburn）和克里斯托弗·佩恩（Christopher Payne）合译，由企鹅兰登图书公司旗下的Allen Lane出版社和美国FSG（法劳·斯特劳斯·吉罗）出版公司联合出版，在21个英语国家和地区同步发行。《解密》英文版还被收入"企鹅经典"文库，麦家是继鲁迅、钱锺书和张爱玲之后第四位入选该文库的中国作家，也是唯一入选的中国当代作家。据2014年12月2日《人民日报·海外版》报道，2014年在海外出版的中国文学翻译作品有100多种，其中麦家的《解密》共被686家图书馆收藏，高居图书机构收藏影响力第一位。必须说，麦家是当代中国极为罕见地获得国内和国际市场及专业认可的作家。就此而言，麦家已经为自己在中国当代文学史中赢得了一席之地，他已经是真正意义上的"功成名就"。然而，麦家的成就并不仅是他个人勤奋、才华和占位策略的结果。如果没有放在新世纪中国当代文学的转型背景来看，可能会忽略麦家写作与文学时势之间的密切关联。

开始经历市场化的转型，80年代那种以文学期刊、出版社和作协系统为中心的文学体制发生了变化，直接面对市场的出版公司策划的通俗类型文学占据了越来越大的比重。"进入90年代，中国大陆的文学市场终于进入本土化阶段，或者说，中国大陆的文学市场开始流行或畅销大陆作家的作品。"① 90年代，人民文学出版社出版的梁凤仪财经小说，长江文艺出版社出版的"跨世纪文丛"，华艺出版社出版的《王朔文集》，北京出版社出版的贾平凹《废都》都风行一时，或引发巨大争议。此外诸如"布老虎""新生代""晚生代""女性主义写作"等命名的丛书备受关注。这些现象都说明，90年代文学已经渗透了各种各样的市场化因素。90年代文学图书的市场化进程无疑改变了大众文学阅读的图景，但尚不能改变文学评价的标准。进入21世纪以后，网络文学的出现却在某种程度上改写了文学评价的尺度。一个突出的表现便是，类型文学的价值获得了更普遍的重视。显然，网络文学正是以类型文学为板块进行自我呈现的，网络文学的产业化也极大地推动了类型文学的多样化和批量生产。在网络文学没有出现之前，人们所熟知的类型文学无非武侠、言情、商战、官场、历史、科幻、侦探、悬疑、推理等可数的几种，但网络文学的出现使得玄幻、穿越、仙侠、灵异、竞技、耽美、二次元等前所未有的小说类型得到海量涌现。从写作、传播及业态看，我们可以说网络文学是一种全新的现象；但从叙事模式及文化功能看，网络文学可能只不过是通俗文学在网络时代找到的新形式。然而，网络文学以其巨大的市场占有量逼使以现代性为评价标准的纯文学观不得不有所调整，客观的结果便是通俗文学在评价体系中的升格和雅化。

麦家作品在新世纪被市场和严肃文学界快速接受，不能忽略这个重要的背景。一方面，严肃文学界绝不放弃对"伟大的传统"的

---

① 黄伟林：《90年代图书市场化进程》，《出版广角》1998年第2期。

坚持，但是，继续以高高在上的姿态来面对曾经被目为通俗小说的"类型文学"并不合适。所以，此时最稀缺的便是能够将纯文学和类型文学打通的品种。网络文学的崛起在改变当代读者的阅读趣味的同时也逐步改变了中国文学批评的标准，它迫使传统"纯文学"扩大自身的边界，通过容纳异质性获得新的平衡。类型文学崛起给当代文学带来的挑战在于，如何在纯文学和类型文学中找到接合点。如何将纯文学的意义结构跟类型文学的叙述资源结合。新世纪第一个十年找到的是麦家的"谍战"小说；第二个十年找到的则是刘慈欣的科幻小说。

在此背景下反观当代文学批评界对麦家的接受，是饶有趣味的。90年代麦家作品发表寥寥，评论几未看到。进入新世纪以后，在《暗算》《解密》《风声》等作品大获成功之后，文学批评界也找到了解读麦家小说，阐释麦家意义的有效方式。确实，2005年之后，中国文学评论界谈论麦家，最常用的角度便是"麦家的意义"。彼时的麦家已经携带着不容回避的影响力，使文学评论家不得不消化他所开启的"可能性"和"启示"了。谢有顺从麦家与中国当代小说的"可能性"的角度，肯定了麦家讲故事的耐心和逻辑；雷达指出麦家小说重推理、抽象、破解、想象的特征补传统小说长于载道、短于科学及游戏精神，长于表现现实而短于虚构想象之不足，由此论述"麦家的意义"。这种论述事实上暗示了彼时中国"当代文学"内部在90年代文学市场化、新世纪网络文学崛起的文学情势剧变之下作出的某种自我反省和观念调适。这种调适的实质可以表述为：在不放弃文学作为精神之志业和艺术之宏图的立场前提下，对优秀类型文学资源及其象征价值的认可。换言之，90年代初那种"纯文学/类型文学"的价值对立被弱化了。"类型文学"的重新崛起是新世纪文学非常重要的趋势，它挟市场之"天子"以令文学评价之"诸侯"，要求"当代文学"作出观念调整。这种调整逐步导致了原有文学观念的解体和重组，何平在论述麦家对中国当代文学的意义时说"类型文学在当今世界文学格局中地位和成就卓著,拥有许多大师级的作家,但在中国文学格局中却常常被所谓的'纯文学'傲慢和偏见",并将对"类型文学的歧见"归因于"'五四'新文学的遗产"①。事实上,打破"纯"的美学观,重构杂多的"大文学"观念的想法,已经成为新世纪批评界一种重要的声音。2008年,在麦家获得茅盾文学奖之后,李敬泽接受新浪读书采访时提到麦家获奖的"突破性意义"时说:"麦家是90年代出道新生代作家的一个杰出代表",其获奖为茅奖补充了新鲜血液,其二是代表了当代文学"在审美视域上的拓展"②。李敬泽时任中国作协书记处书记、茅盾文学奖评委,其发言解释了茅奖评委会肯定麦家的出发点,也显示了中国作协在变动的文学场,在维系"当代文学"连续性前提下为"当代文学"寻找增量的策略。

  细读雷达对麦家的评价很有意思。他当然肯定麦家的"意义",但这种肯定恰恰是在将其定位为类型小说的前提下作出的。他直截了当地提出麦家"他的类型化写作最终走向哪里"的问题,并指出"麦家的三部长篇里,构思和推理方式接近,有渐成模式之虞。《风声》比之前两部震撼力似乎趋弱,某些手段有些雷同,熟悉他作品的有的读者表示已有审美疲劳"。在他看来,"路有两条:一条是继续《暗算》《风声》的路子,不断循环,时有翻新,基本是类型化的路子,成为一个影视编剧高手和畅销书作家,可以向着柯南道尔、希区柯克、丹布朗们看齐。另一条是纯文学的大家之路,我从《两位富阳姑娘》等作品中看到了麦家后一方面尚未大面积开发的才能和积累。两条路子无分高下,应该说,能彻底打通哪一条都是巨大的成功"③。有趣在于,雷达回避直接在类型文学和纯文学之间

---

① 何平:《麦家小说在当代中国文学中的意义》,《文艺报》2012年11月9日。
② 李敬泽:《麦家获奖具有突破性意义》,见中国作家网"茅盾文学奖"专题,http://www.chinawriter.com.cn/2008/2008-10-28/36867.html。
③ 雷达:《关于〈风声〉——麦家的意义与相关问题》,《南方文坛》2008年第3期。

划分高低，但他两条道路的区分及上下文语境又不能不说包含着潜在的价值秩序。显然，雷达的观点可视为主流文学界"守正创新"的文学态度，既把麦家作为增量纳入文学秩序，但对麦家依然保持着基于纯文学立场的期待。

有趣的是，麦家日后的写作似乎隐隐构成了对雷达描述的两条道路的回应。他断然否定了"基本是类型化的路子"，他希望走向"纯文学的大家之路"。麦家是敏感而偏执的，不管获得多大的成功，他的内心可能一直有个心结——他是作为类型作家获得承认的。在特情小说这个赛道他获得过冠军，那么，为什么不换个赛道证明自己？《人生海海》透露了他的某种执念：他必须作为纯文学作家再次获得承认。若非如此，作为一个已经极具市场号召力的作家，他不会在《风语》《刀尖》之后选择停顿。在我看来，《人生海海》既是麦家"向前走"的作品，也是他"往回走"的作品。所谓向前走，当然是指小说中呈现出来的前所未有的新质素；所谓往回走，则是指他回到了他开启文学之旅时的文学理想，他终于获得了更多的自由，却依然没有丧失写作的雄心，以回到80年代的文学遗产下写作。李敬泽最早注意到麦家作为写作者独特的心智结构——偏执，他因偏执而修成正果。在我看来，麦家的写作与他描写的解密行为有着同构关系。每一部已写出的作品都是一部被他破译的密码，他的写作便是在黑暗和孤独中苦苦摸索的过程。对他来说，他破解过"专业认可""市场认可"的密码，一部更大的密码摆在他面前，那可能是"不朽的杰作"。名和利可能曾经是麦家的目标，可是当这些都实现之后，他内心里还装着更高难度的密码，这是他的宿命。这个选择了小说又幸运地被文学时势所选择的人，很可能终生是小说的囚徒，他和小说搏斗，用小说装下更多的东西，有时他突围而出，但他终于又回来，继续这场西西弗斯推石上山般的小说之事。

《人生海海》对于麦家来说不仅是"转型"，还是一个有效的增量。写作沿着原来的轨迹作惯性延伸，作品数量上有所增加，却没有创造出真正的增量，甚至写作的转型，也不必然带来增量，失败的转型对曾有的库存可能是减损效应。真正写作上的增量，是指创造出一种新质。新质之于个人已然可喜，若同时也是当代文学的新质，就更加可观。本节力图通过新世纪第一个十年麦家与当代文学时势的相遇，以阐明麦家如何成了"当代文学"的一个增量。对于中国当代文学来说，麦家独辟蹊径，以一己之力使谍战小说进入了纯文学视野，并在实质上拓展了当代批评关于"文学"的边界。可是，《人生海海》又为当代文学再做了一次增量。写作《解密》《暗算》《风声》时，麦家意识到他要从那条挤满人的文学道路"冲出去"，而写作《人生海海》的麦家，则显然在"往回走"。上面已经多处论证了《人生海海》之于80年代文学遗产之间的勾连。"往回走"为何又成为一个"增量"？因为"往回走"不是真正的走老路，这种"逆时针"的文学姿态恰恰呼应了阿甘本如何成为"同时代人"的论述：成为同时代人并不意味着完全同步于时代，还意味着要反身死死地凝视住这个时代。在当下这个纯文学在大众视野中不再拥有"光荣与梦想"的时代，在文化市场畅通无阻、呼风唤雨的麦家向着文学理想的深情回望，既是赓续，也为不断被宣告终结的"当代文学"之老树再绽新芽。

结　语

绕了很大的圈子，现在终于要说到《人生海海》对于麦家本人乃至中国当代文学的意义了。"当代文学"是一个内涵和趋向不断发生转折的概念。在很长一段时间中，"当代文学"的主要矛盾是人的文学与人民的文学之间的矛盾。这是一组依然在"新文学"所开拓的意义空间中运作的矛盾，它作用于从20世纪50年代至90年代之间。进入新世纪，"当代文学"的矛盾转为"纯文学"与"类型文学"的矛盾。社会语境的变化迫使"文学"必须作出相应的调整,"新文学"诞生之初被压制并视为次等文学的通俗文学再次归来,要求"文学"扩大其取景框将其纳入。因此,此"当代文学"可能已经不是彼"当代文学"。因此,洪子诚先生才感慨"当代文学"已经终结。但是,我要说,《人生海海》是一部力图沟通两种"当代文学"的断裂性的作品。T.S.艾略特在《传统与个人才能》中有个很著名的说法:"现存的艺术经典本身就构成一个理想的秩序,这个秩序由于新的(真正新的)作品被介绍进来而发生变化。这个已成的秩序在新作品出现以前本是完整的,加入新花样以后要继续保持完整,整个的秩序就必须改变一下,即使改变得很小;这就是新与旧的适应。"① 这个着眼长时段的观察让人对"伟大的传统"十分安心,它基于这样一种假设:"传统"不可能被"新变"颠覆,相反,新质终究会被吸纳进作了微调的"传统"中。与其说艾略特提供了关于"传统"的必然,不如说他提供了一种值得追求的"应然"。应相信,然后努力使自身汇入这一源远流长的"传统"。所以,"传统"得以确立,依然离不开"个人才能"和努力,而《人生海海》正是这样一部站在文学场域和价值尺度已经发生了巨大裂变的"当代文学"向另一种"当代文学"致敬之作,它使此在面向人心、面向历史,走向未来却归属于某个伟大的传统。这是麦家特别可贵之处,也是他不同于莫言、余华、苏童等作家之处,后者本来就站在"当代文学"的先锋小说传统之中,他们从此处走去;作为偷袭者的麦家,本也是80年代文学遗产的继承者,携带着一条特别的道路,这种文学上的"相逢",却有了特别的意味。因为它对艾略特的论断形成某种补白:"传统"之所以化为文脉生生不息,正因为旧日的火种依然有俘获未来精英的能量。

---

① [英]T.S.艾略特:《传统与个人才能:艾略特文集·论文》,卞之琳、李赋宁等译,陆建德主编,上海译文出版社,2012年版,第3页。

第四章　麦家小说的文体探索

第一节　麦家长篇小说叙事的变迁

麦家从20世纪80年代先锋文学氛围中成长，那是一个叙事觉醒的时代，在先锋作家那里，"怎么写"被视为比"写什么"更加重要。在那个时代，一个作家如果在叙事上墨守成规，会被视为缺乏现代文学意识。麦家从一出道就几乎不曾使用过传统那种全知全能、非聚焦式的第三人称叙事，全知全能叙事有一种预设，即叙事人讲述的故事与真相之间有着一种透明性关系。因此，打破全知全能的叙事，创造新的叙事可能，对80年代中国先锋文学而言是一种时代性的冲动，也是时代刻在麦家身上的印记。

在长达三十多年的写作历程中，麦家叙事探索的启示并不在于他提供了怎样惊世骇俗的全新体式，而是他怎样执拗地将更多意义可能性引进的相对透明的通俗叙事形式中。纵观麦家的写作，初期他的中短篇小说在叙事形式上有着较多先锋的实践和尝试。转入谍战这一类型领域之后，他并未全盘接受通俗小说叙事上的成规惯例。相反，他坚持并找到了一种虽不复杂，但却有效地展开叙事和精神叙事的双层叙事形式。从《陈华南笔记本》到《解密》《暗算》再到《风声》，麦家不断调试着这种双层叙事形式并获得了成功。到了《风语》《风语2》《刀尖：阳面》《刀尖：阴面》，麦家小说看似从密室走向了大时代,但叙事形式上却发生了某种向透明性的全知叙事的"倒退"。传统的全知全能叙事同样可以支撑起伟大的小说,但它在麦家小说中的启用却意味着麦家某种程度上丧失了揭示"非透明性"之世界阴面的愿望。因此,在这四部小说中,虽然不乏"命运""阴面"等元素,但更多是对麦家以往小说的模仿。在痛苦地反思和承认写作的草率之后,潜心多年的麦家终于在出版于2019年的《人生海海》中重新锤炼了一种对他而言全新而有效的"双线叙事",这种新的叙事形式终于使麦家小说有能力去揭示大时代的变迁和民族的历史寓言。

本章将从叙述模式、叙事语法和小说结构三个方面对麦家小说进行分析。叙事模式主要是指小说在叙事层次、视角聚焦选择等方面形成的稳定体式;叙事语法主要是对小说构造情节的深层机制的考察;小说结构则是指小说各部分构成的比例关系以及如何由局部构成整体的方式。这个意义上的小说结构不同于小说叙事层次意义上的结构,小说的叙述层次区分的是小说在叙事截面上的层次;小说的结构关涉的却是小说在一定长度范围中的比例构成。本章考察的主要是《解密》《暗算》《风声》《人生海海》四大代表性长篇小说,由于《解密》是由中篇小说《陈华南笔记本》发展而来,所以本节的讨论也将《陈华南笔记本》囊括在内。

一、双层叙事:一个麦家式小说叙述结构

为了从叙事学角度对麦家小说作出阐释,有必要对本章使用的叙事学概念予以简单说明。所谓"双层叙事",是就小说的叙述层次而言。有些小说的叙事只有一个层次,无需划分。但有些小说却是故事中套故事,于是形成了叙事层次。因为叙述层次的存在,就有了外叙述者和内叙述者的划分。外叙述者是第一层次故事的讲述者,内叙述者是内层故事的叙事人。关于小说的叙述者,根据叙述

者与故事之间的关系，还可以分为同叙述者和异叙述者。异叙述者是指叙述者处于故事之外，不是故事发展中的人物；同叙述者则是指叙述者是故事中的角色。同叙述者可以作为故事的主要和次要人物，第一人称展开的自传体小说就是叙述者同时兼任故事主角。对于小说而言，选择何种类型的叙述者并无高下之分，只有是否有效的区别。根据叙述者所处叙事层次及其是否参与故事这两个标准，叙事学家热奈特在《叙事话语》一书中将叙述者划分为四种类型：外部—异叙述型（处于第一层次叙事，不参与故事）、外部—同叙述型（处于第一层次叙事，参与故事）、内部—异叙述型（处于第二层次，不参与故事）、内部—同叙述型（处于第二层次，参与故事）。热奈特的划分并非完美，但用来分析麦家的谍战小说代表作，刚好非常适用。

  还有必要提到小说的视角，即所谓的聚焦。小说的叙事视角可以分为：非聚焦型、内聚焦型和外聚焦型三种。所谓非聚焦型视角又称零度聚焦，这是一种传统的、全知全能的叙述视角，叙述者或人物可以从所有角度观察和叙述故事，可以从任意位置转移到其他位置。"它可以时而俯瞰纷繁复杂的群体生活，时而窥视各类人物隐秘的意识活动。它可以纵观前后，环顾四周，'思接千载，视通万里'。总之，它仿佛像一个高高在上的上帝，控制着人类的活动，因此非聚焦型视角又称'上帝的眼睛'。"[①]"内聚焦型视角"是指严格按照一个或几个人物的感受和意识来叙述事件的小说聚焦方式。内聚焦视角的好处是可以敞开人物的内心世界，内聚焦视角是一种限制性视角，叙事展示的仅是部分的世界，限制性视角蕴含的是一种非透明性的认识论，不相信单一叙述者足以获取整全的世界信息。内聚焦还可以分为固定内聚焦（仅用一人角度来叙述）、不定内聚焦（采用多人视角叙述）和多重内聚焦（同一事件被按照不同

[①] 胡亚敏：《叙事学》，华中师范大学出版社，2004年版，第25页。

位置进行多次叙述）。"外聚焦型视角"是指叙述者严格地从外部呈现事件，只提供人物的行动、外表、客观环境，而不透露人物的动机、情绪、思想等内在信息。

下面主要根据视角、叙述者等要素，对麦家的谍战代表作进行分析。首先，我们要从发表于1997年的《陈华南笔记本》说起，这个中篇小说的叙述参数如下：

作品	叙事层次	叙述者	视角	出处
《陈华南笔记本》	双层	外层：外部—同叙述者 内层：异叙述者—内部—同叙述者	外层：固定内聚焦 内层：非聚焦—固定内聚焦	《青年文学》1997年第9期

这个中篇小说采用了双层叙事：第一层故事是叙述人"我"因父亲入院与陈华南同院，听闻了陈华南奇闻之后，又到"701"采访了已经退休的破译家严实老人。对于主体故事来说，这是一个外部—同叙述人，采用叙述人的固定内聚焦视角。第二层故事包括两部分，其一是小说前篇对陈华南丢失笔记本故事的讲述，这部分事实上是第一层次叙事人写的一个文本，采用传统异叙述者和非聚焦视角；其二是外篇中以严实老人为叙述者讲述的受陈华南笔记本启发破解黑密的故事，采用严实的第一人称固定内聚焦视角，属于内部—同叙述人。

这篇小说的双层叙述人仍值得继续分析：

如上所述，第一层叙述人是一个第一人称的外部—同叙述人，这是一个作为次要角色出现的同叙述者，外层叙事承担叙事框架和转轴的功能。第二层叙事由"陈华南丢失笔记本""严实破译黑密"两个各自独立的部分构成，"破译"是对"丢失"部分的补充和递进。两个部分各有不同的叙述者，"丢失"部分事实上是"我"收集并写成的故事，但在文本上却采用传统第三人称非聚焦式叙事。这是一种隐匿叙述者的传统模式，全知全能叙事由于预设故事本身具有一元真理特性,因此由谁讲述并不重要,叙述者隐匿,故事犹如客观自呈。

  像众多总部一样,"701"的总部在这个国家的首都,从 A 市出发,走铁路需要三天两夜。因为携带密件,陈华南原本可以坐软卧,只是他搭乘的那趟火车的软卧铺位在起点就被公安部的一个庞大团体包揽一空。这种事情很少见,陈华南碰上了,这似乎不是个好兆头。①

从这段叙述中,我们无法猜测到叙述者的身份,这种非聚焦式叙述至今依然被大量通俗作家使用,但对写作有更大追求的话,使用这种方式就必须有理由。一开始就对叙事非常敏感的麦家,为何使用非聚焦式叙事。原因是,这个故事乃是小说中所套着的小说,其"作者"是小说第一层叙事中的那个"我"。作为一个非专业作家,他有充分的理由这么做。然而,不论第一层叙事还是第二层叙事,它们归根结底都是由麦家设计和推动,麦家让第二叙事层的这个故事使用非聚焦叙事,其实是基于迷惑读者、制造悬念的叙事目的。

  这里有必要注意到《陈华南笔记本》将第一层叙事和第二层叙事进行了某种顺序倒置,使用双层套层叙事的经典作品层出不穷,意大利作家薄伽丘《十日谈》和卡尔维诺的《看不见的城市》都是采用套层叙事。这种套层叙事通常会在文本展示顺序上将第一层叙事置于第二层叙事的前面,以便读者了解叙事逻辑。读者由此知道,《十日谈》中那些奇特的故事,是由黑死病流行期间躲在城堡中的人们讲述的。《陈华南笔记本》刻意违反了这个设置,第二层叙事中的"丢失"故事被以非聚焦式叙事置于小说最前端。其目的

---

① 麦家:《陈华南笔记本》,《青年文学》1997 年第 9 期。

何在？套层叙事最重要的效应是暴露叙述痕迹，提示读者，第二层叙事仅仅是一种叙述。而传统非聚焦型叙事则有一种隐匿叙述痕迹的效应，《陈华南笔记本》将第二叙事层的"丢失"故事前置，目的正是为了创造这种隐匿叙述的效应，从而在外篇开始时让读者产生一种别有洞天的惊奇感，原来这仅是故事的一种讲述，一个侧面和维度，由此使一种多元讲述获得可能性。

这种双层叙事在麦家接下来的小说中经过不断调试而运转良好，《解密》《暗算》《风声》三大谍战名篇的叙事模式虽有所差异，但主体框架正是来自于《陈华南笔记本》的双层叙事。

作品	叙事层次	叙述者	视角	说明
《解密》《暗算》《风声》	外层	外部—同叙述者	固定内聚焦	《解密》《暗算》《风声》的叙事参数与《陈华南笔记本》基本相同，区别在于第二叙事层次增加了更多不同的同叙事人来参与叙述，变成了不定内聚焦。
	内层	多叙述者	不定内聚焦	

《解密》于《当代》2002年第6期刊出，并于当年由中国青年出版社出版。这部长篇小说由中篇小说《陈华南笔记本》（曾名《紫密黑密》）扩展而来。全书共六部分，分别是《第一篇　起》《第二篇　承》《第三篇　转》《第四篇　再转》《第五篇　合》《外一篇　容金珍笔记本》。其中第四篇和第五篇基本是《陈华南笔记本》的内容。简单说，人物上，陈华南改名成了《解密》中的容金珍。《陈华南笔记本》对于主角的身世、成长以及破解紫密的过程未有介绍，《解密》则详细补足了这方面内容，成了前三章。此外，《陈华南笔记本》中那本对严实破解黑密提供了重要启示的神秘笔记本，在《解密》中以外一篇的形式呈现。"笔记"在小说中的出现，显然是麦家玩的一个模糊虚构与现实界限的游戏。《陈华南笔记本》中读者知道有这么一本笔记，但笔记的具体内容则不得而知。《解密》则进一步把"笔记本"作为附件呈现出来，营造跟叙事人进行的纪实性"解密"相配称的氛围。

因为从《陈华南笔记本》脱胎而来，所以《解密》在叙事模式上跟《陈华南笔记本》基本相同，都采用双层叙事。第一层叙事人是一个借"701"解密日而收集容金珍故事的作家，以第一人称叙述他寻访容金珍故事的历程。小说的重心在第二叙事层，这一层是容金珍的故事，由不同的叙事人讲述，构成不定聚焦。

《暗算》曾以《暗器》之名发表在《钟山》2003年增刊，当年由世界知识出版社出版。《暗算》有多个版本，此处据获茅奖的人民文学出版社版。《暗算》采用了从《陈华南笔记本》到《解密》一直采用的双层叙事，第一层叙事人由一个因缘际会得以获悉"701"解密故事的作家用第一人称讲述。第二层涉及了阿炳、黄依依、陈二湖、韦夫、共产党佚名女间谍的故事，分别由"701"的钱院长和安院长（口述）、施国光（日记）、陈思思（信件）、韦夫（小说）、金深水（口述）以第一人称讲述。这种双层叙事成了麦家屡试不爽的叙事模式。

《风声》同样启用并完善了《陈华南笔记本》中这种迷惑性的套层叙事模式。《风声》第一层叙事的叙述人是一位多方寻访当年裘庄谍战历史的作家，第二层叙事才是《东风》《西风》《静风》的具体故事。同样，作为小说第一部分的《东风》被刻意安排为一种传统的非聚焦式叙事，叙述者的聚焦痕迹不明显，异叙述者叙事模式使小说看起来好像是一个客观呈现的单层叙事。到了第二部分开篇才透露这原来是一个套层叙事，第一部分《东风》不是"事实"本身，而是历史讲述的一种，从而使追寻另一种历史讲述成为可能。不过，与《陈华南笔记本》不同的是，《风声》关于李宁玉如何传递情报的二次叙述却具有递进否定性，后一种叙述否定了前一种叙述；而《陈华南笔记本》通过套层的转轴联结起来的第二层次叙事的两个故事相互补充但并不相互排斥。相对而言，《风声》第二次叙述比第一次叙述具有更多元的逻辑维度和更强的逻辑密度。"真相"并未在重复叙述中坠入"罗生门"，当然，它依然显示了历史叙述被改写、涂抹的"新历史主义"倾向。

虽然采用相近的叙事模式，但麦家也在不断作出调整，推动新的突破。相比于《陈华南笔记本》，《解密》从中篇发展为长篇，除了"口述"外，也加入了"信件""笔记"等戏仿体式。相比《陈华南笔记本》《解密》这种以一人为主的本纪式小说，《暗算》则拓展至五个主角（但着力最多，令人印象最深的仍是阿炳、黄依依、陈二湖这三个破译家）；相比于《陈华南笔记本》《解密》《暗算》以破译家为主的本纪式写作，《风声》则打破了以人为主的写作范式，而转为以"密室抓老鬼"这一事件为主的叙述模式。应该说，麦家不断在寻求着突破，而这种经典的双层叙事模式也总能够通过局部调整而胜任内容的要求。

《解密》《暗算》和《风声》作为麦家的三大谍战长篇，它们采用的相近的双层叙事模式，但它们结构上的差异依然是很明显的，差异主要体现在第二叙事层的构成。麦家的这几部长篇小说双层叙事之间的关系，第一叙事层本身并不具有独立的故事价值，但它能对第二叙事层的多重构成起到轴承的作用。换言之，如果没有作为叙事轴承的第一叙事层，第二叙事层的复杂性就无法展开和维持。

二、叙事语法：深层机制与金蝉脱壳

叙事学中有关于叙事语法的研究，这种研究相信千差万别的小说只是来自于有限的叙事语法。叙事学家们相信存在着一套有限的结构模式，通过这套模式无限的作品被创造出来。广为人知的比如普罗普在《民间故事形态学》一书中对俄罗斯童话的研究。普罗普认为，民间故事虽然千差万别，但共同的"功能"却是有限的。普罗普从一百个童话故事中提取了三十一种功能，并宣称这三十一种功能就是童话的基本要素。此外，托多洛夫的《〈十日谈〉的语法》一书致力于从《十日谈》的故事中抽象出一套稳定的叙事语法。比如他指出《十日谈》中 X 犯了法——Y 要惩罚 X——X 力图逃脱惩罚——Y 也犯了法——Y 没有惩罚 X 这样的故事序列很多，这就是故事深层的叙事序列。

对于叙事学家来说，找到无数文本底下隐藏的"叙事语法"构成了一种深刻的诱惑，但对作家来说，千方百计地超越"叙事语法"的窠臼则成了一种重要的任务。假如一个纯文学作家的写作轻易就被发现基于同一叙事模型，他便陷落于模式化、自我复制的陷阱。对于麦家来说，虽然他选择了通过谍战小说这一通俗小说类型来突围，但这并不意味他放弃了对纯文学水准的坚持。为此，他始终面临的问题就是：既探索一种稳定地沟通雅俗的叙事模式，同时又不断地使其得到变化和更新。上面谈到，麦家从《陈华南笔记本》到《解密》《暗算》《风声》等谍战代表作无一例外都采用了双层叙事模式，这是从叙事层次和视角聚焦角度作出的观察。从故事而言，除《风声》外，基本写的都是破译家的故事。麦家如何保证他的作品在赓续与变化中持续发展呢？

事实上，麦家所写的陈华南、容金珍、阿炳、黄依依、陈二湖等人，他们基本分享着相近的故事序列，这个序列可以概括为：

A 是奇人——B 在寻人破解难题 C——B 找到了 A——A 破解了 C——A 功成，但遭了殃

在麦家代表作中，A 分别是陈华南、容金珍、阿炳、黄依依等，B 是钱院长、安院长等人，C 则是一系列的高级别密码。写完《暗算》之后，麦家一定意识到不能再继续按照这个叙事序列来展开新的长篇了。《风声》完全放弃了这一故事序列。事实上，《风语》又在某种程度上重启了这一叙事序列，这是《风语》成就不如其他长篇的原因。事实上，《陈华南笔记本》《解密》《暗算》虽分享着相近的叙事模式和故事序列，但每一部作品中故事序列被强化的元素

并不相同。因此，这一典型的麦家谍战故事序列与其说不断重复，不如说是在不断发展和自我扬弃。不妨看看麦家几个主要作品故事序列的变化：

《陈华南笔记本》：A试图破解C——A功败垂成，发了疯——A启发D破解了C

《解密》：A是奇人——B在寻人破解难题C——B找到了A——A破解了C1，功成——A破解C2，功败垂成，发了疯——A启发D破解了C2——A的笔记独白

《暗算》：序列1：A是奇人（A同时是A1、A2、A3）——B在寻人破解难题C——B找到了A——A破解了C——A功成，但遭了殃（A1、A2、A3各有其遭殃方式）

序列2：A身故——A被C装扮成B——B的尸体将"情报"传给了D

序列3：A、B、C潜入敌人机关成为间谍——A、B相爱，A有了身孕——工作需要B命令A做人流——B意外暴露牺牲——A决定冒险生下孩子——A因为孩子而暴露牺牲——多年后，C向AB的孩子讲述其命运

不难发现，在《陈华南笔记本》中，破译家的叙事序列重点在于后半部分，即破译失败而发疯，却又奇迹般地指引了严实破译黑密的故事。到了长篇小说《解密》中，容金珍的奇人事迹被放在家族谱系中大大地渲染，讲述了容家从盐商到知识分子的转变，渲染了容家天才女子幼英的难产惨死却生下一个混世魔王，混世魔王到处结下的风流债而带来容金珍及容金珍和乃父一样一出生就克死父亲的传奇故事；讲述了洋先生、希伊斯等外国教授对少年容金珍的照顾、激赏；也讲述了容金珍被力量巨大的神秘部门带去"从事秘密研究"，以及容金珍一鸣惊人，破译紫密的故事。这部分占了小

说的将近五分之三。同时，小说还以"外一篇"形式，以日记所携带的第一人称同叙述者视角，呈现了破译家容金珍内在的困惑、撕裂、情感和对悖论人生的深刻感受。换言之，《陈华南笔记本》是一个破译故事，《解密》却更接近一部破译家的"传记体"小说。正是在《解密》中，麦家第一次，也是唯一一次以完整的破译家故事序列来结构整部小说。

因此，到了《暗算》，他必须作出改变。

虽然由于破译家叙事序列太成功了，《暗算》给一般读者印象最深的是阿炳、黄依依这二个"弱的天才"破译家，这部分启用的正是为《陈华南笔记本》《解密》所证明成功了的破译家叙事序列。相比于《陈华南笔记本》，多了"B在寻人破解难题C"这个部分；相比于《解密》，则大大压缩了"A是奇人"的篇幅。事实上，虽然《暗算》给人印象最深刻的部分在于破译家命运环节，但如果从叙事序列看，这部作品事实上启用了其他两种叙事序列，小说第三部《捕风者》包含的二者——《韦夫的灵魂说》《刀尖上的步履》写的是"701"执行局的间谍生活。从感染力来说，第三部完全不能跟前二部同日而语，但是从整体结构来说，它们又是不可或缺的。因为《陈华南笔记本》是以"破译"之事为结构的，《解密》是以"破译家"容金珍的人生为结构的，《暗算》则是以"701"这个特殊机构为结构的。忽视了这一点，就容易忽略了麦家苦心孤诣地在写作中寻求的稳定和变化。

麦家始终在求变的压力下跟自我较劲儿，日后的《风声》《风语》《风语2》《刀尖：阳面》《刀尖：阴面》展开的正是《暗算》第三部那群红色间谍的故事，他们是"701"红色间谍的前辈们。应该说，在麦家写出那群神奇的破译家之前，人们对于谍战小说主角的理解，主要不是居于后方密室的破译家，而是那些打入对方阵营里，提着脑袋在刀尖上过活的间谍。《风声》无疑是麦家这批描写间谍生活小说艺术上最成功的。它创造了一种剑走偏锋又不可复制的叙事语法，这是麦家在谍战小说上最后的创造性一跃。日后的《风语》《刀尖》，他试图融入新元素，但这些新元素并没有为小说艺术带来新增量，剩下的旧元素又像是对以前小说不很高明的模仿。

每个小说家身上都携带着两条抛物线，一条是创造力的抛物线，一条是影响力的抛物线。无疑，《风声》完成于麦家这两条抛物线的相交点。《风声》之后，当麦家谍战小说的创造力走低之时，影响力抛物线却依然在走高。无疑，在充满各种社会学变量的文学场域，影响力抛物线依然能携带作家继续创造文坛话题、热点乃至年度焦点。但作家假如不能解决创造力危机，一直依靠着影响力遗产继续滑行的话，最后的结果可能是创造力抛物线和影响力抛物线在低点的相交。写完《刀尖：阴面》之后，麦家彻底正视了自身写作面对的危机，再次将想象力和创造力逼进逼仄的刀锋，用《人生海海》完成了创造力的涅槃。这是后话。

回到《风声》的叙事语法。

虽然同被视为谍战小说，《风声》和《解密》《暗算》却属于不同的小说。《解密》是完全的破译家小说，《暗算》一树分三枝，最大的那一枝还是破译家。《风声》却将《暗算》中并不显眼的女间谍故事发展成一棵完整的树，为此而创造出了新的叙事语法。格雷马斯的"符号矩阵"对阐释《风声》的叙事语法有一定的价值。在《结构语义学》一书中格雷马斯提出了"符号矩阵"理论，这个理论为：

（1）设立一组对立项【X】和【反X】；

（2）与【X】矛盾，但不对立的项为【非X】；

（3）与【反X】矛盾，但不对立的项为【非反X】；

（4）【非X】与【非反X】不一定会有对立关系。

格雷马斯的符号矩阵被广泛应用于对很多故事的分析，但他的目标并不是对个别作品进行分析，而是阐释生成作品的叙事"语法"本质。不难看出,《风声》通过不断变换叙事矩阵中的人物变量,从而演绎出一次次冲突。

《风声》中,肥原可以视为【X】项,被他试探、拷问、怀疑为"老鬼"的则是【反X】项,由于"老鬼"不能确定,所以只要【反X】一改变,相应的【非X】与【非反X】也发生变化,由此故事衍生出各种可能。有趣的是,《风声》还改造了格雷马斯的叙事矩阵来推进故事。

改造其一:只有【X】和多个【反X】之间的冲突。审讯之初,吴、金、李、顾四人都有【反X】嫌疑,他们被要求相互指证,构成一个【X】和多个【反X】之间的冲突和较量;

改造其二:多个变量之间都存在着冲突。当李宁玉称吴志国看过电报,吴志国矢口否认,吴志国于是咬定李宁玉是"老鬼"。当通过验笔迹吴志国成为高度嫌疑人时,肥原是【X】,吴志国是【反X】,李宁玉是【非X】,但此时【X】【反X】和【非X】三项之间彼此都有对立关系,关系项之间的冲突关系越多,小说情节就越紧张,越扑朔迷离。

理论上,通过格雷马斯叙事矩阵可以使故事无限地推衍下去,很多当代的通俗肥皂剧就是这样构造故事的。但对于《风声》来说,它的特别之处绝不在于通过叙事矩阵来实现故事的无限增殖,而在于在封闭的叙事空间和有限的人物中,尽可能推衍多冲突故事的可能性。

就叙事语法角度看,《风声》的特殊何在?使用格雷马斯叙事矩阵来发展故事的小说太多了,《风声》的特别之处在于,如果说小说中的"老鬼"是【反X】项的话,那么这部小说中的【反X】是一个游移滑动的能指,它一次次被代入不同人物,产生新的冲突和故事。《风声》跟一般小说的不同在于,一般小说中的【X】【反X】项都是单一并且确定的,《风声》中的【反X】却是隐匿的,《风声》作为一种"封闭性"的叙事设置的实质就在于,当【反X】

项是谁的可能性被穷尽了的时候，小说就结束了。

对于格雷马斯来说，研究叙事语法是为了发现小说叙事的深层机制，从而揭示小说叙事作为一种具体"言语"行为背后的"语法"机制。但对有追求的小说家来说，袭用标准的"叙事语法"并不高明，所以他们的工作是改写和更新"叙事语法"，而且对于作家而言，某部作品中的"叙事语法"通常只能一次性使用。特别是像《风声》这样设置了极强条件的叙事语法，如果再次使用，小说就会显出很强的"复制性"，作品的意义就大打折扣。

豆瓣上很多读者已经指出，麦家的《风语》《风语2》《刀尖：阳面》《刀尖：阴面》并不成功，这种感受是否有专业依据呢？在我看来，这些小说的不够成功，如果从叙事模式上看，它们从双层限知叙事向单层全知叙事"后退"；从故事上看，它们并未开创新的叙事序列，主要是对以往破译家故事（《风语》《风语2》）和间谍故事（《刀尖：阳面》《刀尖：阴面》）的改装，遗憾的是并未有真正新的创造。麦家显然也注意到他在谍战小说叙事上的危机，《刀尖》之后经历了长达八年的沉潜而写出了《人生海海》，并使小说在叙事模式和故事序列上都有了新的开创。

《人生海海》的成功在于它对通常侦探叙事的成功改造。对于通常侦探叙事而言，叙事的动力完全依赖于对【X】项的隐藏。侦探小说最常见的【X】项是"谁是凶手"，当这个X在小说中被定位和确认之后，小说叙事势能便告罄。《人生海海》中，【X】项是"上校是谁"。"是谁"与"谁是"是两个不同质的提问，"谁是凶手"的目标指向在于某个具有行动能力的个体，这个主体具有可辨认的外在性。而"上校是谁"所追问的则从眼前的、外在的户籍身份而关涉至内在的精神身份。因此，回答"某人是谁"比回答"谁是凶手"具有了更深邃的难度，后者是一个简单的侦探问题，而前者其实是一个人生哲学问题。《人生海海》叙事的成功就在于，它通过上校这个人物而将"谁是"和"是谁"这两个层次的问题关联起来。读罢《人生海海》,你会发现,上校的身份几经其变,既是间谍,也是军官,也是草民,没有任何一种身份可以一劳永逸地回到"是谁"的问题。上校肚皮上的刺青作为曾经的耻辱身份印记,一旦暴露又有着对现有身份的否定性。因此,麦家成功地将侦探小说的"谁是"倾向扭转向具有人生哲学思辨性的"是谁"维度。

三、结构的探索:从内外套层到阴阳双线

对于中短篇小说而言,结构未必是极重要的;但对长篇小说而言,结构至关重要,成败攸关。短篇小说要成功,找到合适的语言、节奏,甚至切口就行了;中篇小说要成功,需找到合适的故事和人物;但长篇小说要成功,不能不首先找到合适的结构。一般而言,长篇小说故事复杂、线索纷纭、人物众多、关系错综、体量庞大,故不能不先有整体统筹和结构蓝图。长篇小说结构跟建筑结构有类似处,它是构成艺术整体的各部分之间的比例、搭配和布局。小说和建筑一样,结构便是艺术(建筑)整体的骨架或支撑框架。骨架不立,筋络、血肉、皮毛、肌理便无所依附,难成整体。对于艺术品而言,结构不仅是一种功能性存在,结构同时也是极其重要的意义单位。换句话说,结构决定的不仅是能否将局部内容组织起来,还决定了局部组织成的整体的意义空间。甚至不妨说,一个艺术品有什么样的结构,就有什么样的精神面目。对于志在创造的小说家而言,挑战和折磨常来自于创新的焦虑,长篇小说的创新,便主要是结构创新。一部长篇小说,如果只是一味复制已有的结构模式,很难在艺术创新上有大的作为。

有必要提出这样一组概念,即叙事型小说和结构型小说,它们的区别就在于叙事和结构在小说中所占的比例。绝大多数小说,结构是承载叙事的组织构架。结构提供骨架,叙事提供血肉,骨架隐于血肉之中,结构是隐性的。但在现代主义和后现代主义的小说

中，却出现了一种结构的重要性远超于叙事的小说，我们把这后一种小说称为结构型小说。卡尔维诺的《看不见的城市》、哈扎尔的《哈扎尔词典》、韩少功的《马桥词典》，都是典型的结构型小说。结构型小说是现代主义剑走偏锋、独辟蹊径的一种方式。正因为对传统由故事、人物、环境等所构成的叙事内容的极大弱化，对小说结构的极大强化，结构在这种小说中不仅承载叙事，也承载意义。比如《马桥词典》，以"词典"为结构，通过一系列词条来展开马桥人的生活空间、心灵空间和文化认知空间。《马桥词典》以方言为对象和方法而建构了一个可以由"方言"去透视和省思的文化空间。马桥人活在"方言"所构筑的文化疆界中，他们的时空观和生命观，也都被马桥话规定了。不妨说，《马桥词典》的"词典体"中已然包含着一种"词典哲学"——一种关于语言与生命的思辨：一方面，"语言是存在的家园"，在马桥之外的更大世界，我们将建造一种怎样的可供居住的语言世界？另一方面，深具"方言性"的马桥越来越成为一个普遍现代性世界的他者和零余者，我们既不可能回到"马桥"，也不能简单地改造"马桥"，我们该如何在马桥与外面世界，在"方言"与"普通话"，在差异和一统间，去保持一种必要的张力和平衡呢？这是《马桥词典》所激发的"天问"，也就是其结构承载的意义。就小说实践而言，叙事型小说是多数，结构型小说是少数。

我们也有必要注意到小说中叙事结构和精神结构的区分。人们通常谈小说结构只是指叙事层面上的结构，但优秀的小说同时也在生成自身的精神结构，且其叙事结构与精神结构也能形成同构关系。如前所述，叙事结构是指小说中使局部联结为整体的架构；而精神结构则是凝结在小说叙事内容背后的深层精神叙事的组织方式。事实上，所有的小说都有叙事结构，但并非所有的小说都有精神结构。只有具有相当叙事和精神自觉性的作家会有意识地用小说进行精神叙事，并将其凝结为相应的精神结构。

叙事模式就是小说的层次，结构却是小说的架构。当作家确定了其叙事学上的模式之后，他面对的问题还有如何把这种具有一定长度的叙事内容安放在一定的架构上。小说的结构必须跟其内在的意义相呼应相契合。《解密》的结构是"人"（容金珍），它要解密的是一个异人的命运悲歌和精神内面；《暗算》的结构是"701"；《风声》的结构是"裘庄"，这些相对封闭的结构在《人生海海》中被打破，曾经封闭的"701"或"裘庄"被茫茫的"人海"所取代，《人生海海》融入了侦探叙事，其实质是一种真相"拼图"。小说三部分各自出示了"上校"蒋正南的一部分人生轨迹，及至最后，上校的人生才完成拼图。然而，"拼图"是其技巧，却不是其结构。

《人生海海》全书共分三部二十章 110 节，每章 4—6 节不等，第一部九章共 42 节；第二部七章 35 节；第三部四章 33 节。总体看，全书三部的章数和节数在递减趋势中保持相对均衡。但这种表面结构分析无法深入小说真正的内部。要说《人生海海》的真正结构，或许我们可以将其概括为阴阳双线拼图结构。

事实上，双线结构在长篇小说或电影中由来已久。列夫·托尔斯泰的《安娜·卡列尼娜》采用的便是安娜和列文双线构成的所谓"拱顶结构"；巴尔扎克的《高老头》采用的是拉斯蒂涅和高老头的"双线结构"；贾樟柯的电影《三峡好人》描写两个到三峡库区寻亲的男女，他们毫无联系，因为相同的经历被并置成为"双线"。事实上，鲁迅的小说就经常采用"双线结构"：《祝福》中，祥林嫂的悲剧是小说重要的线索，但讲述祥林嫂故事的"我"，作为一个徘徊于传统与现代之间的知识分子，其故事线索虽没有展开，却构成了一条重要的精神线索，而不仅是讲述者。

在很长时间中，麦家习惯使用的是套层叙事，但套层叙事并不就是双线叙事。上面已经分析了，在《陈华南笔记本》《解密》《暗算》《风声》等作品中，外层的叙事人只承担叙事功能，对于故事的走向并无任何影响，也无法提供相应的阐释空间。因此，讲述容金珍、黄依依等人故事的外层叙事人,并不构成一条独立的线索。但在《人生海海》中,麦家打破了以往这种套层叙事模式,而将其发展为一种双线叙事。如上所述,《人生海海》中的"我"不仅是串联起"上校"人生版图的叙事人——一种功能性存在,他在承担起叙事功能的同时,也跟上校的命运形成对照、呼应和互补。

《人生海海》由上校和叙事人"我"两条命运线索构成。其中,上校的命运线是小说的核心,但却是一条阴线,一条非连续性的虚线;叙事人"我"的命运线是小说的阳线,这是一条实线,小说严格采用限制性叙事,上校的命运虚线的串联完全靠叙事人"我"这条实线来穿针引线。上校的故事被设置为被断点讲述的阴线,因此上校始终是一个不能真正开口说话的人,他的内心世界和精神世界在小说中只能猜测而无法证实。阳线上的"我"便负责感受自己和上校的命运。小说中,除了12—14节上校非常有限地开口说话,向"我"讲述早年作为军医的传奇经历外,上校的故事绝大部分时候是由其他人讲述的。讲述者有爷爷、父亲、老保长、林阿姨、表哥、小瞎子等等,当然还有"我"。上校的命运始终影影绰绰地被限定在"阴线",既是基于制造悬念、创造阅读快感考量,也创生了小说内在的精神叙事。下面会进一步阐述。

须注意,《人生海海》中由叙事人"我"构成的"阳线",在麦家以往的小说中,基本上只是套层叙事的外层。从套层叙事到双线叙事,意味着"我"这条线索不仅承担串联的叙事功能,它从一个外叙事层变成了一条独立的叙事线索,在叙事功能之外,也获得了自身的意义。从一般读者阅读的角度,上校的命运线索无疑更吸引人,更受关注;但从叙事的布局和比例看,叙事人这条线索具有完全独立的意义和阐释空间。从年龄上,上校是"我"的父辈,上校和"我",都从村庄走向外面的世界,又从外面世界还乡,如果没有双线,小说作为20世纪中国从传统向现代,又从现代向当代转型的历史寓言便缺乏时间长度。所以,这里的阴阳双线又内在地承载了历史时间的代际接力。"我"和上校的命运既有某种相似性,但更多是差异和对位。"我"没有上校那样的异禀,但似乎冥冥中有某种推力将我推出故乡,进入了大世界的命运漂流之中。事实上,阴线和阳线既有某种呼应,但绝不是对称的。上校是异禀英雄,虽不是被国家接纳的英雄,但承接的依然是麦家所塑造的容金珍、阿炳、黄依依那个悲剧英雄的谱系,呈现的是英雄的凡人性;"我"则是被逼上天涯的普通人,"我"在人生海海中流离,有悲怆也有成绩,多年后顿悟罗曼·罗兰那句"世界上只有一种英雄主义,就是看透了生活的真相之后依然热爱生活",体现的是凡人的英雄性。从书写英雄的凡人性到书写凡人的英雄性,麦家小说也从书写英雄传奇向凡人的精神救赎转移。正是"我"这条线索的存在,为《人生海海》架设了一座通往普通人生命的桥梁。

　　上校依然是一个悲剧英雄,他的内心世界、他对生命的真实看法我们完全无从得知。他被人生海海所伤害,最终成为一个呆傻者。命运加诸于他的悲剧正是通过"我"的感悟才获得和解。《人生海海》是"双线结构"最特别之处在于,这是一个彻底的阴(虚)阳(实)线,处在阴线上的"上校"自始至终都是被回忆、被讲述之中,从未真正处于叙事的前景。这是以往双线叙事中几乎没有出现的,这种处理显然是麦家刻意为之,它形成了某种寓意:上校显然是人生海海里最独特的那朵浪花,他神功盖世却身负重耻,他的生命轨迹被各种外力和偶然性推动,他的命运真相被各方揣度、讲述和涂改。从能力上,他是一个凡人不能及的奇人;从命运上,他又是一个不能自语自主的人。这跟以往的麦家式英雄——所谓弱的天才产生联系;但是,上校不同于容金珍等破译天才之处在于,容金珍们是活在密闭的情报机构——"701"之中的人,他们的成就很容易获得组织的认可和嘉奖。换言之,他们不但能力是特殊的,生活环境也是特殊的。至于《人生海海》中的上校,麦家有意将他从封闭的环境中推向更广阔动荡的世界,所以他因为自身超高的本领而为不同的力量所选中，人生被切割成诸多不同，甚至于不能兼容的阶段。与容金珍们那种半禁闭人生相比，他更特殊，他过的是一种无间道的人生。作为潜入日军的间谍，他的生活也被切分为阳面和阴面。他真正的人生，始终存在于不能见到天日的阴面。由此，小说的内容与结构就获得了呼应。我们明白了《人生海海》将小说设置为"阴阳双线"结构的原因。即使上校的命运拼图已经完成，可是他内在的精神世界依然无法被洞悉。麦家暗示着：世界存在着一个被压抑、永难呈于日光下的阴面。可是，阴面并非就是《人生海海》的全部；毋宁说，阴面的上校是被阳面的"我"所记忆和讲述。"我"的命运既跟上校类似，却又不同。因此，阳面既跟阴面相区别，阳面又吸收着阴面而跟阴面合为一体。如果说，上校是被命运吞噬而产生悲剧性的话，叙事人"我"则是一个从人生海海的惊涛骇浪中的幸存者。如何于苦难中幸存，或者说，如何与苦难和解，就构成了小说重要的精神叙事。小说中，上校承受的是最大剂量的苦难。莫测的命运像残忍的群狼将他撕咬，他像是命运无言的祭品。在他身上，并不存在与命运和解的机会。可是，上校代表的是被苦难命运吞噬的一种典型。《人生海海》中，被命运莫名吞噬者不在少数：譬如上校给"我"讲述的故事中那个在战俘营劳改遭遇山体塌方的常熟人。这是一个本在上海十六铺码头当搬运工，壮实得像头牛的中年人。大儿子二十一岁，跟他一起在码头上做工，小儿子十七岁，在家里帮母亲经营着一家杂货店。两个儿子因被新四军发展了，一次不慎被查出来便落了难，关进战俘营挖煤。发生塌方之后，常熟人的两个儿子都在里面，其他人营救了一下，感觉无望，便泄了气，只有他仍拼了命地挖。"从发生塌方后，十来天他就没出过坑道，人家换班他不换，累了就睡在坑道里，饿了就啃个馒头，谁歇个手他就跟人下跪，求人别歇。他总是一边挖着一边讲着同一句话——你们把我儿子救出来后我就做你们的孙子，你们要我做什么都是我的命。"① 这个可怜的父亲，那些天上校多次见他"在黑夜的寒风里独孤孤一人往黑洞里奔走，但现在不是在走，而是在跌跌撞撞，一步三晃，几步一跤，像吃醉酒，糊涂得手脚不分，连走带爬的"②。后来上校牵挂他，"带上药水和几个冷馒头去看他，也想劝他回来歇一夜。去了发现，他已死在坑道里，半道上，离塌方还有一个几十米的弯道。他已经爬了几十米，几十米的坑道都是他爬的手印子、吐的饭菜，最后死的样子也是趴着的，保留着往前爬的姿势"③。这无疑也是一个被命运吞噬者的典型，他们没有任何反抗的余地和可能。人生海海中，这也是存在的一种。

可是，更多普通人的命运并没有这么极端，命运对他们固然步步相逼，但尚有某种回旋之地，这关键取决于他们如何看待世界、理解命运。其中，不乏始终带着恨意来面对世界的，譬如小瞎子。小瞎子终其一生都身处于施害和被害的恶性循环之中。几十年后，小瞎子仍无法摆脱其恶的本性，他也终生被囚禁于恶中。与小瞎子形成对位关系的是"我"爷爷。爷爷本性良善，并且笃信善恶因果报应之论。爷爷对"我"议论上校："你看，他现在还养猫，不吸教训，不回头。他这人就这样，骨头太硬，心气太傲，仗着聪明能干，由着性子活，对老天爷也不肯低头。这样不好的，人啊，心头一定要有个怕，有个躲。世间很大，天外有天，山外有山，不能太任着性子，该低头时要低头。"④ 可是，命运的波浪把爷爷卷进去，使得他对上校作了恶，然后他又终生生活于恶的反噬之中。爷爷最初的心病是害怕村人议论儿子与上校搞鸡奸，为此不惜举报上校，借公安局之手，揭出上校曾周旋于日本女人间的事情，以此使"鸡

---

① 麦家：《人生海海》，北京十月文艺出版社，2019年版，第38页。
② 麦家：《人生海海》，北京十月文艺出版社，2019年版，第39页。
③ 麦家：《人生海海》，北京十月文艺出版社，2019年版，第39页。
④ 麦家：《人生海海》，北京十月文艺出版社，2019年版，第47页。

奸"传闻不攻自破。这不但使上校陷于牢狱之灾,也让爷爷生了另一桩心病,"他像只老鼠一样,宁愿去猪圈里待着也不迈出大门一步"①。他像只命运的惊弓之鸟,这种惊恐也传染给了"我"父亲。多年以后,"我"还乡之时,父亲变得心事重重:"他心里有鬼。他怕跟我说的太多,透露出情感,被死神恶鬼识别出我的身份,又对我作恶。他已经被严酷的事实吓怕了,丢了魂,犯了强迫症。"②命运的涡旋将上校、小瞎子、爷爷、父亲、"我"等人渐次卷入其中,没有人得以幸免。小说中具有生命觉悟,从命运的伤害中脱身,完成与命运的和解者,唯"我"和照顾上校终老的"阿姨"二人。他们真正从恨中脱身,命运的伤害没有摧毁他们,而使其生命增厚。这才是一种真正的英雄主义。如果说,《人生海海》中上校的命运故事依然是通过"侦探叙事"来完成的话,其更深层的精神叙事,已经跟谍战、侦探无涉了。它依赖的是作家对命运奥秘孜孜不倦的求索,具体则投射在小说的阴阳双线结构上。由此看,《人生海海》已经跟以往的谍战小说,完全是另一类小说。

不妨这样说,麦家以往的套层叙事,是基于叙事学的考虑;但《人生海海》的双线叙事,却是基于构造小说精神叙事的考量。换言之,《人生海海》的叙事结构和精神叙事的谐和,已经具有高度自觉性。

四、人物的纵深结构和次要人物叙事

论及《人生海海》的结构,除了阴阳双线之外,我以为其主线与次线构成的纵深结构,同样出彩,并构成对以往的超越。主线之外是否有次线,主要人物之外,能否写活次要人物,这是衡量小说家的一个重要标准。

---

① 麦家:《人生海海》,北京十月文艺出版社,2019年版,第238页。
② 麦家:《人生海海》,北京十月文艺出版社,2019年版,第250页。

麦家以往小说，主线精彩，主要人物令人过目不忘，但较少关注次线及次要人物。《解密》主角容金珍，次要人物容先生、郑局长、严实等。小说着力在容金珍，次要人物主要是功能性人物；《暗算》涉及多个人物，阿炳、黄依依等主角令人印象深刻，次要人物同样是功能性人物。《风声》中，李宁玉之外，顾小梦、肥原的性格刻画同样丰富有层次，但是他们显然都属于主要人物。《人生海海》中，麦家显然下定决心，在主线和主要人物外，也要通过次线和次要人物来构造小说结构的纵深。根据人物在小说中的重要程度，我们可以将《人生海海》中的人物划分为四个等阶，如下表所示①：

	一线人物	二线人物	三线人物	四线人物
代表人物	上校、"我"	爷爷、父亲、老保长、小瞎子、林阿姨	矮脚虎、表哥、胡司令、"我"前妻、小爷爷	南京女特务战俘营常熟人
界定标准	小说主要人物，思想内容的承担者	与一线人物有直接关系，在作品中多次出现，人物具有自身完整的性格逻辑	在主要情节中出现，与一线人物有直接关系，在小说中不止一次出现	对小说主要情节没有影响，属于小说中一闪而过的人物

长篇小说因为事件复杂，牵涉人物众多，由此区分出主要人物

---

① 《人生海海》中四级人物详表：一级人物：上校——p6（页码为该人物在小说中第一次出现时的页码）、我——p1；二级人物：爷爷——p1、父亲——p6、老保长——p14、小瞎子——p7、表哥——p49、林阿姨（小观音）——p258；三级人物：活观音（上校母亲）——p30、胡司令（联总革命队伍大队长）——p58、姜太公（女特务，戴笠手下军统干将）——p32、矮脚虎（我的同班同学，翘脚阿太的小孙子）——p76；四级人物：刀佬（村庄铁匠）——p13、瞎佬（小瞎子的爹，靠给人算命为生）——p7、王木匠（父亲和上校学木工的师父）——p13、上校爹（捡了炮弹壳中毒而死）——p13、狐狸精（老保长的姘头）——p15、凤凰杨花——p20、门耶稣（小爷爷）——p20、翘脚阿太——p22、野路子——p49、肉钳子——p49。页码参照《人生海海》2019年由北京十月文艺出版的版本。

和次要人物，并不稀奇。但一般小说多着力于主要人物及线索，次要人物线的塑造并不自觉，最直接的表现是，次要人物仅承担参与情节、推动叙事的功能，其自身性格的层次、逻辑及命运轨迹的完整性无法得以体现。《人生海海》中，爷爷、老保长、父亲、林阿姨、小瞎子等五个二线人物都被赋予了差异化、又完整独立的性格逻辑，这是很不容易的。譬如"我"父亲，在小说中出场机会并不多，但影影绰绰地，父亲的特点却十分鲜明。父亲很可能是一个"男同"，早年与上校"鸡奸"的传闻虽为爷爷拼命否认，也为上校自身经历所否定，但上校这边可证伪，在父亲这边却未必。父亲对上校异乎寻常的感情未必仅是兄弟情谊。父亲的形象在小说第一、二部不甚鲜明。及至小说第三部，"我"重返故乡之后，见到的父亲已是一个被恐惧折磨得奄奄一息的老人。而多年后小瞎子传出的关于父亲的信息，提供了关于父亲作为"男同"的新证据。虽小说从未将这一切坐实，却迫使读者留意到父亲这个二线人物的内心世界：因为不能摆上桌面的"性取向"问题，父亲注定一辈子成为乡村世界的零余人。假如他顺应自身的取向，必为乡村的主流世界和价值观念所歧视和排斥，也使家庭蒙羞；假如他按照主流方式生活——表面上，他正是如此，不然便不会结婚生子。小说中，"我"有三兄弟，一个姐姐，还有一个五岁时得怪病夭折的双胞胎妹妹，"我和二哥中间还有个二姐，出生当日就死了"[①]。这一切都证明了父亲正按照"正常"方式活着——必带来对自己的无尽压抑，到一定程度必然会产生"扭曲"的反弹。因此，麦家笔下，父亲不仅是个一般化的功能性配角，而是乡村世界另一类被压抑于世界阴面的人物类型。着墨虽不多，却完整、独立、自洽，经得起放大镜的端详和掰开揉碎的分析。

小瞎子是作恶又反过来为恶所伤的典型。小瞎子因为触及了上

---

① 麦家：《人生海海》，北京十月文艺出版社，2019年版，第48页。

校的核心秘密,被上校割断舌头又挑了脚筋,终身残疾。但小瞎子不是对恶有所反思的人,他终生都活在恶的阴影之下。多年以后,面对归来的"我",仍然试图以恶的方式来报复命运加诸于他的伤害。换言之,他作恶,也是恶的囚徒,终生不能从阴面而走向阳面。但是,作者并未将小瞎子简单化、标签化。而试图勘探他恶的来源——自幼被母亲所抛弃的阴影,这也是他无从选择的命运。在幼年成为母亲的弃儿,青少年期又成了残疾人之后,小瞎子终生都活在生活的困顿、乡人的鄙夷之中。他对世界和他人的恶意,或许正是他内心寒意的反射。这是令人同情、引人深思的。小瞎子和上校、"我"、父亲等人物一样都是被压抑于命运阴面的另一类型的人。他虽是配角,却也是完整而独立的。

值得分析的还有林阿姨。上校命运的早年轨迹和晚期归宿,都由林阿姨来讲述或照料。她同样被命运所深深伤害,最初她以为伤害她的人是上校,因而由爱生恨。但在后来她又毅然决然地用生命来陪伴、照料已经痴傻的上校。林阿姨完成了自身与命运的和解,她也就不再是命运的囚徒,从命运的阴面走向阳面。她所讲述的上校故事补全了上校的命运轨迹,她的抉择也启发着"我"对生命的思悟。看得出来,麦家对《人生海海》的自我要求,绝不让二线的次要人物仅仅流于功能性的存在。林阿姨个性饱满鲜明,她热烈执着、敢爱敢恨,她有飞蛾扑火的勇气,却又有困中思定的智慧。她的人生有玉成于苦难的光泽,是一个对叙事人,也对读者充满启示的人物。麦家对于二线人物的用心经营,使得他们与一线的主要人物之间,同样有个性、有情感、立体化的内心世界和跌宕的命运起伏,区别仅在于他们在小说中获得笔墨的多寡,而不在于其自身的重要性。假如作家的笔伸向他们,他们的每一个,及其携带的命运,都值得也足以成为主角。这正是《人生海海》纵深结构艺术成功的重要体现。

假如说一、二线人物重在写出其立体的精神世界的话,对于

三、四线人物，麦家则立意写出其个性特质和命运辗转。譬如"我"前妻，一个福建泉州在马德里的华侨后代，她最后意外死于车祸。她善良、执着、勤劳和果敢，具有中华女性的美德。虽是三线人物，但其个性和命运都不难想见。上面已经举到战俘营常熟中年人的例子，及上校自己讲述早年为军医所见的各色人等，则属于四线人物。这些故事与小说主要情节无涉，但它正是"人生海海"里无数悲苦的浪花。正是无数此种普通的命运故事，成了上校和"我"离奇人生的广阔帷幕。三、四线人物的存在是体现作家塑造次要人物线自觉性的重要标志，因其游离于主要情节之外，属于主干、枝丫之外的叶片。假如作家在经营主干、枝丫之外，仍能用心、仍有余力经营旁逸斜出的叶片或根芽，小说的分辨率无疑就大大提升。

结　语

讨论一个小说家的叙事模式，并非一件轻而易举的事情。它涉及叙事的层次的确定、叙事人的选择、叙事语法的取舍以至小说结构的经营。纵观麦家的写作历程，早期写作以中短篇为主，那时他的小说风格多样，尚未有定型的题材和艺术方向。《解密》出版之后，麦家的写作虽有中短篇调剂，但主要是长篇。这个阶段麦家的小说，既有成熟的叙事模式，但这种模式始终存在调整、变化和突破。从套层叙事到双线结构，既是麦家写作追求叙事模式变化的结果，也是麦家将叙事和精神叙事高度同构的结果。从主线人物的凸显到多线人物的并置，同样显示了麦家对小说叙事艺术、叙事模式的新思考和新探索。在叙事模式的发展中，我们不难发现：麦家小说从谍战转向"乡土"；从密室走向更广阔的历史和世界；从英雄的凡人性转向凡人的英雄性；从人物幽深人心、悲剧的命运转向与命运和解的自我救赎……其间依然证实着一种朝向伟大文学的信仰！

第二节　失重的波澜：麦家短篇小说的思维术

一

麦家以长篇小说名世，但他的小说写作却从短篇小说出发；成名之后，他私心里也一定藏着对短篇小说的感情。所以，依然会有中短篇小说调剂于他的诸多长篇小说之间。以一种历史化的眼光看来，"现代中国的'短篇小说'，是在20世纪最初二十年里兴起的一种新文类"[①]。传统叙事作品中，魏晋笔记小说、唐传奇、明"三言二拍"这些都是短制，却并非现代短篇小说。伴随着现代的社会转型和文类秩序的重构，小说成为被现代社会委以重任而地位飙升的文体。小说内部，也有着微妙的文体政治：长篇小说的地位明显高于中短篇小说，一伟大如鲁迅，也因没有长篇小说而遭到诟病；2013年，以短篇小说名世的加拿大作家多丽丝·门罗摘得诺贝尔文学奖，一时也有不少非议。在中国，被视为最高文学荣誉的茅盾文学奖是专门授予长篇小说的；而中短篇小说则和诗歌、散文、报告文学等其他文体共同等待鲁迅文学奖的册封。就个人文学地位而言，鲁迅在茅盾之上；可是就以他们各自笔名所命名的文学奖的地位而言，茅奖在鲁奖之上。其中的微妙，体现的正是这种小说内部的文体政治。麦家当然深知长篇小说和中短篇小说地位的差异。短篇小说在市场号召力和获得文学荣耀的可能性上无法跟长篇小说相提并论，但依然被很多作家所珍重，很重要的原因可能就在于，短篇小说是一种虽短小却具有无限艺术可能性的文类。

经过近百年的沉淀，短篇小说已经在现代文类观念中获得了一

[①] 张丽华：《现代中国"短篇小说"的兴起》，北京大学出版社，2011年版，第21页。

个牢固的位置，短篇小说诗学也得到了与时俱进的发展和丰富。时至今日，胡适在 1918 年发表的《论短篇小说》一文依然影响着很多人对短篇小说的理解：短篇小说是"用最经济的文学手段描写事实中最精彩之一段或一方面而能使人充分满意的文章"①，胡适谓短篇小说乃是生活大树之"横截面"的譬喻更是深入人心。必须说，"横截面"远非对全部短篇小说的概括。即使是在五四时代，"胡适的定义与鲁迅、郁达夫、叶圣陶这些代表性作家的作品"也存在较大差异。以鲁迅而言，《药》《故乡》《祝福》《在酒楼上》等作品每篇体式各异，各擅胜场，并无统一的模式。但胡适对短篇的定义至少帮助人们清晰地标识出短篇小说艺术的独特性。1928 年，通俗作家张恨水在《长篇与短篇》一文中也指出："长篇小说与短篇小说，其结构截然为两事。长篇小说，理不应削之为若干短篇。一个短篇，亦绝不许扮演成一长篇也。""短篇小说，只写人生之一件事，或几件事之一焦点。此一焦点，能发泄至适可程度，而又令人回味不置，便是佳作。"②不难发现胡适观点对张恨水的影响。某种意义上，由于胡适对欧·亨利式"结构型"短篇的偏爱使他特别从结构上对短篇艺术予以强调；又由于结构是文本最容易被人们辨析的要素，所以短篇小说的"横截面"论成了 20 世纪以来中国短篇小说最有名的论述。如此不难理解，为何一般中国读者最熟悉的外国短篇艺术是"欧·亨利式的结尾"。

事实上，小说有诸多元素。每个元素都可以成为短篇小说的有效通孔。从人物的典型性出发，便有《孔乙己》《祝福》这样的短篇；从小说的诗情出发，便有《百合花》《荷花淀》这样的短篇；从语言的韵致和人情的洞察出发，便有《受戒》这样的短篇；从叙事的营构出发，便有《迷舟》这样的短篇；而从小说的文化寄寓出

---

① 胡适：《论短篇小说》，《新青年》1918 年第 4 卷第 5 号。
② 张恨水：《长篇与短篇》，北平《世界日报》副刊《明珠》1928 年 6 月 5 日。

发,便有《棋王》这样的短篇……如果放眼世界,把海明威、卡尔维诺、麦克尤恩这些作家的创造纳入视野,更会发现短篇小说艺术上几近无限的丰富性。

虽然长篇小说无论从市场传播或文化影响上至今依然是更强势的文类,但短篇小说可能是更贴近现代人精神困境的文类。换言之,长篇小说与19世纪的文化精神更加靠近,而短篇小说则更加内在地从属于20世纪以来的世界。此处,李敬泽有一段话值得倾听:"在十九世纪,长篇小说成为了一种对人类精神和经验的综合、深入的把握形式,在那个时代,长篇小说被界定为超越于日常生活之上的更本质、更纯粹,因而更高级的另一重生活——即使在恩格斯对现实主义的阐述中,我们也不难看出一种柏拉图式的假定:有更真实的'真实',它由伟大的小说家提炼出来,在小说中呈现。"而短篇小说天然有别于这种整全的本质观,"它必须相信,世界的某种本质正在这细节之中闪耀"。因此,在李敬泽看来,"短篇小说在这个时代的可能性存在于一种更根本的意识:它的确与我们的生活格格不入,它是喧闹中的一个意外的沉默,它的继续存在仅仅系于这样一种希望:在人群中——少数的、小众的读者中,依然存在一个信念:那就是,世界能够穿过针眼,在微小尺度内,在全神贯注的一刻,我们仍然能够领悟和把握某种整全"①。

不妨把这段话跟本雅明对读。在谈到短篇小说时,本雅明说:"现代人不能从事无法缩减裁截的工作","事实上,现代人甚至把讲故事也成功地裁剪微缩了。'短篇小说'的发展就是我们的明证"。② 什么叫缩减裁截呢?按照现实生活的逻辑把来龙去脉原原本本写得一清二楚,这种不加缩减裁截的铺叙与现代文学几乎是不兼容的。卡尔维诺在《未来千年文学备忘录》中也说,"很快我就

---

① 李敬泽:《格格不入,或短篇小说》,《江南》2007年第6期。
② [德]本雅明:《讲故事的人》,《启迪:本雅明文选》,汉娜·阿伦特编,张旭东、王斑译,三联出版社,2008年版,第104页。

发现沉重的生活材料跟我渴望拥有的明快风格之间产生了巨大的矛盾",这使他转而去追求一种轻逸的写法。本雅明视现代小说为讲故事传统的延续,他并不鄙薄故事,他鄙薄的仅是消息——"消息的价值昙花一现便荡然无存。它只在那一瞬间存活,必须完全依附于、不失时机地向那一瞬间表白自己。故事则不同。故事不耗散自己,故事保持并凝聚其活力,时过境迁仍能发挥其潜力"[①]。可是,故事毕竟面对的是口传的传统世界,当面对印刷的现代世界时,小说在叙述上必然要作出调整。事实上,现代主义无论"魔幻""荒诞"还是"轻逸",都是某种程度的"缩减裁截",都是通过叙述的调整来靠近现代之核的努力。因为,汤汤水水的生活严丝合缝,它仅是一张生活的皮。假如要撕开这张皮,取出其中的血肉,有时要动用 X 光机——把世界抽象成一张黑白胶片;有时要动用寓言——把世界制作成一个微缩模型。这时你反而靠近了真。

显然,短篇小说是最有可能接近于诗的文类。它"缩减裁截",它让世界穿过针眼,它把世界制作成微缩模型,或者说,它倾向于将世界提炼成一个象征或一束光,照亮零碎迷雾笼罩的精神腹地。或许是由于对短篇小说文化精神的深入领悟,近年的中国短篇小说中产生了一批以某个诗化象征装置为核心的作品。在这些作品中,人物、情节、环境、结构等元素并非不重要,但其意义结构却由一个核心的象征来激活,由此而衍生了一种甚至可以称为象征化诗学的短篇探索。近年来,短篇小说的象征化在不少作品中有所体现,我在《短篇小说的象征化》[②]一文中有所阐述,此不赘述。在我看来,麦家的短篇小说走的不是象征化的路径,他有自己的短篇思维术,一种巧妙地借助于失重的波澜的思维术。

---

① [德]本雅明:《讲故事的人》,《启迪:本雅明文选》,汉娜·阿伦特编,张旭东、王斑译,三联出版社,2008年版,第101页。
② 陈培浩:《短篇小说的象征化》,《创作评谭》2019年第1期。

二

发表于《收获》2018年第3期的短篇小说《双黄蛋》很好地体现了麦家这种"失重"的短篇思维术。小说中,毕文毕武是一对双胞胎,即题目所谓的"双黄蛋"。小说花了很大的精力来铺垫"双黄蛋"兄弟的相似到不可分离的特性:"两人一样怕母亲,不怕父亲,一样对母亲撒谎,对父亲撒娇。从小,两人总是一起伤风感冒,头痛腹泻。七岁时,两人一夜醒不来,高烧不退,医院确诊是急性脑膜炎,差点烧坏脑筋成傻子。"十一岁时,两人去水库里游泳一起小腿抽筋;"最出奇的是,两人做作业,写作文,错别字都是一样的;考试经常两个人的试卷,像一个人答的。没有最出奇的,只有更出奇的。十五岁那年,夏天,两人在同一天夜里遗精,把裤头弄脏。"[①] 麦家如此渲染双黄蛋兄弟的"同命性"是为下面作铺垫:既然两人相似得像彼此的复制品,那么他们的"命"是否也是对方的复写?假如其中一个没了,另一个的命运将会如何?这是"双黄蛋"这个叙事设置埋下的伏笔。

"双黄蛋"是小说批判性主题得以生发非常重要的情节装置,这个小说带着很浓的反思性和悲剧性,或者说,它的反思性就是通过悲剧性来实现的。小说中,毕文毕武兄弟自幼顽劣,成绩差劲,能拿到高中文凭全因母亲张老师"偷试卷"把他们"送进去"和"接出来"。"文革"的到来,给了"双黄蛋"兄弟巨大的舞台,他们成了积极的批斗小将,同时成功地把他们的妈妈——张老师也鼓动成了斗人"革命"的积极投身者。至此,小说展示了某种人性微小的恶,"双黄蛋"兄弟虽然顽劣甚至于胡闹豪横,仍谈不上大奸大恶;张老师偷试卷,很不道德,对儿子是不良的示范,但就具体事件而言,也谈不上罪大恶极。有意思的是,小说接下来,展示的

---

① 麦家:《双黄蛋》,《收获》2018年第3期。

不是恶对善的伤害，而是恶的相互倾轧。《双黄蛋》主题上独辟蹊径之处在于，它越过了善恶的二元对立，放弃了用恶对善的伤害来批判恶（这是一种传统戏曲最为常用的套路）。问题是，假如它只是写恶的相互伤害，小说的精神格局也提不起来。小说中，张老师"偷试卷"的把柄被学校教务处一个"王八蛋"同事抓住了，"王八蛋"借机对张老师各种威胁、性骚扰甚至于强奸。豪横"双黄蛋"和淫恶"王八蛋"这场恶的对垒以武力解决，毕文惨死。毕文之死使小说前面铺垫下的"双黄蛋"设计派上了用场，从内到外互为复制品的"双黄蛋"一旦少了一个，另一个还能活下去吗？小说于是以另一个意外来结束：最快承受这场悲剧的不是"双黄蛋"剩下的另一个——毕武，而是他们老实巴交、受人爱戴的父亲毕师傅。毕师傅死前留下遗书："老天爷，我是代毕武死的，我死了，求你放过他，让他帮我传香火。"显然，深信"双黄蛋"兄弟同命之神秘暗示的毕师傅最先受不了缺半"双黄蛋"带来的沉重精神压力。因此，这个不足八千字的短篇小说，麦家超越了善恶两元对抗，写恶的相互倾轧，无辜者却以生命承担了这恶的苦果。让一个无辜者去承担苦难，能更好地创造某种具有批判性的悲剧性。

毕师傅之死，让人想起了福楼拜《包法利夫人》中查理·包法利之死。爱玛之死固然让人感慨，但她毕竟是为自己的行为买单；查理·包法利则完全是作为一个殃及池鱼的无辜者被卷入并承担这场悲剧，其激起的悲剧性和批判性与爱玛之死不可同日而语。格非便认为《包法利夫人》的悲剧性正是通过查理·包法利之死实现的："爱玛是一个真相的目击者，但她却没有时间去咀嚼苦难。而查理·包法利却是一个苦难的承受者。他对苦难的承受完全是被迫的，如果没有爱玛，他可能终其一生都觉得满足（因为他智力迟钝，感受力比较麻木），然而他不仅目睹了妻子的惨死，而且通过她留下的情书获悉了所有的隐情与秘密，进而认识了这个社会的基本真相。他不善表达，天性愚钝，他在获悉真相之后选择了沉默。

作者没有过多地渲染他的悲伤、绝望和痛苦，而是让他静静地一声不吭地靠在墙上死去了。作者没有写出来的部分，读者却看得很真切。让一个迟钝、麻木的人去承受全部的灾难，作者的确是残酷了一点。所以，这部作品的主题在很大程度上都与爱玛的悲剧有关，但却是通过查理·包法利而最终完成的。"①

细察《双黄蛋》的思想机制，很关键的地方是启动了无辜者的悲剧批判性；但这个思想机制的启动，又离不开"双黄蛋"这个审美装置的铺垫。所以，这是一个巧妙地通过审美装置去激活批判思维的小说。"双黄蛋"就像是小说藏起来的一个审美按键，但小说思想的实现无法离开这个按键或装置。"双黄蛋"在小说中并非一个真实的意象，而是一种人物关系的戏剧性设定。这种将人物关系设定作为小说审美基础的作品，在麦家作品中并非孤例。比如《两位富阳姑娘》。

《两位富阳姑娘》发表于《红豆》2004年第2期，此时麦家已凭《解密》《暗算》等所谓的谍战长篇小说大获成功了。但一方面他需要通过中短篇来换气，另一方面他也葆有对短篇艺术的爱好。《两位富阳姑娘》发表之后大受好评，雷达在一篇文章中甚至将它作为麦家在谍战类型小说之外的另一条充满艺术可能的小说道路的代表。

在小说思维上，《两位富阳姑娘》和《双黄蛋》不无相似之处。虽然这"两位富阳姑娘"和毕文毕武这对"双黄蛋"兄弟并不完全一致，这是两个互换了命运的姑娘，或者说是一个姑娘被另一个的阴谋窃取了如花的生命。《双黄蛋》中，毕文毕武构成了"同命"人物关系预设；《两位富阳姑娘》中，两个姑娘却构成了一明一暗的"命运互换"关系。因为参军体检时程序上的疏漏，"处女"富阳姑娘被另一个"非处"的富阳姑娘冒名，她因此稀里糊涂地顶替

---

① 格非：《塞壬的歌声》，上海文艺出版社，2001年版，第126页。

了另一个姑娘悲惨的命运。不难发现，这两个小说都将人物关系的巧妙设置作为小说思想批判的基础。

作品	《双黄蛋》	《两位富阳姑娘》
人物设置	"双黄蛋"，同命	体检程序疏漏，冒名
情节发展	毕文惨死，毕武命将如何？毕师傅之死	"处女"富阳姑娘参军体检时被"非处"富阳姑娘冒名，被当作"破鞋"退回，自杀以证清白
思想批判	对释放恶的环境的批判	对怀有"处女情结"的文化土壤的批判
其他	借助无辜者之死的悲剧性进行批判	借助无辜者之死的悲剧性进行批判

上表可以清晰看出《双黄蛋》和《两位富阳姑娘》的相似性，这种相似不是故事的相似，而是艺术思维的相似。麦家非常熟练地激活特殊人物关系设计和无辜者的批判性这些技巧，在其背后又有着非常清晰的思想指向。可以说，短篇小说的要义就在于，以精巧叙事抵达精神叙事。《两位富阳姑娘》和《双黄蛋》都做到了，只是与《两位富阳姑娘》相比，《双黄蛋》所启用的特殊人物关系具有更强的"意象性"，而且《双黄蛋》在语言的推敲、精致和经营上比《两位富阳姑娘》更深，具有更深的语言韵味，显露了麦家"为母语写作"的抱负。

三

善于在小说中创造失重的波澜，也成为麦家短篇小说的重要思维。

我们知道，对称及其携带的和谐感是最重要的古典审美的心理基础。相比之下，失重作为一种非对称性形式之一，它所创造的审美效应显然属于现代性审美范畴。对于喜剧和悲剧来说，它们各有自身的"失重"的艺术形式。"失重"在喜剧上主要体现为意外带来的喜感，在悲剧上则体现为非理性带来的悲剧性。事实上，悲惨之事本身并不必然产生悲剧性。比如，必然性产生的悲惨之事就较少悲剧性。深谙这一点，麦家特别善于利用偶然制造短篇小说的"失重感"，这甚至成为他屡试不爽的短篇思维之一。为什么必然性推动的悲惨事件在悲剧性上不如偶然性推动的悲惨事件呢？因为在读者的内心存在着一杆天平，这边是"理"，那边是"事"。理所必然的事即使悲惨，它们也构成了相对平衡的天平砝码。假如悲惨之事的另一端没有足以说服读者的"理"，而是由诸多偶然性构成的"非理性"，悲剧性就涌现了。

麦家的短篇小说广泛将"失重"引入其艺术思维。在早期的作品《谁来阻拦》中，青年军人阿今面临转业与否的选择，小说刻意制造了阿今本人心理期待与现实之间的"失重"效应。在他本人的理性选择中，他认为应该转业；但他的主观情感仍然在军营。他以为，当他向妻子、父母及领导提出转业想法时，他应该受到一致的阻拦。他将动之以情晓之以理，坚定地以现实环境的变化说服他们。但是，他的"期待"落空了，没有任何人对他的转业选择提出"阻拦"，这种心理期待的"失重"反而使阿今十分失落。阿今的心理存在两个层次的需求，理性层次的需求是顺从现实转业；感情层次的需求则是有人来阻拦他转业，从而肯定了他这段宝贵的军旅生活的意义。对他来说，最理想的结局是，旁人阻拦，但他坚持了自己的选择，如此则他的两种需求都得到了满足。生活现实中很可能就是这样，也可能是主角阿今因为无人阻拦而十分高兴。假如小说思维按照这两种方式展开，要么主人公的心理诉求没有构成层次和反差，要么主人公的诉求与现实之间没有构成层次和反差，其审美效果都是顺向的、对称的，而不是失重的。只有"失重"——那种一脚踩空的感觉能释放出人物更丰富的心理信息，并进而释放更丰富的时代信息。当阿今还在担忧旁人会"阻拦"他转业的现实化选择时（生活现实一般如此），小说家思维则必须更进一步，在主人公和读者的期待之外运思。当"等待阻拦"的诉求被转换成"谁来阻拦"的困惑时，它背后的信息是时代性的，是现实对人心和价值观的改写，被否认的不仅是阿今的青春，更是军营生活所代表的理想主义、英雄主义的价值。而我更想强调的是，麦家如何将这样的时代信息安置于"失重"创造的波澜之中。

同属军营题材的中篇小说《农村兵马三》也主要借助了这种"失重"的艺术思维。这篇作品中的"失重"并不体现为人物心理的层次和反差，而体现为两个层次：人物之间信息不对称产生的"失重"；命运偶然性对个体本该美好生活的改写导致的"失重"。小说中，农村兵马三最大的梦想是留在部队。（将《农村兵马三》和《谁来阻拦》对照就会发现，前一篇小说从属于一个留在军营是最高理想的时代，后一篇小说已经行进到离开军营成为普遍现实选择的时代，两相对照，一种时代的纵深就产生了。当然，这是题外话了。）

马三的悲剧来自于他无法处理好环境变化所产生的"失重"，由于信息的不对称，更重要的是由于家庭环境使他对转志愿兵的极度看重，马三始终无法超然，他总是笨拙地用旧模式来应对新状况。身在木匠房的马三有时会帮老乡修或做一点家具，并收取一点报酬。这件事在王处长管事时期曾将马三吓去半条命。王处长以马三私揽活儿为名要通报批评，几乎要宣告马三转志愿兵一事的彻底搁浅。马三为此搭上了所有劳动所得，得到王处长家里女人的帮助，才平息此事。为此，揽私活儿被马三认定为污点事件。没想到，接任王处长的张处长对此事却有极不相同的理解和处理方式。张处长思想极为开明，在马三不太光彩地检举了木匠房小王揽私活儿挣钱的事后，居然没有对小王有实质性处分，还主持拟出了报酬的公私分配方案，使揽私活儿这件在王处长时代的污点事件变得光明正大。前后两任处长处事风格的转变对马三无疑构成了一种"失重"的冲击，马三无法理解张处长的感情和思考方式，一直用一种旧模式来和新领导相处，自己却状况百出。张处长是一个正派、善良又具有灵活性的领导，内心也很愿意帮助农村兵马三留下当志愿兵。但由于心理信息的不对称，马三无法洞悉张处长的内心，遂一直焦虑，并且按照以前的方式频出昏招（向领导送礼），反而险些断送了自己的前程，让读者也为马三捏了一把汗。在这里，马三的心理"失重"便成了小说情节发展的推动力。但在马三的心理"失重"之外，麦家还安排了另一个层次的"失重"——命运"失重"：当马三无限接近于实现梦想的时候，却因为一个偶然的、突发的因素而梦想破灭——还乡探亲时遭到村长儿子的袭击，眼睛受伤，不符合志愿兵的体检要求。命运"失重"的实质是偶然性相对于必然性的胜出。个体按照着必然性的方式勤勤恳恳地付出、努力，结果却被一个偶然性全盘推倒。这是令人唏嘘的，但我们更要意识到这是小说运思的一种艺术思维。

《一生世》（《收获》2005 年第 2 期）同样利用了"失重"的思维术。小说以第一人称视角书写了一个孤老头子的悲苦人生。开篇第一句就是："我是个孤老头子，而且谁都看得见，还是个残疾人，拖着一只跛脚。"[1] "我"一生命途多舛，1941 年，刚十三岁那年洪水就把他们整个村子都淹没了，全家九口人，只剩下了"我"和二哥。"我们在几丈高的树上吊了三天三夜，把弄得到手的树叶和所有挂在树枝上的死肉烂菜都吃尽了，洪水还没在老树的腰肚上。后来上游漂下来一张八仙桌，四脚朝天地颠着，像一艘破船，二哥和我从树上跳下来，抱住桌子腿逃命。"这个自小就经历如此大难的苦人儿并没有迎来后福，反而是更大的灾祸，一次碰到鬼子扫荡，被枪声吓晕过去，醒来时发现半个腿肚子已经被狗啃没了，从此成了残疾人。跛着个腿干不了农活，也娶不下一个老婆，就一直一个人过着。这个悲苦的孤老头子的内心如果说还存在一丝希望的话，那是来自于 1976 年端午节前后一个晚上他做的一件好事。当晚天已

---

[1] 麦家：《一生世》，《麦家文集·黑记》，浙江文艺出版社，2009 年版，第 269 页。

墨黑，他刚准备关门睡觉，门前忽来了一个求吃的年轻女人。在对这个女人说了一番难听话之后，他渐渐看出这个女人的不平凡处，比如她虽然饥肠辘辘，但没有猴急巴火地往嘴里胡塞，她喝水的样子也是有讲究的，文文气气一小口一小口地抿；比如她的水壶、挎包都是部队上的。交谈中才知道，这个女人是部队家属，丈夫落了难她也跟着落难。基于这些了解，老人开始对女人热情起来，除了白米饭，他甚至给她焐两块肉在饭里。老人的恩德使女人感激不已，声言以后一定要报答他；女人临走前，老人突然喊住了她，塞给她五块钱，女人几乎要跪下感谢，被他一把拉住。女人留下这样的话："从今以后你就是我亲爹，我死了也要报答你。"[①]

仔细看，就会发现麦家在这个老人心里安上了一杆令人唏嘘的天平，这个一生在灾难、霉运和凄凉中活过来的老人，他虽然做了这样一件好事，与其说是高尚，不如说是一种卑微的投机。这里出现了第一层"失重"：与他卑微的生命及悲苦的人生相比，这个落难的军人家属已经足以使他的人生燃起某种希望。正是这种卑微而现实的动机，使老人干出了这件甚至有点"孤注一掷"的事。他在这个女人身上"下注"，等待着她可能的报答。之后的很多年，老人一直活在希望中，他内心的天平因为1976年这次下注而一直维系着某种脆弱的平衡，某种遥远而微茫的希望，对称于将他从愁苦现实中拯救出来的可能性。但麦家不无"残忍"地亲手打破了老人幻觉中的心理平衡而使"失重"的现实显露出来——多年以后，老人意外地在电视上看到这个"闺女"，她已经是某军工厂的党委书记、董事长、三八红旗手等等。这个发现使老人的精神几乎坍塌了，一个可怜的底层残疾老人给自己编织的希望，其脆弱的平衡性被击碎了。孤苦的生命，连报恩都不配享受到。麦家"残忍"地通过"失重"掀开这层黑暗的现实。

[①] 麦家：《一生世》，《麦家文集·黑记》，浙江文艺出版社，2009年版，第280页。

从《一生世》可以看到麦家利用"失重"的艺术思维为短篇创造波澜的能力。就故事来说，无非写一个一生悲惨的老人，但这种悲惨又并没有十分特别之处，如果径直去写，便没有什么味道。麦家非常懂得短篇小说必须用巧劲儿，懂得巧就靠近了短篇小说的艺术思维。"失重"正是麦家所探索的短篇小说艺术思维之一，通过"失重"的营构，小说便在方寸之间而波澜兴焉。仔细辨认，我们会发现麦家为《一生世》安排下三个层次的"失重"：其一是"希望的失重"。这是指老人将重振生活的希望寄托于一个过路者的身上，只因为她跟军队有着某种关系，那么这种关系当时正遭到"放逐"（女人的军官丈夫正"落难"）。只要生活还有一丁点其他的希望和盼头，谁会把希望寄托在一个正"落难"的过路人身上呢？老人的"希望"由是带着某种"失重"的特征，它如此卑微，以至于不愿意放过萤火虫般一闪而过的光亮。其二是"现实的失重"。老人期待过路女人发迹之后前来报恩的希望与现实的无人顾询之间形成的"失重"。按照善有善报的逻辑，老人的善举应得到相应重量的回报，一切便均衡而自然。但叙事的动力却常在于"失重"。就生活而言，老人应该被善待；就小说而言，得偿所愿不过俗套；麦家不仅不让老人被"报恩"，还生生地将他一直维系的脆弱的梦打破，与其说是作家残忍，不如说是作家要让读者睁眼看看残忍的生活。其三是"精神的失重"。小说重点书写了老人1976年邂逅过路女人时和多年后从电视上看到女人飞黄腾达之后内心"失重"的波澜。假如老人永远得不到过路女人的消息，或者他得知过路女人过得并不如意，那么他内心的创伤也不会像现在这样痛苦。他就像花光积蓄买彩票，彩票买对了，中奖的人是他，可是彩票的主办机构却宣布不予兑奖。他要是不买这个彩票，或者买了不中奖都好，最痛苦的是中了奖，却兑不了。精神的失重发生于老人的内心世界，短篇小说由于篇幅的限制难以展开太多的情节，就转而将戏剧波澜设置于人物内心。

事实上,《飞机》(《十月》2005年第1期)、《成长》(《花城》2005年第3期)和《杀人》(《芙蓉》2008年第5期)都不同程度或用不同方式使用了"失重"的艺术思维。"失重"在叙事艺术上的表现是多种多样的,"失重"的实质就是打破叙事的光滑、对称和规则性,从而制造从情节到人物心理的波澜、戏剧性和矛盾冲突,并由此组织其小说的叙事意义。

事实上,叙事就是为故事编织一个匣子,叙事之匣编成之后,其纹理、图案及其造型等元素背后是否勾连着、放置着更深的寄托,这就是精神叙事层面的事情了。有故事,能叙事,且能抵达于精神叙事的,其实并不多。但我们却不得不说,以长篇小说成其大名的麦家,在短篇小说中,也有着勾连故事、叙事和精神叙事的自觉和能力。

第三节　容金珍：一个崭新的文学史形象

很多人都注意到麦家的《解密》为中国当代文学提供了一个新的形象,在小说人物艺术法则更新的意义上,我们可以将容金珍及《暗算》中的阿炳、黄依依等人物称为当代文学的"新人",但这里的"新人"截然不同于"社会主义新人"的内涵和所指。毋宁说,这两种"新人"还存在历史的断裂性。我们将容金珍们称为"新人",主要是因为这个人物在身份上虽属于当代文学"革命英雄"谱系,但从塑造方法、精神内涵乃至背后所蕴藏的历史哲学却超越了"革命英雄"曾经的政治规定性。我们不能仅仅将容金珍视为小说《解密》中的一个人物,事实上它既承上启下地联结着麦家的小说,成为解读麦家小说的重要入口；同时这个人物内在艺术法则的变化也关联着中国当代文学的重要转型。因此,容金珍不是一般意义上的典型形象,而是一个具有征候意义的文学史形象。麦家塑造过的成功的艺术形象很多，其中像容金珍、阿炳、黄依依、李宁玉等主要贯彻着一种书写英雄的凡人性的导向，而在《人生海海》，却将书写"英雄的凡人性"和"凡人的英雄性"化合为一。通过容金珍、黄依依、李宁玉、蒋正南（上校）等麦家笔下人物，探讨中国当代文学英雄形象叙事语法的变迁，便具有相当的理论意义。要理解容金珍等形象的独特意义，我们必须理解麦家将人物论重新带进现代主义小说的苦心，也要理解他把人物的精神深度和作为"特殊"的典型性引入现实主义人物论的努力，从而理解麦家笔下的英雄形象，具有何种文学史意义。

一、"弱的天才"：作为叙事机制的性格二重性

关于容金珍，麦家这样说：

> 容金珍似乎是个患有幽闭症的天才，他一方面超强，另方面超弱。这是天才的一种，也是我钟情的那种天才。什么叫天才？西瓜藤上结出硕大无比的西瓜不是天才，西瓜藤上结出了个南瓜或者冬瓜才是天才：他很特别，荒唐的特别，荒唐的程度不可理喻——这或许就是你所谓的那种黑暗的感觉。我一向认为，天才更接近生活本质，我经常说，是天才创造了历史，一个比尔·盖茨改变了全世界人的生活方式，他是"个人"，不是人民群众。但天才是人民群众创造的，小天才是万里挑一的"那个"，大天才又是小天才中的万里挑一的"那个"。一根西瓜藤上结出个南瓜的可能性几乎为零，但一亿根西瓜藤上结出个南瓜的可能被无限地放大了。[①]

---

① 麦家：《与姜广平对话》，《麦家文集：人生中途》，浙江文艺出版社，2009年版，第218页。

《解密》相比《陈华南笔记本》，改变的实质在于麦家将一个以事（破译黑密）为中心的中篇小说改造为一个以人（容金珍）为核心的长篇小说。不管小说如何铺叙容黎黎的家族史，并将容家的命运置于中国近代历史转型的背景下，家族和历史的元素并没有改变小说以容金珍为绝对核心的设定。在《陈华南笔记本》中，陈华南的天才／傻瓜的性格二元性并没有得到更多渲染。击倒陈华南的主要是近于荒谬的破译工作，跟他本人性格的关系并没有得到特别强调。跟后来破解黑密的严实相比，陈华南的"缺点"只是太聪明（不愿相信高级别密码黑密的密钥设计刻意不加密）——因此中了黑密设计者的圈套。换言之，麦家试图说明：个体智慧的有限性：置身于破译界，即使是陈华南这样的天才，"天才"反而成了他前进的藩篱。反而是严实这样才智平平的人阴差阳错地捡了漏。这里展示的是一种现代主义式的荒诞感，一种跟卡夫卡《城堡》、海勒《第二十二条军规》异曲同工，却又是基于中国经验的荒诞。可以说，这种荒诞主要是以"事"作为叙事架构而生发。到了《解密》，虽然《陈华南笔记本》中的构思被完整地保留，但由于容氏家族、容金珍成长史和容金珍笔记本等内容的补充，使小说不仅在内容上得到增补，结构也被逆转了。原有的荒诞主题仍在，但其得以生发的叙事框架已经变化：荒诞性的基础不是来自于"事"而是来自于"人"——容金珍的性格二重性成了其破译悲剧的最重要基础。这里的悖论是：假如容金珍不是如此天才，他就无法成为破译紫密的伟大破译家；但因为容金珍是如此天才而脆弱，他就无法成为破译黑密的更伟大破译家。"天才／脆弱"的性格二重性成了支撑小说荒诞主题的叙事基础。

不难发现，在《暗算》中，容金珍这种"天才／弱者"的二重性设定在阿炳、黄依依身上再次被实践。阿炳的悲剧同样是其"天才／弱者"特质的结果：如果不是因为阿炳的生理和心智缺陷，他就不会无法使妻子受孕,并且不会不明白其妻子无法受孕的真正原因;可是,如果不是阿炳天才到令人骇异的听力,他就不会仅凭婴儿的声音就判断出这不是他的亲生骨肉,因而愤而自杀。"弱的天才"性格特征作为悲剧的发生机制同样应用于黄依依身上:她如果不是那样的天才,便不会在"701"获得那样的破译成就进而获得国宝级的待遇,享有个人生活上的诸多自由,进而毫无顾忌地"抢"了别人的丈夫,也就不会遭遇情敌报复"意外"死亡。从以事为核心的叙事到以人为核心的叙事,背后的实质问题是:麦家将人物性格论重新带回人物符号化的现代主义作品中。或者说,他用一个一般被归属于现实主义的艺术范畴(人物刻画)来承载一个现代主义气息浓厚的荒诞主题。这是《解密》颇有意味的新创。

站在现代主义文学的角度,麦家将人物叙事重新引入现代主义文学,从而开辟"现代"的一种新可能。现代主义文学是将人物符号化的,"俄国形式主义和法国结构主义主张把人物与行动联系起来,反对用心理本质给人物下定义。他们认为人物的本质是'参与'或'行动',而不是个性"。"形式主义者认为,人物是情节的产物,是动作的执行者。"[1]后结构主义者更进一步,"他们把人物看作一种符号,认为人物是在语言世界中产生的,是由文本中用于表现和说明人物的一定数量的能指与体现人物意义和价值的所指结合而成的词句"[2]。显然,从现代主义到后现代主义逐渐掏空了人物的实在性,从将其视为行动的派生物到强调其语言和符号性质,现代主义对人物的理论设定是去现实性和去社会化。"现实主义"建立起来的种种关于人物的"仿真性""社会性"和"客观整体性"的深度模式都被"现代主义"解构掉了。

现代主义对小说人物实在性的解构,关系着一种悲观的认识论。在现代主义的视野里,世界的整体性已经坍塌为无数碎片构成

---

[1] 胡亚敏:《叙事学》,华中师范大学出版社,2004年版,第145页。
[2] 胡亚敏:《叙事学》,华中师范大学出版社,2004年版,第150页。

的不可知迷宫，因此，破碎、荒诞、不可知和悲剧感就成了现代主义最常规的主题。现实主义通过人物典型试图建立的仿真性、社会性和整体性都是基于一种认识论上的乐观主义，不可知论已使现实主义"典型"被釜底抽薪，人物破碎委顿为行动的附属物，或转而成为种种符号嬉戏的元素之一，就成了题中之义。这种"现代主义"设定对80年代中国当代文学产生了极大的影响，先锋文学不仅习得了现代主义的形式技巧，也内在复制了现代主义基于不可知论的荒诞性和悲剧感。问题在于，80年代文学吊诡之处就在于，它的启蒙主义立场和审美自主性历史性地成了一体两面。对去社会化之审美自律性的强调，恰恰是80年代中国社会转型的社会性的体现，一种以去社会性为表征的社会性。以基于不及物的现代主义形式实践来延伸和落实启蒙主义，这意味着小说的介入性诉求依然没有终止，也暗示着先锋文学在90年代转型和落潮的因由。

二、"悲剧英雄"与当代文学英雄叙事的重构

放在中国当代文学史上，容金珍是特殊的。这种特殊很重要在于，他是个特殊的英雄。某种意义上，后来风靡一时的《亮剑》中的李云龙是《高山下的花环》中缺陷英雄的延续；容金珍与他们虽然都是英雄，但他们并不属于同一物种。容金珍的特殊性何在？

众所周知，描写正面人物（英雄人物）曾是20世纪50年代至70年代中国当代文学的特殊规定性。当代文学提倡"正面人物"有其特定的社会内涵和思想指向，人物塑造在中国当代文学中曾一度超越其作为一项小说艺术要素的实质，而成为一个代表着政治正确与否的带有强制规定性的范畴。从"正面人物""新英雄人物""三突出"这些概念中，可以看出当代文学不同阶段对于人物塑造的主流理论设定。

英雄形象跟"正面人物"这个概念有着密切关联，陈美兰《正

面人物》一文中对"正面人物"这个概念的历史形成有十分细致的爬梳。根据她的梳理,1953年在中国文学艺术工作者第二次代表大会上,周扬在报告中明确指出"创造正面的英雄人物"是"文艺创作最崇高的任务";并且,为了突出正面人物的光环形象,"有意识地忽略他的一些不重要的缺点,使他在作品中成为群众所向往的理想人物,这是可以的而且必要的"[1]。这是"正面人物"被中国文艺领域领导人作为任务来倡导的开始。她认为,周扬的提倡有两个重要来源:其一是毛泽东《在延安文艺座谈会上的讲话》所强调的"文学艺术必须首先写光明,写正面人物,写工农兵的思想";另一是马林科夫在联共(布)的第十九次党代表大会上报告关于"现实主义艺术的力量和意义就在于:表现普通人高尚的精神品质和典型的、正面特质,创造值得做别人的模范和效仿对象的普通人的明朗的艺术形象"[2]的思想。事实上,历史也有某些起伏,比如1953年10月,苏联召开作协理事会第十三次会议,会上西蒙诺夫反对将"正面人物"简单化的做法;1954年12月,苏联第二次作家代表大会上,作协第一书记苏尔科夫也批评对正面人物进行某种僵硬设定的理论企图。这些观点都很快传到中国来,使国内的文艺创作氛围一度产生松动和变化。1956年周扬在中国作协第二次理事会的报告上不再强调大写英雄人物,而是强调作家在观察对象时应抛开预先设定的主观框架,不应把人物性格简单化、片面化。但随着国内外形势的变化,特别是"反右"和"大跃进"运动的展开,强调创造新英雄人物的观点重新回到当时文艺战线领导人周扬的论述中。1960年7月召开的中国文学艺术工作者第三次代表大会上,周扬将以往"正面人物"的论述进一步激进化,以进化论的阶级立场认为,西方的资产阶级文学也曾在资本主义上升阶段塑造出体现资

---

[1] 陈美兰:《正面人物》,洪子诚主编:《当代文学关键词》,广西师范大学出版社,2002年版,第97页。

[2] 陈美兰:《正面人物》,洪子诚主编:《当代文学关键词》,广西师范大学出版社,2002年版,第97页。

产阶级革命理想的正面人物,而今天"社会主义文艺的光荣任务"就是创造"最能体现无产阶级革命理想的人物",这就是"新英雄人物"。此后,"新英雄人物"的概念就自然取代了"正面人物"概念。1962年在大连召开的"农村题材短篇小说创作座谈会"上,一些作家、理论家提出要注意"中间状态的人物"描写,这是对简单化、脸谱化的"正面人物论""英雄人物论"的反思,但"中间人物论"的持论者又很快成为被批判的对象。而"正面人物""新英雄人物"则在20世纪60年代进一步激进化为"三突出"的理论原则。

古远清在梳理"三突出"这一概念时指出:"'三突出'这一术语,是《文汇报》为纪念'样板戏'诞生一周年,约请上海文化系统革筹会主任兼上海两出'样板戏'的实际总管于会泳写的文章中首次出现的。""三突出"具体指:在所有人物中突出正面人物;在正面人物中突出英雄人物;在英雄人物中突出中心人物。"三突出"之后迅速成为一切艺术创作必须遵守的金科玉律。"用'三突出'原则刻画出来的英雄人物,只着重外在形式而不注重实际内容,比如一号英雄人物清一色是共产党员,是做政治工作的模范干部,是无所不知、无所不晓、无往而不胜的超人。在这种作品中,一切无助于英雄人物完美的内容都被'过滤'掉,以至纯化到英雄人物不食人间烟火,从而严重地脱离现实。"[①]

事实上,随着"十七年文学"的结束和"新时期文学"的展开,僵化文学话语亟须重构,以"三突出"为代表的"英雄叙事"成了被反思最多的对象。此间,"人学话语"重新崛起,"不要忘记他是人"的呼吁成了彼时文学理论批评界最热切的呼声,其实质意义是要求文学书写不能忽略人物的多面性和丰富性。事实上,进入新时期以后,为回应正在展开的改革时代的文化需求,文学话语发生急剧转型,曾经定型化的"三突出""二结合"艺术原则主导下脸谱

[①] 古远清:《三突出》,洪子诚主编:《当代文学关键词》,广西师范大学出版社,2002年版,第146页。

化的正面英雄叙事原则被改写,从而产生了一系列具有历史反思功能,也更富于人性多面性的悲情英雄、战争英雄和改革英雄。[①]另一方面,也应看到,主流文学体制依然试图通过"社会主义新人"等概念的倡导重建当代文学的"英雄叙事",以创生文学对"更高现实"的构建能力。出于对之前历史时期"高大全"英雄叙事的反拨,80年代初期主要是通过"社会主义新人"这一概念来实现英雄叙事的暗度陈仓:

> 在当时的文学评论中,被广泛认可的"新人"形象有:《乔厂长上任记》中的乔光朴,《开拓者》中的车篷宽,《三千万》中的丁猛,《人到中年》中的陆文婷,《犯人李铜钟的故事》中的李铜钟,《天云山传奇》中的罗群、冯晴岚,《家务清官》中的梁羽,《祸起萧墙》中的傅连山,《报春花》中的白洁,《船长》中的贝汉廷,《励精图治》中的宫本言等。这些"新人"形象,既有"十七年"

[①] 进入80年代以后,由于文学观念的新变,当代文学的英雄形象发生了很大变化,主要有反思历史的悲情英雄、带着某些个性缺陷的战争英雄与时代同步的改革英雄。(1)新时期之初,在伤痕文学的影响下,以悲情英雄反思历史成为一种潮流。如从维熙《大墙下的红玉兰》、鲁彦周《天云山传奇》、张一弓《犯人李铜钟的故事》、王蒙《蝴蝶》等,都塑造了各类在历次政治运动中沦为阶下囚的悲情英雄形象。他们敢于说真话,坚持真理和信仰,追求崇高理想,在政治的漩涡中备受打击,他们生命的伤痕就是对历史的反思。(2)战争英雄多带上了平凡的人性特征。徐怀中《西线轶事》、李存葆《高山下的花环》、朱苏进《射天狼》、刘白羽《第二个太阳》、乔良《灵旗》《军歌》等作品,英雄人物多了人间气息和人性特征。《西线轶事》和《高山下的花环》两部作品都塑造了有缺点,甚至是严重缺陷的英雄。他"不讲军纪,常常是解开两个纽扣,用军帽扇着风。抽的是五角以上一包的烟,一连串地吐着烟圈儿。无论说起什么事情,他都可以是那么冷漠,言语间带出一种半真半假的讥讽嘲弄的味道"。这种放荡不羁、玩世不恭的性格,无法掩盖其骨子里的正义感,他在关键时刻为国捐躯。(3)改革初期出现的改革英雄形象,如蒋子龙《乔厂长上任记》、张洁《沉重的翅膀》、李国文《花园街五号》、柯云路《新星》、张贤亮《龙种》,塑造了一系列改革英雄形象,评论界称为"开拓者家族"。

文学中英雄人物的精神素质，又有新时期思想解放的新鲜血液；既保持了历史的连续性，又适应了新时代的要求。此外，他们还把文艺的批判功能和歌颂功能很好地结合起来了，比如，《乔厂长上任记》《天云山传奇》《家务清官》《祸起萧墙》等作品，既批判封建思想和习惯势力对改革开放的抵制，又歌颂革命历史中传承下来的理想精神。这些作品能得到新旧杂糅的意识形态的认可，也是情理之中的事。但不难发现，在"社会主义新人"与过去的"无产阶级英雄"之间，已经出现某些明显的不同。

> 所有的"新人"已不是高大完美的红颜色的"无产阶级英雄"，而是全颜色的"新人"；他们不再具有神性的光环，而是变得有血有肉、有人情味。①

应该说，经过新时期文学的话语重构和文学新创，文学中的英雄形象相比"十七年文学"中的英雄已经具有更多的弹性、多样性和复杂性，假如容金珍仅仅是一个具有性格缺陷的英雄，那么他便不足以言新。经过80年代的理论重构和话语松绑之后，一个具有性格缺陷的英雄形象几乎是当代英雄叙事的标配，它并不具有足够的创新性。因此，放在当代军旅文学的谱系中，徐怀中、李存葆、朱苏进、邓一光等作家的新军旅英雄叙事无疑为麦家的写作提供了某些铺垫。但麦家不是沿着他们的道路更进一步，而是从现代主义文学折返而与英雄叙事迎面相逢。

回看80年代中国当代文学中的英雄形象，恢复英雄的驳杂"人性"成为一种普遍语法。90年代以来的新军旅英雄中比较出名的有邓一光的《我是太阳》，都梁的《亮剑》，权延赤的《狼毒花》，这是一些具有更多人性色彩的英雄人物。关之林是一个戎马驰骋却又充满缺点的将军，《亮剑》中的李云龙、《历史的天空》中的梁必达

---

① 武新军：《新时期文学中的"社会主义新人"大讨论》，《党史博览》2016年第1期。

都带着某种流氓气息,《红高粱》中的余占鳌根本就是个土匪。中国古典文学中一直不乏草莽英雄,最典型的如《水浒传》中的一百零八将,土匪英雄在80年代当代文学中又再次兴起,正是在恢复英雄形象以多元属性的时代诉求中产生的。

但是,麦家笔下的容金珍们,并非只是有缺陷的英雄这一谱系的延续,事实上,它是传奇叙事和悲剧叙事的结合,是英雄的悲剧性在中国文学浮出地表。

某种意义上,"十七年文学"中的英雄是抽象化的理念人,这是一种被抽象观念所定义的形象,其塑造遵循的是"提纯"和"极限"原则。这种为理念而生成的英雄具有浪漫主义式的夸张,又宣称具有对现实的代表性。与其说他们在代言一种现实,不如说他们在预言一种现实;与其说它们是现实小说,不如说它们是幻想小说。80年代文学中的英雄形象则是带着理想色彩的平凡人,这种英雄是按照性格/精神的二分法来塑造,因性格缺陷而可信,因为精神高尚而可敬。这类英雄更加可信的现实质地之下同样肩负着建构"更高现实"的使命。相比之下,麦家所塑造的以容金珍为代表的破译英雄则是一种特殊人,因其特殊禀赋而具有情节的奇观性(这是对通俗文学的某种借鉴),因其特殊的弱点而催生了精神危机和命运悲剧。所以,容金珍、阿炳、黄依依、李宁玉、蒋正南(上校)这些形象背后依凭的是奇观/深度的结构模式,奇观呼应的是通俗文学中一以贯之的阅读快感,而深度投射的则是现代主义文学挥之不去的思想情结。由此,在容金珍们身上,我们得以辨认出麦家写作的特殊来路:他出示的这些国家英雄在身份上与"十七年文学"英雄一脉相承[①],但他们绝非"十七年文学"英雄的回声遗响,它也没有跟80年代以降新军旅英雄处于同一延长线上,新军旅英雄大部分心心念念的是以可信的英雄性再造理想的现实,麦家通过悲剧英雄

[①] 《人生海海》中的上校蒋正南与容金珍等人物在身份上有所不同,他不是得到承认的国家英雄。上校形象在麦家作品中的出现,是麦家英雄叙事进一步深化的结果。

孜孜以求的则是阅读快感与文学价值的整合。容金珍式悲剧英雄，放弃了文学人物对"普遍现实"和"理想现实"的代表性，既追求对现代主义生命悲剧的勘探，又将"特殊性""传奇性"这种通俗文学法则重新纳入当代小说叙事语法之中。这才是其最特别的创造。

回到容金珍。这一形象激活了古典小说中如诸葛亮这样奇人的奇观性，但又注入了以"现代主义"荒诞感为内核的悲剧性。如果说恩格斯强调"典型环境中的典型人物"的话，容金珍则是一个"特殊环境中的特殊人物"。秘密机构"701"是一个普通人无从知晓内情的特殊环境，容金珍则是这个特殊环境中能力超群的特殊人物。强化人物的特殊性，意味着对原型人物的仿真性维度的忽略；对"典型环境中的典型人物"之社会性可能的疏离；对乌托邦性"典型论"目标的敬谢不敏。强调绝对的"特殊性"，使容金珍这个人物激活了一种类似于古典小说《三国演义》中诸葛亮这样的奇观性和阅读快感。这可视为《解密》及其作者麦家对正在到来的消费时代作出的文化反应，但与诸葛亮这个人物投射着浓厚的儒家正统意识形态不同，容金珍这个人物投射的则是一种从80年代现代主义文学中延续下来的以不可知论为核心的悲剧感和荒诞意识。由此，我们便发现了容金珍这个形象连接两个文学时代的征候性。它因应着正在崛起的消费主义时代，借用了中国古典小说奇观化人物的外壳，启用了"701"机构特有的政治正确性，却剔除了其惯有的意识形态性，从而顽强地挽留着从80年代纯文学盛期顺流而下的现代主义意识内容。这正是《解密》和容金珍可堪玩味之处。

进入到艺术法则的内部，便会发现容金珍跟之前的任何文学形象都没有绝对的同一性，正因为这个形象谁都不是，它才成了一个崭新的形象。在革命文学的英雄形象谱系中，它在高亢的理想主义、英雄主义中注入得自80年代现代主义的认识论和生命观（荒诞、不可知和悲剧感），从而提供了一个具有独特精神内涵的英雄形象；它在仿真的现实主义话语以消融"个别/一般""特殊/普遍"

而成就典型的路径之外，创造了以特殊性、奇观性而成就典型的路径；它游离于马克思主义的现实主义话语，在文学形象以社会性、理想性而成为"典型"的路径之外，新辟了以心理错综性和内涵悲剧性而成为典型的可能。

不同的话语立场形塑了其独特的文学"典型"。以西方文学为例，"世纪病"①"多余人"②"新人"③"拜伦式英雄"④和"硬汉形象"⑤是最经常被提到的典型，但它们却是遵循不同文学话语和艺

---

① 文学史通常认为"世纪病"是指出现在法国浪漫主义文学中的一种典型形象。他们或者在拿破仑时代长大，仰慕父辈的战绩与辉煌，但复辟王朝使他们失去信仰，无所追求，在厌倦和无聊中打发日子；或者生性孤僻，内向、忧郁，与现实环境格格不入，在孤独的漂泊中消磨生命。他们都是富有才华的人，但悲观失望，在现实生活中找不到自己的位置，找不到生命的意义，他们代表了一代青年的精神状态。第一个"世纪病"的形象是夏多布里昂的中篇小说《勒内》中的同名主人公勒内。

② 外国文学史上，"多余人"通常指19世纪俄国文学中的一种典型。他们有一定教养，自命清高，不愿和上流社会同流合污，想过有意义的生活。但受时代和阶级的局限，他们缺乏生活目的，远离人民，精神空虚，性格忧郁、彷徨，无所作为，故称之为"多余人"。"多余人"这个名称出自屠格涅夫的《多余人日记》。第一个"多余人"形象是普希金的《叶甫盖尼·奥涅金》中的奥涅金。

③ 外国文学史上"新人"通常指19世纪俄国文学中平民知识分子的一种典型。他们来自下层，与人民有密切联系，富有民主思想和实干精神，敢于大胆批评农奴制和专制制度，代表着俄国光辉的未来。"新人"的形象第一次出现在屠格涅夫的《前夜》中，他是英沙罗夫。

④ 外国文学史上，"拜伦式英雄"通常指拜伦《东方叙事诗》等作品中一系列具有非凡性格和鲜明特征的人物形象。他们不满现实，敢于蔑视现存制度与丑恶势力，表现出强烈的叛逆精神。但他们的反抗具有鲜明的个人主义性质，目的不外是追求个人的绝对自由和爱情幸福。他们倔强高傲，脱离群众和社会斗争，最后只能以失败或死亡的悲剧告终。因这些形象既表现了诗人的反抗精神，又反映了诗人的高傲性格和忧郁、苦闷的情绪，故称"拜伦式英雄"。

⑤ 外国文学史上，"硬汉形象"通常指海明威小说中一系列具有"硬汉"性格的人物形象。他们多是拳击家、斗牛士、渔夫、猎人。他们有一种百折不挠、坚定顽强的性格。面对暴力和死亡，面对不可改变的命运，他们保持了人的尊严和勇气，显示了男性特有的生命力和意志力。《老人与海》中的桑提亚哥即是这种"硬汉形象"的代表，他的名言"人尽可以被消灭，但不能被打败"即是"硬汉形象"的精神境界。

术法则，具有不同审美规定性的"典型"。其中，"世纪病""多余人"接近于恩格斯意义上的典型，是"典型环境中的典型人物"论之"典型"；"新人"是卢卡契意义上的典型，指示了某种客观整体性和乌托邦性可能；阿巴贡是巴尔扎克意义上作为类化之个体的典型；"硬汉形象"则是引起特殊性而成就的典型。因此，从艺术法则角度，容金珍更接近于拜伦的"拜伦式英雄"和海明威"硬汉形象"的"特殊性"典型。同样是以一己之力使一种人物形象具有自身的序列性，但容金珍、黄依依、阿炳等"弱的英雄"显然比"拜伦式英雄"和"硬汉形象"更具特殊性。

结　语

李敬泽认为："当代文学属于中国现代的宏大历史进程，它正在向着未来生成，我要做的，固然是注视此时，但不是为了把它归档。……我如果是一个史官，也是力求对现在和未来负责而不是对过去负责。"在他看来，"如何将当下纳入历史，如何以历史的方法解读当下"[①]，这一来自马克思《路易·波拿巴的雾月十八日》的启示仍没有被当代文学所很好地消化。对于当代文学而言，当代之为当代就在于，新生经验及其形式诉求与旧有经验及其形式诉求之间的对峙和博弈越来越频繁。不断涌现的新经验及其催生的新感性一次次要求在原来的文学框架中获得位置，如此频繁、剧烈的代际审美冲突在古典文学中是不可想象的。所以，"现代"先在包含着先验和经验的较量，正是这种较量一次次刷新人们对文学的理解并形成新的平衡。在这辆文学之车上，经验扮演了油门，而先验扮演了刹车。文学并非确定不变，沿着既定"文学"轨道的指引，未必能一直引领潮流。

---

① 李敬泽：《一场马拉松对话》，《跑步集》，花城出版社，2021年版，第81页。

回看90年代《解密》的产生过程，其特别之处就在于，当很多有志于纯文学的作家仍沿着80年代设定的"现代主义"路径走下去时，麦家悄然地更改了"现代主义"的写作设置。更改设置的意思是，他并没有更换赛道，而是改造了赛道。但就"人物"这个小说范畴，《解密》相比于《陈华南笔记本》最大的区别就在于，麦家逆写了现代主义去人物化的倾向，把"人物"为核的小说范式重新带回了这部具有鲜明现代主义思想立场的作品中，并开创了另一种新的"典型"产生路径。这里有一种属于麦家的文学智慧，一种接纳"新变"抵达"新创"的文学智慧。

第四节　重申为汉语写作的梦想：
《人生海海》的语言问题

2008年，在跟麦家对话时季亚娅提到了其小说的文体问题，指出麦家小说文体特征"抽象，冷峭，简洁，干净，概括"[①]，跟海明威及卡佛有相似处。事实上，在麦家因《暗算》等特情小说成名之后，关于他的研究已经很多，却极少触及麦家小说的文体问题。因为除非语言个人性非常突出，"要把一个作家的文体风格区分出来是十分困难的。特别是在那些使用一般文体风格的作家中"，"要分辨出他们重复出现的个性特征，需要有灵敏、锐利的听觉和观察力"。[②] 所以，文体学研究通常聚焦于诸如鲁迅、沈从文、张爱玲、废名、汪曾祺等具有极其鲜明语言风格的作家身上。在《暗算》《解密》《风声》大受欢迎，评论界纷纷谈论"麦家的意义"时，也

---

① 麦家：《与季亚娅对话》，《麦家文集：人生中途》，浙江文艺出版社，2009年版，第271页。

② ［美］勒内·韦勒克、［美］奥斯汀·沃伦：《文学理论》，刘象愚、邢培明、陈圣生、李哲明译，文化艺术出版社，2010年版，第196页。

有评论家认为麦家小说的某些语言"显得笨拙"①。在我看来,《人生海海》的出版,给谈论麦家小说的文体问题提供了契机。相比以前的作品,《人生海海》的文体特征更加突出、更具自觉性,为研究提供了更多实操性;此外,《人生海海》的文体探索,也重申了为汉语写作这一不无启示的文学立场。必须说明的是:一般来说,文体分析当然就是对语言特征的分析,但文体研究进行语言分析的目的在于彰显文体个性和效果,本文并不仅在于提炼和概括麦家小说的文体特质,更在于透视文体背后的语言价值观问题。

一、《人生海海》的"倒喇叭型"语言结构

不难发现,《人生海海》藏着麦家巨大的语言野心。一直以来,麦家"一天写七八个小时,就五百字","冷静,有耐心,斟字酌句,反复修改",②遂使语言精炼、干净、筋道,这在他是一以贯之的。写作《人生海海》时,麦家一定对语言有了特别的要求——他追求的并非某种单一的文体风格,而是随物赋形地匹配于经验内容的文体风格。具体来说,《人生海海》的三部分文体特征随着内容而变化,呈现了一个"倒喇叭型"结构。第一部分的语言收得最紧,严密、讲究、精雕细琢,犹如喇叭花连接枝条的底部;中间部分的语言逐渐放开,各种俗语、俚语的运用传递着书写时代相对应的区域根性;到了第三部分,小说书写时代来到 21 世纪,叙事语言也彻底放开,同步于当代汉语。语言的雕琢和讲究在《人生海海》中是作为一种特殊风格存在。雕琢而讲究的语言偏"紧",这

---

① 谢有顺:《〈风声〉与中国当代小说的可能性》,《文艺争鸣》2008 年第 2 期。在文中作者写道:"《风声》的一些情节还存在漏洞,个别地方的语言显得笨拙,甚至不少细节和麦家过去的小说也有重复,他本可以在艺术上把这部小说打磨得更加精致。"

② 麦家:《口风欠紧的钱德勒》,《麦家文集:人生中途》,浙江文艺出版社,2009 年版,第 272 页。

种非透明的语言跟封闭的乡土世界在调性上更接近；而风格上更加"放"的叙事语言，呼应于当代社会及其更强的"开放性"和"亲缘性"。因此，麦家的《人生海海》追求一种能呼应小说内容上从传统到现代的变迁的语言。

  《人生海海》第一部那种雕琢、讲究的文体风格最主要体现在小说第一章第一节，开篇处麦家并未急于讲述故事，而是对故事发生的空间双家村的地理、气候和时代流转中的日常作出了全面交代。这不过是一般的现实主义长篇小说的常规动作，但使《人生海海》的开篇别具一格的正是语言（当然，与一般现实主义开篇环境描写所采用的全知全能视角不同，《人生海海》的环境描写是通过内聚焦视角，由叙事人讲述呈现的。视角也是创造《人生海海》艺术独特性的关键，本文不涉及视角问题），麦家刻意以一种典范文章的语言来处理小说。一般来说，由于肩负着叙事的重任，小说家的语言才华通常在状物写景、心理刻画中以富有想象力的比喻来呈现。现代主义文学兴起以后，小说家也多注重叙事视角、时间、结构等元素的作用。但极少有小说家会像麦家的《人生海海》这样专门通过句式的多样性来创作一种小说的文体性，麦家此前也未这样做过。《人生海海》非常注意使用骈散结合的对称句式，来调节引入了印欧语法的现代汉语长句逻辑上的形态性和句式上的松散性。中国古典汉语，就单个句子而言，在形态上相当灵活，成分省略、词性活用的现象比比皆是，这既带来了逻辑形态上的不足，又带来了句式上的整饬。无论是严格讲究对仗的律赋、骈文，还是对此要求相对宽松的唐宋文章，甚至于明清小品文，发挥古典汉语特性的句式对称思维都不同程度存在。随着白话文运动而建立起来的现代汉语由于引入了印欧语系语法，句子成分和逻辑形态大大补足，但词语的灵活性和句式的对称性则大大减损。在我看来，《人生海海》开篇处的语言，无疑是想在古典汉语句式的整饬和现代汉语的自由之间做一调和，看似折中，实是探索。

不妨看看以下句子：

例1：屋子排的排靠的靠，大的大小的小，气派的气派破落的破落。①

例2：山是青山，长满毛竹和灌木杂树；水是清水，一条阔溪，清澈见底，潭深流急，盛着山的力气。②

例3：田地要劳作，畜生要伺候，屋漏要补，洪水要防，阴沟要通，茅坑要清。③

例4：弄堂没规矩，却总是深的，肠子一样伸曲，宽的宽，窄的窄；宽的可以开拖拉机，窄的挤不过一副肩膀，只够猫狗穿行。④

不难发现，麦家通过对现代汉语常用句式的整合，使语言兼具了文言文的对称性和现代文的自由感。麦家所写，毕竟是现代汉语小说，假如泥古不化，用一种文言文腔调来写作，则语言的讲究就会滑向刻板，终究无法被现代文学读者所接受。此处有一比较。金庸小说的语言就多采用半文半白的语言，这种语言受到广大读者和严家炎教授等专家的认同，却也被王朔所诟病。王朔认为金庸小说语言缺乏现代感，更多是一种套路化的语言，其立论并非全无依据。王朔观点基于一种这样的预设：好的现代小说语言必须包含着作家独特的文体创造。金庸武侠小说的伟大处确实不在其文体性，但那种套路化的半文半白的语言跟其古典武侠小说题材却又是配称的。换言之，作为类型小说的武侠小说对于语言和文体的要求并不高，因此一般读者并不会感到金庸小说所用的语言有何不妥。可是，假如麦家用一种近于套路的半文半白文体来写《人生海海》，

---

① 麦家：《人生海海》，北京十月文艺出版社，2019年版，第3页。
② 麦家：《人生海海》，北京十月文艺出版社，2019年版，第3—4页。
③ 麦家：《人生海海》，北京十月文艺出版社，2019年版，第4页。
④ 麦家：《人生海海》，北京十月文艺出版社，2019年版，第4页。

其"不合体性"又是充分无疑的。《人生海海》前面部分的语言是整饬讲究的现代汉语无疑,但它在句式上始终追求规整和律动的结合。上引例2中,"山是青山""水是清水"虽使句式具备了"对称性",但麦家又于整中求散,两个分句后面的补足性描述句式则又有差异。尤其是"一条阔溪,清澈见底,潭深流急,盛着山的力气"用四个短句构成长句,在形式上呼应溪流之绵长,又暗含着将山水人格化的想象,语言的现代灵性呼之欲出。又如例4写弄堂,后面"宽的宽,窄的窄","宽的"如何,"窄的"如何,同样是整中求散,错落有致。为语言增光添彩的又是弄堂"肠子一样伸曲"的精彩比喻。我们知道,比喻是最能见出一个作家语言才华的修辞装置,因为比喻人皆能用,能否出彩全看本事。《人生海海》第一部中,比喻往往以自由律动的现代汉语句式出之,有效地调节了对称句式可能存在的凝滞。如他写夏天双家村有一比喻:"每到夏天,村子像剥了壳的馊粽子,黏糊糊又臭烘烘的。"①此喻生动准确而充满生活气息,又具有鲜明口语化特征,正是通过对种种句式、语体元素的融汇,使《人生海海》第一部语言讲究而不呆板,雕琢而又有灵动。与传统的双家村乡土生活经验在调性上相互配称。

《人生海海》中间部分语言风格上逐渐放开,在句式上不像第一部那样追求整散结合带来的形式美感,但麦家对精炼短句、俗语俚语的使用,使小说语言获得一种鲜明的乡土性。小说语言的放开,对应的是小说主人公上校从双家村而闯荡世界的过程,由此语言风格再次跟写作内容形成了呼应。且看下面几例:

例1:小伙子的力气越用越多的,像小姑娘的奶子越摸越大。②

例2:老天爷把他的裤裆掏空了,同时把他脑洞填

---

① 麦家:《人生海海》,北京十月文艺出版社,2019年版,第5页。
② 麦家:《人生海海》,北京十月文艺出版社,2019年版,第73页。

满了。要比脑筋谁也别想比过他,他要救人,死人也救得活,他要害人,神仙也要被害死。①

例3:老保长曾经讲过,我母亲是只洞里猫,四十岁像十四岁一样没声响,一声响就脸红;父亲是老虎屁股摸不得,张口要骂娘,出手要打人;爷爷是半只喜鹊半只乌鸦,报喜报丧一肩挑。②

例4:爷爷讲过,村子的一年四季,像人的一辈子,春天像少小孩子,看上去五颜六色,生龙活虎,朝气蓬勃,实际上好看不中用,开花不结果,馋死人(春天经常饿死人);夏天像大小伙子,热度高,精气旺,力(热)气日日长,蛇虫夜夜生,农忙双抢(结婚生子),手忙脚乱,累死人;秋天像精壮汉子,人到中年,成熟了,沉淀了,五谷丰登,六畜兴旺,天高云淡,不冷不热,爽死人;冬天像死老头子,寒气一团团冒,衣服一件件添,出门缩脖子,回家守床板,闷死人。③

例5:这天夜里十四岁的我第一次尝到了失眠的滋味,是一种夜色也有重量、形状和气味的滋味,像没睡在床铺上,是睡在黑色的空气上,睡在一堆目不暇接、纷乱和狂热的思绪里。④

例6:这个夏天像这只香炉一样盛着神秘的分量,弥漫着令人好奇又迷惘的气息。⑤

之所以不厌其详引述语例,一是即使管中窥豹,也需要一定的取景框;二是上述语例并不同质,它们即使属于同一风格,也有不

---

① 麦家:《人生海海》,北京十月文艺出版社,2019年版,第124页。
② 麦家:《人生海海》,北京十月文艺出版社,2019年版,第88页。
③ 麦家:《人生海海》,北京十月文艺出版社,2019年版,第131页。
④ 麦家:《人生海海》,北京十月文艺出版社,2019年版,第57页。
⑤ 麦家:《人生海海》,北京十月文艺出版社,2019年版,第123页。

同的指向。结合小说，有如下推论：

一、在《人生海海》故事展开和推进的中间部分，小说语言不再如开篇处那么雕琢、讲究，那种整散结合的对称性现代汉语句式使用频率大大下降。但某种松散的对称性依然存在，比如老保长将"小伙子的力气"和"小姑娘的奶子"并举；将上校的"脑袋"和"裤裆"并举；将比喻主人公爷爷、父母的三个比喻并举，都使句子显出某种潜在的对称性或排比性。但因为这些对称性句式是作为人物语言出现，而非叙事人语言。因此，小说语言的"雕琢"意味无疑大为减弱。

二、大量使用俚语俗语进入人物语言，这些俚语俗语作为直接引语使用就成为一种个性化的人物语言，暗示了人物性格及其内在生命观；作为间接引语使用，俗语特有的凝缩性对于调节散乱的句式起到重要作用。如老保长语言中大量来自民间的性话语，跟他的性格、经历非常一致；"我爷爷"的语言同样充满民间性，其间也渗透着一种循环报应的民间思维。

三、与民间特征明显的语言并存，《人生海海》中间部分开始出现较多具有鲜明现代汉语书面语特征的比喻句，这种句式的语言来源可以认为是 80 年代以来的先锋文学。下节将详细分析。

由此不难发现，《人生海海》进入中间部分，在语言风格上开始变得更加多样化，从而呈现出相对松弛的风格。到了第三部，小说书写的时代背景来到了 2014 年，叙述语言也完全跟当代汉语保持了一致，作为一种文学语言，它将去特征化作为其语言特征，泯然于当代语言其实是在语言上构造一种同时代性的努力。请看下例：

> 当终于上岸时，年少的我已变得像一个老人一样懂得感天谢地。我和一群九死一生的同伴一起跪在码头上，一下下地磕头，引来一群海鸥好奇。它们从高空俯冲下来，翅膀扑扑响着盘旋在我们头顶，嘎嘎叫，仿佛我们在抢吃它们

的盘中餐而破口大骂——我们的样子确实像鸡在啄食。①

跟前面的语言对比,最突出的差异在于凝缩的非形态化短句被主谓宾语法结构完整的长句所替代,这非常符合现代汉语语法建立并成熟以后的当代语言习惯。倒喇叭型语言结构打破了对于一部作品语言或文体风格的定型化理解。在同一作品中通过有意识的文体风格调节,使其不仅作为作家个体语言风格的延续和映射,也成为随物赋形地与叙事内容相匹配的艺术元素,这对于作家的艺术创造提出了更高的要求,也成为作家写作从自发到自为的标志。一般作家,难以形成自己的语言风格;但很多优秀作家,难以打破自己的语言风格。无论写什么内容,都使用风格相近的语言,给人腔调太雷同,太自我同质化的感觉,有时同一套语言风格,并无法自如地调配不同的经验内容。这就是为何有的乡土作家写城市经验总让人感觉隔,而一些在城市长大,缺乏乡村生活经验的作家写起乡土总让人感觉不对劲的原因。因为文学语言并非一个静态的器皿,而是一种在与具体经验内容交互中流动生成风格。每一种经验都在生成和召唤着属于它的语言和文体域,每一个优秀作家也都有自己熟悉的经验以及擅长的语言风格。对于一个作家来说,真正的语言挑战来自于当多经验内容并置或跨经验溢出时,如何意识到新经验在吁求着新语言的出现,如何让经验倒逼语言的生长。

二、多元汉语性:古典、民间和先锋

张卫中指出:"真正把'写小说'当作'写语言'的作家永远都是少数。语言的一个突出特点是保守性,作家的语言创新很难以另起炉灶的方式进行,他们通常都是从借鉴某种语言资源开始,因

---

① 麦家:《人生海海》,北京十月文艺出版社,2019年版,第250页。

而，考察一个时期作家的语言探索，最可靠的路径就是观照其选择何种借鉴语言资源，已经怎样融合这种资源，从而在借鉴中创新。从这个角度来说，新时期小说的语言探索是在三个维度上展开的，即借鉴外来资源、采纳古语与面向民间。"① 这个观察提供了从语言资源角度考察小说语言探索的视角，整体无差，但证之于麦家《人生海海》这一个案，我们会发现有两个方面值得注意：其一，麦家努力吸纳转化的不是一种而是多种语言资源；其二，麦家所启用的语言资源中，外来资源要让位于中国当代文学中的先锋文学语言资源。质言之，如果说《人生海海》的语言有一种突出的"汉语性"追求的话，那么它主要是由古典汉语、民间汉语和先锋文学三部分资源构成。

第一节已经分析了《人生海海》开篇语言上对文言文骈散句式和现代文自由句式的融合，有必要进一步指出，这是在以欧化翻译体为主体的外来语言资源已经成为现代汉语文学重要语言构成的背景下，麦家对"汉语性"的自觉追求。下面以小说开篇第一段为例分析：

爷爷讲，前山是龙变的，神龙见首不见尾，看不到边，海一样的，所以也叫海龙山；后山是从前山逃出来的一只老虎，所以也叫老虎山。老虎有头有颈，有腰背，有屁股，还有尾巴和一只左前脚——因为它趴着在睡觉，所以光露出一只。前山海一样大，丛山峻岭，像凝固的浪花，一浪赶一浪，波澜壮阔。老虎翻山又越岭，走了八辈子，一辈子一千年，累得要死，一逃出前山，跳过溪坎，脱险了，就趴下，睡大觉。这样子，脑头便是低落的，腰背是耷拉的，屁股是翘起的，尾巴是拖地的，并甩出来，三只脚则收拢，盘在身子下。唯一那只左前脚，倒是尽量支出来，和甩出来的尾巴合作，一前一后，钳住村庄。②

---

① 张卫中：《新时期小说语言探索的三个维度》，《中国当代文学研究》2020年第1期。
② 麦家：《人生海海》，北京十月文艺出版社，2019年版，第1页。

可以说，这里使用的语言在很大程度上是独属于汉语的。首先是麦家刻意回避那种强调逻辑性和分析性，主谓宾清晰、定状补分明的欧化长句，这些充满了省略的短句，通过对形态性长句的打破而实现了以少为多的审美效果。"前山是龙变的，神龙见首不见尾，看不到边，海一样的，所以也叫海龙山"这一句群中间就变换了几次主语，第一句是结构简单的短句，第二句是一个俗语作为插入语，第三、四、五个短句则省略了主语。试将这些短句整合成一个完整的形态性长句以兹比较："（传说）前山是龙变的，（俗话说）神龙见首不见尾，（由龙变的前山）像海一样看不到边，所以（人们）也叫（它）海龙山。"括号里是省略的部分，麦家通过创设"爷爷讲"这样的口语语境，赋予了这些短句省略、倒装的自由。如果《人生海海》要译成英文，这种基于汉语非形态性特点而写成的句子必然要被改变，省略的要补足，倒装的要恢复，语言的汉语性审美很难得到保留。文学越深地依赖于其民族语言，很可能会越难在"世界文学"中被共享。《人生海海》对汉语性的追求无疑是自觉的，作为一个在国外颇受欢迎的作家，麦家的写作或许会将翻译考虑入内，因此将古典汉语和民间汉语作为小说的重要语言资源无疑是冒险的，因此这些殚精竭虑又妙手偶得的精彩语言在翻译中依然顽固地仅从属于它的民族语言。因此，《人生海海》的语言面貌已足以说明麦家本人的语言观和选择。

上节已经分析了民间俚语、俗语作为语言资源在《人生海海》中的审美效果，此不赘述。下面重点分析《人生海海》中的先锋文学语言资源。80年代以来的先锋文学经常被视为一场叙事革命，推动了当代文学从"写什么"到"怎么写"的转变。人们对先锋文学的文学变革的研究主要集中在"叙事学"上，对先锋文学在文体和语言上的新创研究相对较少。在我看来，先锋文学对现代汉语的贡献主要体现在这批作家对语言的感觉性、体验性和表现性等非功用性功能的发掘上。

莫言的《透明的红萝卜》初发表时其崭新的语言便令文坛瞩目，"在1985年，还没人能将意象表达出这样一种凹凸感夸张的油画般的感觉"①。《透明的红萝卜》语言的核心特征，在于使以往具有严格他指性和写实性的语言获得了更强的表现性。比如："他听到黄麻地里响着鸟叫般的音乐和音乐般的鸣唱。逃逸的雾气碰撞着黄麻叶子和深红或是淡绿的茎秆，发出震耳欲聋的声响。蚂蚱剪动翅羽的声音像火车过铁桥。"②不难想象这种语言对当年文坛的冲击力，它融合主观与客观、写实与表现，大大增强了写实性语言的延展性，展示了当代小说家对语言崭新的理解：语言不仅是准确记录的工具，语言还是作家驰骋想象力的感受性容器，因此围绕着鸟鸣、雾气流动和蚂蚱扑翅才值得生发出如此多繁复的意象。余华名作《活着》开篇叙事人自述"那一年的整个夏天，我如同一只乱飞的麻雀，游荡在知了和阳光充斥的农村"③，这里也打破了主客体泾渭分明的写实性语言陈规，将来自客观世界的物象（麻雀、知了、阳光）跟叙事主体的内在状态交织起来，写实的语言便成为一种表意的语言。先锋作家常有一种比喻癖，因为精彩比喻是极大拓宽语言表现力的手段，《活着》单是开篇，诸如"我看到老人的脊背和牛背一样黝黑，两个进入垂暮的生命将那块古板的土地耕得哗哗翻动，犹如水面上掀起的波浪"④，"老人黝黑的脸在阳光里笑得十分生动，脸上的皱纹欢乐地游动着，里面镶满了泥土，就如布满田间的小道"⑤，这些比喻不但准确地找到了人与物之间的连接通道，而且以物鲜明的动态性激活主体，表现力十足。苏童的语言才华同样为人称道，《妻妾成群》写颂莲初遇陈家后院的古井："颂莲慢慢地走过去，她提起裙子，小心不让杂草和昆虫碰蹭，慢慢地撩开几枝

---

① 朱伟：《重读八十年代》，中信出版集团，2018年版，第172页。
② 莫言：《莫言文集：欢乐》，作家出版社，2012年版，第7页。
③ 余华：《活着》，作家出版社，2012年版，第2页。
④ 余华：《活着》，作家出版社，2012年版，第5页。
⑤ 余华：《活着》，作家出版社，2012年版，第6页。

藤叶,看见那些石桌石凳上积了一层灰尘。走到井边,井台石壁上长满了青苔,颂莲弯腰朝井中看,井水是蓝黑色的,水面上也浮着陈年的落叶,颂莲看见自己的脸在水中闪烁不定,听见自己的喘息声被吸入井中放大了,沉闷而微弱、有一阵风吹过来,把颂莲的裙子吹得如同飞鸟,颂莲这时感到一种坚硬的凉意,像石头一样慢慢敲她的身体。"① 这段叙述颇能显示苏童的语言才华,它从客观的叙述转向颂莲主体视角的看、听和感受,大大拓展了叙事语言的心理底蕴和表意能力。某种意义上,先锋文学之所以先锋,就在于它为现代汉语提供了融合叙事性和表现性的新可能,为当代文学提供了新的文学语言,并成了汉语在古典、民间之外的另一个小传统。至今很多作家依然受惠于或受限于先锋文学所创制的语言表意范式。

上节语例已经指出,《人生海海》同样将先锋文学的语言传统融汇于内,不妨再举一例:

> 就在这天夜里,在一片雷雨声中,她像一道闪电一样消失,从此无影、无踪、无音。然后一天夜里,她又像蝙蝠一样,趁着漆黑鬼鬼祟祟潜回村里。你不知道她来做什么,反正没找任何人,也不偷东西,像个迷路的孤魂野鬼,空落落地在村里转一圈,又走掉,神不知鬼不觉,只有天地知晓。②

此处连用三个比喻来形容小瞎子母亲的失踪,赓续着先锋作家善于譬喻的语言传统。事实上,譬喻自古便有,先锋文学的譬喻不仅在于准确,更在于通过表意而营造氛围。上述三个比喻就共同营造了一种神秘迷离的不确定感。这几个比喻通过第一人称叙事人的讲述带出,并非来自上帝视角对小瞎子母亲命运的讲述,因而包含

---

① 苏童:《苏童作品集》,宁夏人民出版社,2000年版,第7页。
② 麦家:《人生海海》,北京十月文艺出版社,2019年版,第101页。

着内聚焦叙事人主观的心理投射，是一个经历了生命风雨、异国飘摇者回首往事时非常自然的共情，因此，这些比喻覆盖状述的不仅是"她"之现实，也是"我"之心理。语言上融合写实和写意，由此我们才说《人生海海》将先锋文学的语言资源囊括其中。

还需要指出的是，麦家对多元汉语性的追求，提示的不仅在于他开阔的语言视野及灵巧的语言整合能力，更在于他已经获得了一种自觉的语言观。具体来说，语言资源的启用在《人生海海》里必须服从于一个更大的文体结构。由此，《人生海海》提示着一个重要问题：任何语言资源都不可能被无条件使用，假如它不能跟作家内在的语言意识和作品外化的文体结构相调适的话，必将发生语言排异现象。对于一个作家来说，重要的不是他掌握了多少语言资源，而是他是否形成一种具有自洽性和自觉性的文学语言观，后者才能推动小说去激活语言资源并为作品生成一个有效的文体结构。

三、"文学的国语"：重申为汉语写作的梦想

不妨将《人生海海》对汉语性的追求放在一个更大的背景下考察。事实上，现代汉语的建立经历了从激烈否定文言文到重新追寻汉语性的艰难历程。

五四一代学者对于文言文所持的激烈否定立场早为我们所知，从理解的同情角度看，这是一个民族现代转型和文化自新过程中所进行的艰难的语言系统破坏和重建。正因为民族语言与社会存在有如此密切而严丝合缝的关系，旧的语言体系不经破坏，新的社会景观便断难建立。但五四一代知识分子所创制的现代汉语过分欧化的问题也不断为日后的学者所诟病，这种诟病当然是基于语言的人文性和民族性立场。比如叶维廉很早就"发现印欧语系翻译中国诗时，往往把文言句硬硬套入它们定词性、定物位、定动向、属于分析性的指义元素的表意方式里，而把原是超脱这些元素的灵活语法

所提供的未经思侵、未经抽象逻辑概念化前的原真世界大大地歪曲了"①。在他看来，五四诗人疏离了古典诗语法的灵活以及字与字间的自由关系，"追求西方现代主义诗人企图消散甚至消灭的严谨制限性的语法，鼓励演绎性说明性，采纳了西方文法中僵化的架构，包括标点符号，作为语法的规范和引导。相对于中国古典诗中在道家影响下诗人为了不干预自然操作、任物自然呈现所采取的不作解人介入、不作分析演绎的传意行为，白话诗应用了大量的说明性的语句"②。20世纪90年代，诗人郑敏同样对汉语文学，特别是新诗的语言观念作出反思，她希望"走出语言工具论的庸俗观点，对语言所不可避免的多义及其自动带入文本的文化、历史踪迹要主动作为审美活动来开发探讨"③。叶维廉和郑敏的反思具有不同的问题意识，却不约而同地提倡继承古典诗的语言和审美资源。他们的论述不无洞见，但都在很大程度上忽视了当代文学只能于现代汉语的语言基座之上运作的前提。小说研究方面，李陀《汪曾祺与现代汉语写作——兼谈毛文体》一文也从对现代汉语的贡献角度肯定汪曾祺。他认为"汪曾祺从一开始写作，语言就不是特别欧化的，很少用那种从'翻译体'演化过来的、有着强烈的印欧句法形态的句子"④，这里肯定的也是汪曾祺对语言民族性，即"汉语性"的追求。

事实上，在很多人那里，对"汉语性"的强调常常落入二元对立的泥沼。即将古典汉语的非形态性跟印欧语的形态性对立起来，将"非形态性"视为汉语文学的基本语言特征和主要追求。按照这种思路，固然可以创造出某种"汉语性"，却忽视了在现代汉语成为基本事实的背景下，"汉语性"应该有多元立体的可能性。就此

---

① 叶维廉：《中国诗学》，人民文学出版社版，2007年版，第5—6页。
② 叶维廉：《中国诗学》，人民文学出版社版，2007年版，第277页。
③ 郑敏：《语言观念必须变革》，《文学评论》1996年第4期。郑敏其他的主要反思文章还有《世纪末的回顾：汉语语言的变革与中国新诗创作》，《文学评论》1993年第3期；《中国诗歌的古典与现代》，《文学评论》1995年第6期。
④ 李陀：《汪曾祺与现代汉语写作——兼谈毛文体》，《花城》1998年第5期。

而言,《人生海海》对多元"汉语性"的追求既赓续着中国现代作家追求更好汉语的传统,又作出了自身的探索。

众所周知,1918年,胡适在《建设的文学革命论》中提出"国语的文学,文学的国语"[①]这一广为人知的口号。胡适着眼于当年的文学革命,"意在将文学革命与国语运动结合起来,扩大文学革命的影响"[②]。以"国语的文学"来锻造"文学的国语"这一目标在1949年中华人民共和国成立,"现代汉语"大局已定之后,被很多人认为革命已经完成。然而,重提胡适这一著名论断,意在指出文学与语言之间的交互共生关系一直都在延续。韦勒克、沃伦早指出文学"被动地反映语言变化的观点是无法叫人接受的。我们切不可忘记,语言与文学的关系是一种辩证的关系,文学同样也给予语言的发展以深刻的影响"[③],而且,文学对语言的影响并未因为一种民族语言的成型而结束。今天,早已经由法律授权的现代汉语依然处在不稳定的变动和重构中,其工具性和交流性层面固然相对稳定,但其诗性和安居性层面,仍需要继续建设。

如前所言,《人生海海》显示了麦家的语言抱负。语言的精炼、准确、形象、生动乃至于个人风格,可能仅仅是对优秀作家的要求。更有抱负的作家,对作品文体性的追求,始终内在于对更好母语的追求中。事实上,文学语言跟日常语言的分化和拉伸才构成了一种民族语言的内在张力结构。就现代汉语的日常语言来说,在其语法规则建立、大量的典范性白话文产生之后,作为日常交流工具的现代汉语已经确立。但这并不意味着现代汉语是一种已完成的语言,重要原因在于,不仅语言具有人性,人也具有语言性[④],一方

---

① 胡适:《建设的文学革命论》,《新青年》第4卷第4号,1918年4月15日。
② 钱理群、温儒敏、吴福辉:《中国现代文学三十年》,北京大学出版社,1998年版,第8页。
③ [美]勒内·韦勒克、[美]奥斯汀·沃伦:《文学理论》,刘象愚、邢培明、陈圣生、李哲明译,文化艺术出版社,2010年版,第189页。
④ 申小龙:《语言的人性与人的语言性》,《申小龙自选集》,广西师范大学出版社,1999年版,第27—42页。

面语言留存着大量的文化信息，另一方面人也居留于语言所创设的边界中从而为语言所塑造。作为文学语言的小说和诗一样，"把逻辑的语言系统转换为审美的符号系统，冲破工具理性的层层罗网，使语言萎缩、板结的细胞得以复活和新生"[①]。日常语言创造的是民族语言的可交流性层面，文学语言创造的则是民族语言的可安居性层面，这二者并非截然分开，事实上，文学语言和日常语言之间构成了一个相互影响的交互系统，只有作家不断创生出来文学语言系统持续将安居性内涵传递渗透并改变日常语言系统的透明和单调性，民族语言的人文性层面才能日益丰富。也因此，海德格尔才会说"语言的本质必得通过诗的本质来理解"[②]，这里的诗是最高阶文学的代表。

遗憾的是，很多作家用汉语写作，却已经放弃了为汉语写作的梦想。何谓"为汉语写作"呢？它区别于"用汉语写作"。同样使用汉语写作，后者对于创造语言并无追求，在满足准确生动等基本语言要求之外，更重视内容层面；而前者在追求内容、意义等目标时，对进行语言创造始终葆有不竭的热情。对于一些作家而言，语言甚至可以成为其写作的本体论。因为，在人文语言学看来，语言不是一种改造社会的工具，而是以之包容社会，进行文化想象的实践。对于一个作家来说，最大的成就莫过于将自己的创造凝固在母语的创新中。

结　语

我曾在一篇关于《人生海海》的评论中指出它是"一部站在文学场域和价值尺度已经发生了巨大裂变的'当代文学'向另一种

---

① 　王光明：《中国新诗的本体反思》，《中国社会科学》1998年第4期。
② 　[西德]马丁·海德格尔：《荷尔德林与诗的本质》，刘小枫译，伍蠡甫、胡经之主编：《西方文艺理论名著选编（下卷）》，北京大学出版社，1987年版，第598页。

'当代文学'致敬之作,它使小说面向人心、面向历史,走向未来却依然归属于某个伟大的传统"①。本文事实上是从《人生海海》的文体和语言实践维度再次论证这个观点。必须说,《人生海海》秉持的是一种经典文学的语言观,是一种企图将自身镶嵌进伟大文学传统的语言观。在已经占有市场之后麦家并不满足于市场,在已经获得名声之后他也不满足于名声,他渴望用自己的作品在汉语之墙上刻下自己持久的烙印。他或许还需要更多优秀作品来实现此一梦想,但在伟大文学传统已经备受质疑的背景下,麦家的文学立场和实践,重申了"为汉语写作"这一依然伟大的梦想。

---

① 陈培浩:《转型,还是回望——读麦家新作〈人生海海〉》,《中国现代文学研究丛刊》2019 年第 10 期。

结语　理解麦家的三个关键词

有必要指出，本书无力也无意对麦家进行巨细靡遗的研究。麦家写作多年，成名多年，作品虽谈不上汗牛充栋，但也不在少数；重要的是，他的写作有变化、有层次，麦家的传播既在国内，也有海外，都取得巨大成功；麦家作品，既以文字形式存在，也有影视改编，都产生巨大影响。这些，不可能由一部书说完。与其面面俱到又浅尝辄止，不如集中火力，深入某个目标。

本书的目标乃是描画出文学信仰者麦家的灵魂。海外传播季进教授有专书研究，影视改编也有多人聚焦，本书概不涉及。我反复打量、皴染、强调的，是《解密》《暗算》《风声》《人生海海》这几部浸染着麦家全部才智心力，彰显其文学观念和生命意志的代表作。书已至此，通过几个关键词，为我所理解的麦家的灵魂再描几笔。

一、悲剧之伟力

悲剧是麦家看待世界的一面滤镜，麦家的大部分作品浸透了悲剧元素。容金珍、阿炳、黄依依、李宁玉等都是悲剧英雄，应征女兵（《两位富阳姑娘》）、马三（《农村兵马三》）、守候老人（《一生世》）等也都是悲剧人物，这在前面已多有分析。麦家对悲剧性的重视，跟他并不快乐的童年有关系，跟他对生命的理解有关系，跟他对"十七年文学"刻板的宏大叙事的反思也有关系。但，悲剧并不是卖惨，悲剧是一个复杂丰富的美学概念。在麦家作品中，也呈现了多样的悲剧性。

悲剧从其本源上是一种戏剧类型，但在日常语用中，指的是悲惨事件，或悲惨结局。就文学的悲剧性而言，最浅薄的悲剧手段莫过于卖惨，最广泛的悲剧形式莫过于苦情戏。普通观众需要悲剧来导引出他们的眼泪，既是情绪的宣泄和净化，也感受一种由同情心带来的隐秘道德快感。在日常语境中，哭并不被赞许，哭被视为软弱、非理智和情绪失控的表现。观剧为哭的本能冲动提供了体面的契机。这是何以普通观众既喜欢好笑的喜剧，也喜欢"好哭"而烂俗的苦情戏桥段的原因。然而，悲剧并不等于苦情戏。"悲剧不只是死亡和痛苦，它也肯定不是意外事故。悲剧也不是对死亡和痛苦的所有反应。确切地说，悲剧是一种特殊的事件，一种具有真正悲剧性并体现于漫长悲剧传统之中的特殊反应。"① "那些被我们称为悲剧的作品的唯一的共同点，就是以戏剧的形式表现具体而又令人悲伤的无序状况及其解决。"②

亚里士多德认为悲剧的功能在于宣泄和净化，在于我们因与剧中人的相似性而感到恐惧，因恶人得到惩罚而感受到正义伸张的快乐。黑格尔则认为，悲剧的实质就是伦理实体的自我分裂与重新和解，伦理实体的分裂是悲剧冲突产生的根源，悲剧冲突是两种片面的伦理实体的交锋。两种彼此各有其合理性的伦理观念之间发生着不可调和的冲突，这是黑格尔眼中悲剧性的来源。黑格尔援引《安提戈涅》的例子：安提戈涅的两个兄弟在决斗中杀死了彼此，忒拜国王克瑞翁下令厚葬弟弟厄特克勒斯，而不允许任何人安葬哥哥波

---

① ［英］雷蒙·威廉斯：《现代悲剧》，丁尔苏译，译林出版社，2017年版，第4页。
② ［英］雷蒙·威廉斯：《现代悲剧》，丁尔苏译，译林出版社，2017年版，第44—45页。

吕涅克斯，原因是前者是为保卫城邦而死，而后者是私通外邦围攻忒拜的叛徒。安提戈涅不惧国王的禁令，宁愿受死也要埋葬自己的哥哥。这里，克瑞翁代表了一种城邦利益高于一切的价值伦理，安提戈涅则代表了一种家庭亲情不可侵犯的价值伦理。二者的强烈冲突、对抗及其不可挽回的后果便是黑格尔眼中的悲剧性。可是，悲剧和悲剧性实在还有很多种。

从中西方文学史看，悲剧主人公的身份呈现了从贵族向平民下移的倾向。俄狄浦斯王、安提戈涅、克瑞翁、哈姆雷特、李尔王等大部分是国王或贵族。但"在跨越二十世纪中叶的平凡人生中，我认识了我所理解的若干种悲剧。它不是描写王子的死亡，而是更加贴近个人，同时又具有普遍性"[1]。当平民作为历史主体登上历史舞台，文学的悲剧性便自然从贵族悲剧性而转为平民悲剧性，因为后者比前者更具普遍性和当代性。

我们有必要从更高的层面来回答：人类为什么需要悲剧？

朱光潜曾有此论断："悲剧与喜剧的基本区别在于喜剧主要诉诸理智，而悲剧则打动感情。有一句古语说得不错，这世界对于思考者是喜剧，对于感觉者却是悲剧。"[2] 这个说法过于明快简单了。喜剧和悲剧的分野主要不在于理智和感情，好的喜剧也调动着观众的情感，好的悲剧又何尝不需要理智的参与。甚至于，世界对于思考者而言，更多是悲剧而非喜剧。但是，朱光潜下面的这段话却很精彩："悲剧往往是以疑问和探求告终。悲剧承认神秘事物的存在。我们如果把它进行严格的逻辑分析，就会发现它充满了矛盾。它始终渗透着深刻的命运感，然而从不畏惧和颓丧；它赞扬艰苦的努力和英勇的反抗。它恰恰在描绘人的渺小无力的同时，表现人的伟大和崇高。悲剧毫无疑问带有悲观和忧郁的色彩，然而它又以深刻的真理、壮丽的诗情和英雄的格调使我们深受鼓舞。它从刺丛之中为

---

[1] ［英］雷蒙·威廉斯：《现代悲剧》，丁尔苏译，译林出版社，2017年版，第3页。
[2] 朱光潜：《悲剧心理学》，安徽教育出版社，1989年版，第48页。

我们摘取美丽的玫瑰。"① 概言之，1. 悲剧是对世界的提问；2. 悲剧因承认神秘而渗透深刻的命运感；3. 悲剧因描绘人的无力反而表现了人的伟大和崇高；4. 悲剧虽带悲观忧郁色彩，又以深刻、壮丽、英雄的格调鼓舞人。这无疑是对悲剧之美、悲剧之力非常深刻而辩证的认识。

悲剧并非就是绝望。加缪认为真正的绝望意味着死亡、坟墓或深渊。"如果绝望引发言语或思考，并最终导致写作，博爱就会出现，自然的事物得到正名，爱也由此产生"，"加缪竭尽全力想超越可能陷入绝望的人道主义。"② 加缪彰显的是一种反抗绝望的悲剧性。可是，悲剧如何反抗绝望？反抗绝望的悲剧之力从何而来，这就必须提到尼采了。

在尼采《悲剧的诞生》中，悲剧不仅是一种戏剧类型或美学效果，悲剧的诞生事关生命力的释放和价值观的确立。尼采的悲剧理论离不开日神精神和酒神精神两个核心概念。日神精神沉湎于外观的幻觉，创造幻美的生命面纱；酒神精神则直视生命内在的苦痛，撕掉种种装饰的伪装。尼采的悲剧性是日神精神和酒神精神的融合，但又偏于酒神精神。日神精神教人做梦，酒神精神则教人从梦中醒来；日神精神教人规矩、逻辑和理性，酒神精神则教人召唤内在的激情、原力和意志。因此，尼采的悲剧理论，就是他的生命理论，他的超人理论。如果我们谈论悲剧之力，就不能不回到尼采这里来。

作了这番悲剧美学回溯，且让我们回到麦家身上来。

不妨说，麦家对于人生的基本判断是悲剧性的。这是在认识论、哲学观意义上的人生判断，并不必然意味着在现实行动层面上的悲观和颓废。恰恰相反，麦家在实践上是一个极具韧性的行动者。认识论上的悲观和实践论上的激情恰好构成了麦家内在的张力。

---

① 朱光潜：《悲剧心理学》，安徽教育出版社，1989年版，第335页。
② ［英］雷蒙·威廉斯：《现代悲剧》，丁尔苏译，译林出版社，2017年版，第179页。

是什么形塑了麦家关于生命的悲剧认知？一定有童年成长的阴影，此不赘述。跟80年代中国当代文学中现代主义的兴起也有关系。彼时文坛潮流，对50—70年代的革命现实主义和高大全英雄主义已普遍倦怠，对现代主义手法感到新鲜，对现代主义内置的反英雄主义的认知感到十分亲切，将一地鸡毛或荒诞指认为更真实的生命本相。这为悲剧性的文艺认识论的产生提供了契机。我们很容易看到麦家对悲剧的执念。他的作品几乎没有喜剧元素，但悲剧结局比比皆是。《两位富阳姑娘》中那个身份被"调包"的姑娘，由此带来了巨大人生灾难；《一生世》中那个一直等待着的老人，人生救赎的希望被一则电视新闻彻底击碎……麦家从不愿给人生任何廉价的美梦。代表性长篇《解密》《暗算》《风声》《人生海海》更是如此。

但须知，文学中的悲剧性乃是一个美学概念。悲剧性既关乎生命认知的深度，又关乎写作上的审美创造。悲剧并非铁板一块，悲剧与悲剧间有差异，也有高下。麦家作品的悲剧性，也有着发展与变化。

悲剧在麦家这里关乎对生命苦难和偶然性的勘探与认知，更关乎生命从"实然"到"应然"的坚守。从而，悲剧成了对生命内部精神之力的建构。"十七年文学"从"二结合"（革命现实主义和革命浪漫主义的结合）走向"三突出"（在所有人物中突出正面人物，在正面人物中突出英雄人物，在英雄人物中突出主要英雄人物），塑造出的是高大全、脸谱化的英雄。错不在英雄和英雄主义，而在将英雄和英雄主义刻板化、极端化的激进文学观念。可在80年代的文学反思中，却将孩子和脏水一起泼掉。英雄主义和"三突出"等文学教条一起被嘲讽和丢弃。在80年代文学氛围中成长的麦家当然知道，"三突出"式写作之弊在于敌视复杂性和丰富性。他显然意识到，英雄不该被嘲笑；但生命的复杂性也不该被漠视。是否有一种文学，既关乎英雄，又兼容和挽留了生命的复杂性？麦家或许这样追问过。答案是肯定的,那就是书写悲剧英雄。

麦家为什么要写容金珍的悲剧、阿炳的悲剧、黄依依们的悲剧?因为光写天才是不够的,还必须写悲剧。天才是传奇,是奇观,是夜空璀璨的烟花,可奇观不是生活的全部。在烟花燃尽的夜空之下,还有大片与长夜融为一体的土地。那才是生活,悲剧性一直是生活土壤的重要构成。这是此时麦家的认识论。书写这些"弱的天才",便是提示生命的悲剧性,便是告诉人们,在乐观的必然性之外,偶然性的幽灵一直站在门外,随时叩响悲剧的门扉。

麦家最初较少称容金珍、阿炳、黄依依、李宁玉们为英雄,他更愿意称他们为天才——弱的天才。因为英雄这个词曾承担了太僵硬的东西,他需动用另一个称谓,以释放崭新的认知。但是,后来,麦家不回避英雄的界定了。到了《风声》,李宁玉身上体现的更多不是天才性,而是信仰带来的极致心志和献身精神,这就是英雄性了。麦家和"英雄"这个词和解,隐含着他对英雄主义的重估。在麦家作品中,悲剧性和英雄性一直是如影随形的一体两面,但也随时间发展出不同形态:

1. 有性格缺陷的英雄,麦家所谓"弱的天才",惊人的天才,和特别的缺点;作出丰功伟绩,却难逃生命偶然性的袭击。陈华南、容金珍、黄依依、阿炳,都在此列。

2. 英雄身处大历史的飘摇中,却为信仰而牺牲,这里已经有一种英雄主义存在了。《风声》中的李宁玉便是如此。李宁玉不同于麦家笔下的那些天才破译家,她是潜伏者,是间谍,是打入敌人阵营在无间道行走的人物。李宁玉之死,不是偶然性假借其自身性格缺陷造成的悲剧,而是一种主动的付出,一种为价值作出的生命让渡。有的人以为李宁玉身上所体现的英雄主义,是麦家与主旋律结合的方式,却忽视了麦家对英雄主义精神价值的重估和重建的努力。

3. 在生命的长河中，英雄有凡人性，凡人也有英雄性，英雄主义因而成了将主体泅渡出困境的力量源泉。《人生海海》中，麦家既书写英雄的凡人性，主要体现在上校蒋正南身上；也书写凡人的英雄性，主要体现在叙事人"我"身上。麦家完成了从书写英雄到书写英雄主义，从书写超人的英雄主义到书写凡人的英雄主义的过渡。书写英雄和天才，都是书写个别人、少数人；而书写英雄主义，却是在确认一种精神，一种可以由少数人而推及无数人的普遍信念。无疑，麦家想说：人生海海，在历史的巨浪和偶然的风雨中，我们赖于自渡的便是一种"凡人的英雄性"。

《人生海海》将罗曼·罗兰"只有一种英雄主义，那就是在认识了生活的真相之后依然热爱生活"作为重要的点题之语。这不是简单的鸡汤，而是麦家对生命英雄主义之于个体精神意义的深刻体悟。在很长时间中，中国当代文学一直在英雄性和悲剧性之间作二元对立。为一种绝对的英雄性而排斥所有的悲剧性和复杂性；或为了悲剧性及复杂性而将英雄性刻意贬低。其结果是，要么形塑一种虚假的英雄性，要么确认的不过是一种无力的悲剧性。现代主义帮助人们更好认识生命内在的驳杂、破碎和荒诞，但认识荒诞之后必须去超越和对抗荒诞。因此，卡夫卡是一代宗师，却不是文学的终点和归宿。《解密》出版已经二十年，麦家的写作孤舟已过万重山。他关切的，是以悲剧性化解刻板英雄主义，其间他必又发现，将天才和英雄锁定在悲剧中，不是最高的解脱，反而是另一种生命的无力和委顿。在《人生海海》之前，麦家更多是认识生命的悲剧性，《人生海海》则包含了超越生命悲剧性的内在力量。或者说，他并不否认生命的悲剧性，而是探索着一种更有力的悲剧性。

在这里，麦家便与罗曼·罗兰、尼采等哲学家迎面相逢了。他不是哲学家，但他的写作也在建立一种生命的英雄主义。这种英雄主义包容悲剧性、复杂性，这种英雄主义具有凡人性，与每一个普通人相关。建构悲剧之力和有力的悲剧性，可视为麦家文学世界的第一个关键词。

二、阅读的守护

理解麦家，不仅可以观其文，也可以观其行。从行动实践看一个作家，无疑更全面。

生活中，麦家也从一个写作的狂热实践者变成一个文学的信仰者，一个阅读的信仰者。麦家在西溪湿地有一个工作室，他将其创设为一个叫作"理想谷"的共享读书空间。来到麦家的理想谷，门口墙上赫然写着：读书就是回家。在无所依凭的时代，麦家愿意相信文学和阅读。作为理想谷在自媒体时代的延伸是微信公众号——"麦家陪你读书"。

2017年7月，"麦家陪你读书"公号推出"7天陪你读一本书"计划，口号是"7天陪你读完1本书，一年你比别人多读48本书"。7月2日，精读的第一本书是法国作家杜拉斯的《情人》。此时，很多人只当是麦家的心血来潮，却不知道这只是麦家庞大共读计划的开端。2017年12月31日，在陪读者读完第16本书之后，麦家才将这个计划和盘托出。当天，"麦家陪你读书"公号推送了麦家文章《这是一个20年才能完成的计划，你敢不敢认领？》，文章坦陈了创立"理想谷"的原委：

> 十五年前，在长达十几年的一个时间段里，我写的作品大部分在邮路上，写稿、投稿、退稿构成了我一个倒霉

蛋命运的复杂几何图案。

我的第一部长篇《解密》曾被17次退稿，前后折磨了我11个年头。

折磨是考验，也是锤炼，把我和我的作品磨得更加结实、锋利、有光芒。

有一天当它问世后，过去缠绕我的种种晦气被它一扫而空。

后来由于《暗算》电视剧和电影《风声》的爆红，更是让我锦上添花，时来运转的背后是实实在在的名和利，坦率说多得我盛不下。

也许是我心理素质差吧，也许是我心里本来有颗公德心，我总觉得文学让我得到的太多，我应该拿出一些还给文学，还给读者。

于是2013年，我在杭州西溪湿地，我工作室边上，创办了一个"麦家理想谷"的公共阅读空间，两百来平米，上万册书，沙发是软的，灯光是暖的，茶水、咖啡是免费的；还有两个小房间，你需要也可以免费住——当然是爱文学的暂时落魄的人，像写《解密》时的我。

总之，这儿——我的理想谷——没有消费，只要你爱书，爱文学，一切都是免费的。

但同时我也是吝啬的，我不提供WiFi、电话，甚至我希望你进门关掉手机，至少是静音吧，免得打扰人读书。

读书就是回家，这是我们理想谷的口号，让你遇见更好的自己。我希望每一个来这里的人，都是为了读书，为了静心、安心、贴心，像回家一样。

文章更展示了一个宏大的需要用尽全力才能完成的阅读狂想，即"100+1000+7+20"计划：

开办四年来，因为有"免费"的特点，受到广大媒体人的关注、推广，影响越来越大，读者也越来越多，节假日有时一天多达近千人，来自祖国各地。

我看到了它的价值，也发现了它的局限，就是：空间有限，距离受限。尤其是外地人，只能把它当作一个景点来看，其实是读不来书的。

今年三月份，受一位吉林读者的建议，我决定把"理想谷"搬到网上。今年我就一直在做这件事，挑选、确定书目，找人解读、领读、配乐，然后挂到我的微信公号上，公号的名称就叫"麦家陪你读书"。

我有个宏大的计划：

就是"100+1000+7+20"的计划。

100是指100位专业读书人，他们负责拆书、解书，化繁为简，提纲挈领，把一本书拆成7部分——7指的是7天，即一周读完一本书。

1000是指从理想谷现有上万册藏书中选出1000本古今中外的文学佳作，这工作主要由我负责。

20指的是20年，用20年时间以文字+图像+音频的方式陪你读（听）完1000本书，现在才读到第26本。

我不知道最后能不能完全实现，但我就在努力做，坚持做，希望能够做完做好，也希望有更多人来分享。

我们现在经常讲中国经济要转型，其实我们的生活也要转型，要从物质层面转到精神层面上来。我们讲文化自信，弘扬民族精神，首先要从阅读开始，从书中去读懂我们民族的美，我们历史文化的博大精深，也读懂自己，什么样的生活才是美的，幸福的。

唯有理想主义才是对抗虚无主义的法门，麦家也显示了他从文学的写作者到文学的信仰者的转变。麦家身上，自有一种狂热痴执在。早年在解放军艺术学院，临近毕业之际，众人皆为前途奔忙，唯独他却为一个写作念头所牵引，不能自拔，活在自己的虚构世界中。后来他迷上博尔赫斯，同样狂热，很多博氏作品皆熟读成诵。狂热是一种生命的热力和执着，是一个人成功的重要燃料，对麦家亦然。但狂热并非就是信仰。狂热的基础是情绪，信仰的基础则是观念。对于文学，麦家初是狂热，后则是信仰。一开始或许是希望通过文学出人头地，继而则是把自我生命与文学化合为一，到后面则从民族精神和更高的人类文明角度理解文学的价值。麦家"认命"了，认领了这份文学的"天命"。生命的价值基点就此筑牢，虚无便无从谈起。

这就是麦家对文学和阅读的坚守。

我们的时代，文学越来越被冲击得七零八落。从作为现实晋身之阶角度，文学不如政治；从获取巨额财富成为时代英雄角度，文学不如经济；从放松神经、娱乐身心角度，文学不如影视及游戏……这个时代太丰富了，人们在文学之外自有无数的通道。当代作家千千万，各用自己的方式坚守着读书写作。其中既有理想主义者，也有虚无主义者。麦家却是特别执拗的传播者，写作之外，他自觉充当着自媒体时代的阅读大使。他坚信存在于文字世界的体验、思想和宝藏值得人们永远珍视。这是麦家深刻的文学之信，也是麦家自觉的文学使命！

2022年3月18日，麦家在浙江卫视播出的"王牌对王牌"节目中再次提到他的"20年1000部"的陪读项目。麦家说："今天我们并不是缺少可读的书，而是缺少读书的人，不是没时间读书，而是没习惯读书。我现在做的事情就是这样，陪人读书，希望有人在我的陪伴下，养成读书的习惯。"不觉间，这件事启动至今已近五年。庞大的二十年计划已完成四分之一。千里之行始于足下，长江不辞细流，日月点滴才最考验人的意志和心力。麦家在节目中说：文字能使人迅速安静下来，即使是产品说明书。这是一个文字信徒和阅读大使的体会，他感谢参加节目的沈腾等明星，认为他们的知名度将号召更多的青年人加入读书的行列，"这是你们对读书的馈赠"。

"读书"和"刷视频"都是获取信息的途径，却分隔出不同的时代，也将塑造截然不同的精神主体。读书属于印刷时代，刷视频属于自媒体时代。"读"与"刷"的动作已经暗示了主体与对象之间精神距离的差异。读书是深度的、沉浸式的，阅读调动主体的理解力、想象力，进而也塑造了一个具有幽微辽阔、具有内在深度的精神世界。刷视频却是休闲消遣、无所用心的，"刷"意味着还有海量的信息等待接受眼睛的检阅，意味着信息的碎片化，刷屏行为的娱乐化。在刷视频中成长的主体，必将被隔绝于深入、内在、系统性的经验世界。从时代角度看，从文字到视频的媒介转型是不可阻挡的趋势；但从文明角度看，媒介迭代却可能将人类历史几千年贮藏于文字媒介的宝贵遗产拒于门外。显然，麦家在做的正是这样一件在碎片化时代坚守和挽留读书价值的事情。往小里说，这是一个读书人的使命。往大里说，这是事关一个民族文化未来形态的大事。

对于现代人而言，"经验——而不是传统、权威、天启神谕甚或理性——成为了理解和身份的源泉"①。现代人命定活在向未来和新经验无限敞开的不确定性之中，坚守并赓续传统或新创并面向未来是当代文学研究两种同时需要的态度。我们处于一个技术迭代加速，"当代文学"受到技术秩序前所未有的塑形。新技术先是改变人们理解文学的方式；进而改变了文学与世界及人的关系，文学功能由此而生巨变；最后改变了人们关于"文学"的定义。技术对

---

① ［美］丹尼尔·贝尔：《资本主义文化矛盾》，严蓓雯译，人民出版社，2010年版，第95页。

"阅读"的改造是釜底抽薪式的，碎片视频化时代的"阅读"已然面目全非，"读书"被悄然放弃，甚至被视为落伍过时、不合时宜。然而，人类文明的体现在于，在自然秩序、技术秩序、社会秩序等形塑性力量之外，人类始终勉力追求着自为的文化秩序。自然秩序将人封印于自然的规定性中，技术创新和社会制度创新帮助人类超越于自然秩序的囚禁，却又重新定义了新的行动边界。技术在将人类送往自由王国的途中，总是摧枯拉朽地"罢黜"旧的文化程序。人类面对的难题在于，如何在技术的断裂性迭代中，维系文化的连续性。

麦家的内心，并不满足于文学上的创造和个人作品的畅销。他的一切受惠于文学，他要拿出一部分回馈于文学。在碎片化的时代坚持传播读书的价值，躬身探索实践阅读深度文学作品的途径，这是麦家对我们时代文化危机的敏感和担当。因此，麦家也越来越具有国民作家的品格。

三、文学之信仰

麦家在作品中所追求的悲剧之力及行动上践行的文学守护，实是在确立一种文学的正信。这种文学信仰，往大里说，便是对 20 世纪以降虚无主义的抵抗。

麦家笔下人物主要并不是信仰者。早期作品《寻找先生》中的棋是一个寻找者、行走者；《人生百慕大》《谁来阻挡》中的阿今是一个困惑者、迷惘者；《农村兵马三》《两位富阳姑娘》中的马三、富阳姑娘是悲剧的承受者；《陈华南笔记本》《解密》《暗算》《风声》《人生海海》中的陈华南、容金珍、阿炳、黄依依、李宁玉、上校等人，都主要是天才式的悲剧人物。李宁玉是为信仰而献身者，但小说强调的并非信仰这一面，而是在特殊环境下人类精神和心理的极限状态。

但是,《人生海海》里的林阿姨却完成了从一个怀疑者到有信者的转变。林阿姨是一个被生活所伤害的人,她伤心过、仇恨过,但她又恢复了对上校、对世界的信任。这是非常重要的,林阿姨是麦家小说中第一个在受到伤害之后恢复对生活信任的人物,这意味着麦家有意识通过她来确认信任对于世界的意义。这种信任不是一般意义上、人际上的"相信别人",它关涉在虚无主义盛行的时代,主体是否能够找到赖以坚守的价值。以往麦家的作品,写的是寻找和迷惘,写的是天才及其悲剧,不妨说,写的就是现代性内部的虚无迷雾;但在《人生海海》,麦家思考的却是如何走出这种虚无的迷雾。小说的叙事人"我"曾经也是一个困惑者:"我"无法理解上校的人生,无法理解爷爷、老保长等人对上校的态度,也无法理解人生的风雨和苦难。多年以后返回故乡,在完成了上校的人生轨迹拼图之后,他获得了一种对生命的理解和善的确信。《人生海海》中,爷爷和父亲都是生命的惊弓之鸟;小瞎子则是一个彻底的虚无者、怀疑者,并因这种虚无而扭曲了心灵。

麦家在作品及自我生命实践层面确立文学信仰,并非只是个体事件。这事实上关涉着从古典到现代转型过程中正信的丧失、虚无主义的盛行,因此也关涉着以文学之信仰抵抗虚无主义的可能性。

现代社会之前的古典社会是一个有确信的社会,中外皆然。先看一段木心关于德国文学的文字:

> 凯泽(Georg kaiser,1878—1945),写过《加莱的义民》,罗丹有同名雕塑。英法交战,法军败,为英军包围。忽来使者,只要加莱出六人死,可大赦全城市民。加莱市开参议会,一军官认为可耻,对英法皆可耻,号召大家宁死不受此辱。另一参议员艾斯太修主张接受,自愿成六死者之一,保全全城。大家感动,另有六人报名,共七

人。艾斯太修说，明天到广场集合，最后来的人就不必去了。翌晨，六人早到广场，唯艾斯太修未到。不久，人抬其尸而来，终见艾斯太修必死的决心。英王感动，又适得太子，不杀六人，大赦全城。艾斯太修永远为法人、英人尊敬纪念。①

不从文学上评论它叙述的转折，艾斯太修初主张接受，人以为他是懦夫，但又主动加入献祭集团；此人未至，人以为他是心机小人。两次转折呈现一个为国捐躯抱定必死之心的义人。现代文学喜欢呈现必然背后的无限纠葛，而古典文学则喜欢呈现复杂情势中那股必然的心志。令人感动的是艾斯太修献躯于国、矢志不移的坚定心。我们在现代文学或电影中已经很少看到这样的情节，但在春秋时代的文学中这种义薄云天、掉头如帽的人物却比比皆是。

遂想起《赵氏孤儿》这个经典故事的变迁。这个故事在《左传》《史记》中已经出现，后来在元杂剧中纪君祥对其作了重大改编并成为经典，18世纪法国思想家伏尔泰根据传教士翻译的《赵氏孤儿》而写作了《中国孤儿》，这可谓是一次成功的中国故事、中国伦理的世界输出。前些年陈凯歌拍了《赵氏孤儿》，这些不同版本的演绎呈现了一个有趣的义和信的时代传递和现代纠葛。

故事的基本框架是，晋景公时大臣赵朔家遭遇奸臣屠岸贾密谋加害，其门人公孙杵臼和程婴设计延续了赵家血脉赵武，多年后赵孤报仇雪恨的故事。这个并不特别的复仇故事在不同版本中有着不同的精神伦理。我们读《史记》时发现，并没有元杂剧那个著名的程婴"以子换子"的情节，程婴面对公孙杵臼"为什么不跟随赵朔而死"的质问，说：赵家还有遗腹子，如果生下来是男的，我应该"活孤"；如果生下来是女的，我再死未迟。接下来又有一段动人的

---

① 木心：《文学回忆录》，广西师范大学出版社，2013年版，第748页。

对话：公孙杵臼问程婴："死与活孤孰难？"程婴说："活孤难！"公孙杵臼遂曰："君为其难，我为其易。"在赵朔遭遇灭门之后，作为门客的他们都做好了必死之心，毫无动摇，这种从远古传来的毫不犹疑的浩然之气穿过几千年的书页深深地打动我。公孙杵臼怎样为"活孤"而死得其所呢？他和程婴设计，另买了一个婴儿（在后世的版本中这个孩子变成了程婴的亲生子），然后让程婴扮演叛徒，向屠岸贾告发公孙杵臼和赵孤的下落。公孙杵臼和假赵孤之死，换来了程婴在漫长岁月中抚孤的空间。后来，赵孤也顺理成章地在情势的变化之后报仇雪恨。一切似乎尘埃落定，这时陡然又来了一个高峰，程婴对赵孤赵武说：多年前我的朋友公孙杵臼为了救你而死，我受他托付抚养你长大并报仇雪恨。现在任务完成了，可是他并不知道。我应该去告诉他。不管赵武苦劝，程婴还是自杀了！这是《史记·赵世家》每次读都让人动容的地方。《加莱的义民》和《赵氏孤儿》写的都是去死的故事。"去死"不仅是死，去死的背后有一种超越了死之创伤的道义托付。孔子说"朝闻道，夕死可矣"，正是因为有了道，死才显得微不足道。所以，去死的背后其实是义，是信。去死就是因为有可以去相信的东西。

　　《赵氏孤儿》后面在细节上做了非常多的补充或改造，比如将买来的婴儿变成程婴的亲子，以增加程婴活孤的道义分量；比如补充了程婴将婴儿装在药箱中救出来的具体细节。可是，不管如何改装，不管如何将程婴等人救孤的行为添加上儒家伦理，我总觉得后世的作品在义薄云天的感染力上没有超越《史记》的粗疏记述的。这是因为，春秋大义，它的信是不容置疑的。我们不会怀疑《史记》的那些人物是虚构的。可是，我们却会怀疑陈凯歌的《赵氏孤儿》，因为这已经不是一个信的时代。正是在这个意义上，陈凯歌拍《赵氏孤儿》就是要在一个不信的时代去讲述一个义无反顾去信的故事。信是我们这个时代的精神危机，陈凯歌一直有这种文化雄心，他拍《霸王别姬》去讲大历史中的爱和执着，也讲错位、背叛和伤害。那里面的个人纠缠已经获得了历史的升华。他因为《无极》而受到了巨大的伤害，所以需要以正剧的形式再讲一遍《赵氏孤儿》，以确认他对这个时代还有的观察力和责任感。可是，他却不得不小心翼翼。他不可能像司马迁那样没有任何负担，浑然天成地讲一个为信为义而不顾一切去死的故事。所以，他将情节补充得充满正反的复杂性，他讲程婴的内心纠葛，讲他在屠岸贾全城搜婴时的矛盾挣扎。这固然是符合今天所理解的人性。可是，越是小心翼翼，就越反衬出这个不信时代那道狐疑的眼光。

信就是去相信；去相信有时不是因为思虑周详权衡再三，去相信其实因为，有一种东西在我们的内心，会点燃我们的火焰，会让我们充满意义感。觉得可以虽千万人吾往矣！这是有信时代非常动人的地方。"不信"其实牵涉着现代社会内在的虚无主义征候，因此"信"便关乎于反抗虚无主义的重要议题。

正如尼采所言：现代社会将面临虚无主义这个最可怕的客人长久的叩门。这里的虚无主义不是日常所说的个体生活失去目标的虚无，而是哲学上关于现代性危机的严肃诊断。尼采对虚无主义的揭示跟他关于"上帝死了"的判断紧密相关。在他看来，现代性导致"最高价值的崩溃"——上帝死了——"整个欧洲的道德，原本是奠基、依附、植根于这一信仰的。断裂、破败、沉沦、倾覆，这一系列后果即将显现"[①]。海德格尔则认为，虚无产生于一种普遍厌烦的时刻，一种差别消失的时刻。或者说，虚无主义产生于现代人对存在的遗忘之中。事实上，不管是弑神还是忘在，都是现代性的内在征候。詹尼·瓦蒂莫的《现代性的终结：虚无主义与后现代文化诠释学》将现代性界定为克服的时代：现代性呈现为一个快速过时、不断更替并永无休止的过程。现代性成了自身走向终结的根源，真理被转化为价值，唯一的真理被转换为无限的诠释。事实上，关于

[①] [德]弗里德里希·尼采：《快乐的知识》，黄明嘉译，中央编译出版社，2007年版，第187页。

这种资本主义现代性的危机，马克思、恩格斯在《共产党宣言》中早有精彩的描述："一切固定的僵化的关系以及与之相适应的素被尊崇的观念和见解都被消除了，一切新形成的关系等不到固定下来就陈旧了。一切等级的和固定的东西都烟消云散了，一切神圣的东西都被亵渎了。"[①] 卡林内斯库并没有将虚无列为"现代性的五副面孔"之一，但审美上的颓废正是哲学上虚无主义的表现。在尼采那里，虚无主义并非一律是消极的，还有具有肯定性的积极虚无主义。诊断虚无和反抗虚无是尼采现代性批判思想的一体两面。

无疑，虚无主义既是西方现代性问题域中最重要的问题之一，也是萦绕当代中国的幽灵。因此，理解虚无主义成了进入当代中国思想深层最重要的桥梁。中国当代社会的虚无主义的特殊之处在于，它不仅以颓废的面目出现，也以解构主义、日常主义、消费主义、技术主义等不同的面目出现。当它戴上以上面具时，上半场扮演着肯定性角色，下半场却可能被虚无主义附体。换言之，在不断重演的PASS权威的行动中，在旧的"神圣"被亵渎的过程中，并没有形成新的"更高价值"，等不及新的关系确立一切就又烟消云散了。不管是市场、生活还是技术，不管是微博、微信、抖音还是元宇宙，假如没有对更高价值的渴望，"以新反旧"不过将人们推入虚无主义的加速轨道中。

20世纪以降，"……死了"的呼声不绝于耳。从"上帝死了""主体死了"到"作者死了"，其中，当然少不了"文学死了"。后现代主义理论更是为文学已死提供了言之凿凿的论证。哪里有什么确定的"文学"？"文学"不过是特定时代文化建构和塑形的结果。别说唐宋所理解的"文学"跟我们现在所理解的不一样，五四时代所理解的"文学"跟现在也不一样，甚至20世纪80年代所理解的"文学"跟现在也早迥然有别。

[①] ［德］马克思、［德］恩格斯：《共产党宣言》，《马克思恩格斯选集》第1卷，人民出版社，2012年版，第403页。

"一切坚固的都烟消云散了"!"文学"也复如是。伊格尔顿举过一个例子,他说你别以为只有价值判断才是主观的,就是所谓的事实"陈述"也可能是主观的:

> 讲述一个事实,例如"这座大教堂建于1612年",与记录一个价值判断,例如"这座教堂是巴洛克(Baroque)建筑的辉煌典范",当然是有显著的不同。但是,假定我是在带着一位外国观光者游览英国时说了上面的第一句话,并发现她对此感到相当困惑呢?她也许会问,你干吗不断告诉我所有这些建筑物的建造日期?为什么要纠缠于这些起源?她可能会接着说,在我们的社会中,我们根本就不记载这类事件:我们为建筑物分类时反而是看它们朝西北还是朝东南。上述假设有什么用呢?它可能将会部分地证明潜在于我的描述性陈述之下的不自觉的价值判断系统。①

即使是"事实陈述",依然主要是由主观价值判断所构造的,一切都是建构的,哪来永恒稳固的"纯文学"的形式与价值呢?这种解构主义的立论曾在很长时间中带给我困扰,它振振有词,难以反驳;但假如它成立,那我们赖以投身的文学便被抽空了。我们做这些干吗呢?这种困惑我终于在T.S.艾略特处得到了解答,在《诗的社会功能》和《传统与个人才能》这两篇著名文章中,艾略特给了我继续从事文学研究的信心。

艾略特有一个很有趣的观点,他认为一首诗如果能被同时代读者迅速接受,那说明这首诗并没有为其时代提供新的东西。全新的、创造性的质素都只能被逐渐接受,因此必有一个"读不懂"阶段;相应地,一首诗在同时代便拥有很多读者是不正常的,诗只需

---

① [英]特雷·伊格尔顿:《二十世纪西方文学理论》,伍晓明译,北京大学出版社,2007年版,第12页。

要拥有稳定的少数读者。艾略特真是"纯文学"的好辩手，谁说文学必须入口即化、立等即取地在传播中兑现价值呢？

虽说在现代性直线的时间轴上镶嵌了无限向前的价值，"文学"必然要被不断更新的时代所改写，但是艾略特的文学观中，却提供了一个与"未来已经开始了"（哈贝马斯关于现代性的经典论述）构成逆时针效应的"传统"。艾略特认为，一个诗人，"不仅最好的部分，就是最个人的部分，也是他的前辈诗人最有力地表明他们的不朽的地方"。艾略特的"传统"不是一个凝固不变要求后来者去追随或墨守的对象，如果那样"'传统'自然是不足称道了"，传统是每个人最终都会汇入其中的历史秩序。"现存的艺术经典本身就构成一个理想的秩序"，即使是最新最具颠覆性的作品，也不过是使这个秩序发生了微小的变化。由于新的加入，"每件艺术作品对于整体的关系、比例和价值就重新调整了"，然而那个在微调中不断充实的传统与其说被颠覆了，不如说在不断丰富中一直稳固。中外文坛上，很多作家出场之际，大都不惜以断裂的宣言声称自己的独一无二，这些断言或者仅是无稽之谈，或者也确实存在着跟以往风格有所区别的美学创新。然而，所有的创新都无法脱离于艾略特流动而稳固的传统秩序。

当后现代主义背倚一往无前的现代性时间对文学提供否定性的时候，艾略特却以流动而动态的"传统观"再次赋予文学以肯定性。固然时代不断在改写着"文学"的定义，但人之为人，就在于人在接受时代的改写和塑形的同时，仍有足够的心智来搭建从历史通往未来的汇通之桥。在艾略特这里，"传统"不是凝固的，因而也不是单纯过去性的；"传统"是动态的，是从过去通向未来，也是从现在联结过去的通道。这也意味着，"传统"不是现成的等待认领的，"传统"召唤着真正的"同时代性"的阐释。阿甘本在《何谓同时代人》中说："同时代性就是指一种与自己时代的特殊关系，这种关系既依附于时代，同时又与它保持距离。更确切而言,这种与时代的关系是通过脱节或时代错误而依附于时代的那种关系。过于契合时代的人,在所有方面与时代完全联系在一起的人,并非同时代人。之所以如此,确切的原因在于,他们无法审视它;他们不能死死地凝视它。"(Giorgio Agamben, *What is an Apparatus*)时代是一架不断解离与历史和现实关联、要飞入全新时间境域的火箭,真正的"同时代人",不是同步于这架火箭的解舱行为,而是在时代之新变和转型中找到使此在重新汇入"传统"之可能者。

然而,纯文学不是献给无限的少数人,供少数文化精英显示精神优越性的;纯文学也绝不是即将被碎片化时代淘汰的明日黄花。在越来越快,越来越非中心化、去深度化的时代,纯文学将以逆时针的文化选择,肩负着将当下与传统相连接,重构一套民族可共享的语言感受结构的重任。纯文学在我们的时代,进不能安邦与定国,退不能日用于民生;但纯文学越来越站在思的一边,它恢复我们对世界的感受力。通过纯文学,主体建立与自我、时代和世界的复杂关联。纯文学关乎一个完整的现代文化人格,是现代教养的重要构成,也关乎一个民族从历史通往未来的文化可能。在此时此刻,看不到时代转型的滔天巨浪是幼稚的,但因此便放弃对共享历史与未来的"传统"的追求,放弃对"纯文学"理想的坚守,则更是一头投入了虚无主义的迷雾之中的浅薄行为。

无疑,麦家成名的时代,已是一个虚无主义泛滥的不信时代。一方面是资讯的高度发达甚至泛滥,另一方面则是人心之间信任的桥梁渐渐坍塌。这是现代性的重要征候。人们既不信任彼此,对文学也开始失去信心,遑论信仰。现代以来的作家,大多以书写现代性的危机见长,他们用笔使世界和精神内部的破碎和荒诞景观被显形,这方面的作家不胜枚举。可是,一些作家也意识到,在破碎的现代性境遇中,我们还要走下去;在文学被宣布死亡之后,作家仍应该通过文学凝聚价值和信念。至少作家自己,必须是文学的信仰者。文学的正信使麦家不仅坚守着自己写作的意义,也愿意将其化为行动上对文学阅读持久的守护。

身处这个剧变的时代,我们有必要倾听来自守护者、信仰者麦家的精神启示。

附录一　麦家简谱

1988 年

《变调》(短篇小说)，笔名阿浒，《昆仑》1988 年第 1 期。

《人生百慕大》(中篇小说)，笔名阿浒，《昆仑》1988 年第 5 期。

1990 年

《第二种失败》(短篇小说)，笔名阿浒，《青年文学》1990 年第 4 期。

《充满爱情和凄惨的故事》(短篇小说)，笔名阿浒，《青年文学》1990 年第 6 期。

《深藏的温柔》，笔名阿浒，《飞天》1990 年第 7 期。

1992 年

《五月的鲜花开遍原野》(中篇小说)，《西南军事文学》1992 年第 1 期。

《翻阅李森祥》，《西南军事文学》1992 年第 4 期。

1993 年

《寻找先生》(短篇小说)，笔名阿浒，《西南军事文学》1993 年第 3 期。

1994 年
《紫密黑密》(小说集)，解放军文艺出版社，1994 年 7 月版。

1995 年
《流弹》(中篇小说)，《峨眉》1995 年第 4 期。

1996 年
《病人》(短篇小说)，《当代》1996 年第 3 期。

1997 年
《哨音响起》(短篇小说)，《大家》1997 年第 2 期。

《陈华南笔记本》(中篇小说)，《青年文学》1997 年第 9 期。

《胡琴哭似的唱》(中篇小说)，《青年文学》1997 年第 10 期。

《地下的天空》(中篇小说)，《四川文学》1997 年第 11 期。

剧本出品

《府南河》(6 集专题片) 成都电视台出品

1998 年
《几则日记或什么也不是》(《私人笔记本》)(中篇小说)，《山花》1998 年第 1 期。

1999 年
剧本出品

《共和国同龄人》(10 集专题片) 成都电视台出品

2000 年
《可恶可恶》，《西南军事文学》2000 年第 1 期。

《天外之音》(短篇小说)，《人民文学》2000 年第 6 期。

2001年

《送你三朵玫瑰》,《四川文学》2001年第10期。

《好兵马三》(中篇小说),《人民文学》2001年第11期。

剧本出品

《地下的天空》(2集电视连续剧)中央电视台出品

2002年

《我的艳遇及奇遇》(中篇小说),《四川文学》2002年第1期。

《我是一个兵》(中篇小说),《西南军事文学》2002年第2期。

《听风者》(中篇小说),《青年文学》2002年第5期。

《王军或者王强或者王贵强从军记》(短篇小说),《神剑》2002年第6期。

《我们没离婚》(短篇小说),《青年文学》2002年第10期。

《我的阿加蒂斯》(中篇小说),《山花》2002年第11期。

《解密》(长篇小说),《当代》2002年第6期。

《地下的天空》(小说集),解放军文艺出版社,2002年1月版。

《解密》(长篇小说),中国青年出版社,2002年10月版。

获奖情况

电视剧《地下的天空》获2002年度大众电视金鹰奖最佳电视剧奖

2003年

《刀尖上行走》(中篇小说),《人民文学》2003年第2期。

《黑记》(中篇小说),《芙蓉》2003年第2期。

《让蒙面人说话》(中篇小说),《山花》2003年第5期。

《天知道》(中篇小说),《当代》2003年第4期。

《暗器》(即《暗算》)(长篇小说),《钟山》2003年增刊。

《暗算》(长篇小说),世界知识出版社,2003年7月版。

获奖情况

长篇小说《解密》获第六届国家图书奖

中篇小说《让蒙面人说话》获 2003 年度中篇小说排行榜第十名

中篇小说《陈华南笔记本》获新加坡"华语文学奖"

中篇小说《陈华南笔记本》获第三届四川省文学奖

中篇小说《陈华南笔记本》获第五届成都市金芙蓉政府奖

长篇小说《解密》获第四届四川省文学奖

长篇小说《解密》获第七届王森杯文学奖

长篇小说《解密》获第六届成都市金芙蓉政府奖

长篇小说《解密》获 2002 年度中国长篇小说排行榜第一名

麦家获评 2003 年度中华文学人物·进步最大的作家

2004 年

《两位富阳姑娘》(短篇小说),《红豆》2004 年第 2 期。

《让蒙面人说话》(小说集),春风文艺出版社,2004 年 1 月版。

《解密》(长篇小说),文圆国际图书(台湾),2004 年 9 月版。

《暗算》(长篇小说),文圆国际图书(台湾),2004 年 11 月版。

获奖情况

短篇小说《两位富阳姑娘》获 2004 年度短篇小说排行榜第一名

长篇小说《暗算》获第八届诺迪康杯文学奖

2005 年

《飞机》(中篇小说),《十月》2005 年第 1 期。

《一生世》(短篇小说),《收获》2005 年第 2 期。

《密码》(中篇小说),《收获》2005 年第 5 期。

《成长》(短篇小说),《花城》2005 年第 3 期。

《充满爱情和凄惨的故事》(小说集),群众出版社,2005 年 1 月版。

《军事》（小说集），世界知识出版社，2005年8月版。

剧本出品

《暗算》（34集电视连续剧）八一电影制片厂等出品

获奖情况

长篇小说《解密》获第六届茅盾文学奖提名

2006年

《解密》（修订版），人民文学出版社，2006年7月版。

《暗算》（修订版），人民文学出版社，2006年7月版。

海外出版

《火锅子》，日本出版社，2006年5月版。

获奖情况

麦家获评四川省十佳电视艺术工作者

麦家获评四川省中青年德艺双馨文艺工作者

2007年

《既爱情又凄惨》,《四川文学》2007年第6期。

《四面楚歌》（中篇小说）,《人民文学》2007年第7期。

《风声》（长篇小说）,《人民文学》2007年第10期。

《天外之音》（小说集），山东文艺出版社，2007年5月版。

《风声》（长篇小说），南海出版公司，2007年10月版。

《麦家"暗"系列作品集（四卷）》（小说集），长江文艺出版社，2007年10月版。

剧本出品

《雷区》（26集电视连续剧）成都豪诚影视公司等出品

获奖情况

长篇小说《暗算》获第七届成都市金芙蓉政府奖

麦家获评第三届风尚中国榜·年度风尚作家

麦家获第六届华语文学传媒大奖·年度小说家奖

麦家凭电视剧《暗算》获第三届电视剧风云盛典最佳编剧奖

麦家凭电视剧《暗算》获第十三届上海国际电视节最佳编剧奖

2008 年

《陆小依》（短篇小说），《山花》2008 年第 3 期。

《杀人》（短篇小说），《芙蓉》2008 年第 5 期。

《捕风者说》（散文集），作家出版社，2008 年 6 月版。

《麦家自选集》（作品选集），海南出版社，2008 年 9 月版。

获奖情况

长篇小说《暗算》获第七届茅盾文学奖

长篇小说《风声》获第六届华语文学传媒大奖

长篇小说《风声》获《人民文学》2007 年度最佳长篇小说奖

长篇小说《风声》获第十二届巴金文学院"诺迪康"杯文学奖

麦家获评"成都十大杰出青年"

麦家入选杭州市"131"中青年人才培养计划人选第一层次

麦家获评"容大控股杯"2008 富阳百姓新闻人物

麦家获评四川省中青年德艺双馨文艺工作者

2009 年

《汉泉耶稣》（短篇小说），《山花》2009 年第 5 期。

《暗算》（修订版），作家出版社，2009 年 1 月版。

《暗算》（修订版），明报出版集团（香港），2009 年版。

《解密》（修订版），明报出版集团（香港），2009 年版。

《风声》（修订版），印刻出版社（台湾），2009 年版。

《麦家文集（五卷）》（作品选集），浙江文艺出版社，2009 年 6 月版。

获奖情况

麦家获第四届杭州市文艺突出贡献奖

麦家入选"新世纪百千万人才工程"国家级人选

麦家获评 2009 杭州生活平直行业点评文娱生活年度人物

麦家获评全国优秀电视剧编剧

2010 年

《风语》(长篇小说),《人民文学》2010 年第 4—10 期连载。

《风语》(长篇小说),金城出版社,2010 年 7 月版。

《风语》(长篇小说),明报出版集团(香港),2010 年版。

《风语》(长篇小说),印刻出版社(台湾),2010 年版。

《暗算》(修订版),印刻出版社(台湾),2010 年版。

《解密》(修订版),印刻出版社(台湾),2010 年版。

《麦家作品精选》(作品选集),长江文艺出版社,2010 年 2 月版。

获奖情况

长篇小说《风语》获评上海书展最有影响力新书

麦家获评中国反盗版形象大使

麦家获评杭州市文化顾问

2011 年

《风语 2》(长篇小说),《人民文学》2011 年第 1 期。

《刀尖:阳面》(长篇小说),《收获》2011 年第 5 期。

《刀尖:阴面》(长篇小说),《收获》2011 年第 6 期。

《风语 2》(长篇小说),金城出版社,2011 年 2 月版。

《风语 2》(长篇小说),明报出版集团(香港),2011 年版。

《风语 2》(长篇小说),印刻出版社(台湾),2011 年版。

《刀尖:刀之阳面》(长篇小说),北京联合出版社,2011 年 11 月版。

《刀尖：刀之阴面》（长篇小说），北京联合出版社，2011年12月版。

《暗算》（修订版），作家出版社，2011年12月版。

剧本出品

《风语》（36集电视连续剧）北京艺博影视公司等出品

《刀尖上行走》（30集电视连续剧）浙江绿城影视公司等出品

获奖情况

长篇小说《刀尖》获评2011年度中国图书榜文学类·十大好书

长篇小说《刀尖》获大众读者奖

长篇小说《风语2》获评"我最喜爱的一本书·百种优秀读物"

长篇小说《风语2》获评全行业优秀畅销品种

长篇小说《风语2》获中国图书势力榜年度好书·文学类

长篇小说《风语》和《风语2》入选第三届"三个一百"原创出版工程

长篇小说《风语》获2010年中国书业年度图书奖

长篇小说《风语》获评2010年度中国图书榜文学类·十大好书

长篇小说《风语》获评2010年度"大众喜爱的50种图书"

长篇小说《风语》获评中国图书势力榜年度好书·文学类

注：本年麦家还受邀担任第八届茅盾文学奖评委；入选全国宣传文化系统"四个一批"人才；入选第四批浙江省文化系统"五个一批"人才；获评第六届华人精英会·十大华人精英

2012年

《解密》（修订版），新世界出版社，2012年版。

《暗算》（修订版），万卷出版社，2012年1月版。

《暗算》（修订版），人民文学出版社，2012年6月版。

《暗算》（修订版），新经典传播公司（台湾），2012年版。

获奖情况

长篇小说《风语》获浙江省作家协会"2009—2011年度优秀文学作品奖"

长篇小说《风语2》获评2011年度中国图书榜文学类·十大好书

长篇小说《刀尖》获评年度影响力图书

短篇小说《思念索拉》获爱迪尔珠宝杯"名家写关爱"奖

注：本年麦家入选享受国务院特殊津贴专家；享受杭州市政府特殊津贴专家；获评全球影响力人物；获评杭州市文化促进会副主席；入选浙江省"千人计划"评审专家库；获评杭州市杰出人才奖

2013年

《八大时间》（作品选集），人民文学出版社，2013年1月版。

《陈华南笔记本》（小说集），江苏文艺出版社，2013年1月版。

《非虚构的我》（散文集），花城出版社，2013年6月版。

《刀尖》（维吾尔文）（长篇小说），新疆人民出版社，2013年版。

《刀尖：刀之阳面》（长篇小说），新疆美术摄影出版社，2013年版。

海外出版

《暗算》（修订版），五洲传播出版社，2013年8月版。

注：本年麦家受聘担任四川师范大学电影学院教授；担任华语传媒电影大奖终审评委；获杭州市第三届杰出人才奖；受邀担任新郑市人民政府顾问；担任河南省黄帝故里文化研究会顾问

2014年

《暗算》（维吾尔文）（长篇小说），新疆人民出版社，2014年版。

《解密》（修订版），北京十月文艺出版社，2014年5月版。

《暗算》（修订版），北京十月文艺出版社，2014年11月版。

《纸飞机》（小说集），江苏文艺出版社，2014年3月版。

《从军记》（小说集），江苏文艺出版社，2014年3月版。

《密码》（小说集），江苏文艺出版社，2014年3月版。

《黑记》（小说集），江苏文艺出版社，2014年3月版。

《风声》（修订版），长江文艺出版社，2014年7月版。

《解密》（修订版），联经出版社（台湾），2014年版。

海外出版

《暗算》MATICHON，2014年版。

《解密》土耳其Marti出版社，2014年1月版。

《解密》（精装版）英国企鹅出版社，2014年3月版。

《解密》（简装版）英国企鹅出版社，2014年3月版。

《解密》美国FSG出版社，2014年3月版。

《解密》西班牙普拉内塔出版社，2014年6月版。

《解密》西班牙62出版社，2014年6月版。

《解密》Moeller，2014年版。

《解密》（中国发行版特别版）五洲传播出版社，2014年9月版。

《解密》捷克pevná s přebalem出版社，2014年11月版。

《解密》（国际发行特别版）西班牙Círculo de Lectores出版社，2014年版。

《解密》塞尔维亚vulkan出版社，2014年版。

《解密》（波斯语）北京十月文艺出版社，2014年版。

《暗算》土耳其Marti出版社，2014年版。

获奖情况

长篇小说《解密》获英国《经济学人》"全球十大小说"

长篇小说《解密》获华文图书海外图书馆收藏量第一

长篇小说《解密》获美国CALA最佳图书奖

注：本年麦家获评中组部、中宣部、人社部、科技部联合授予的"全国杰出专业技术人才"称号

2015 年

《日本佬》（短篇小说），《人民文学》2015 年第 3 期。

《军中一盘棋》（中篇小说），《解放军文艺》2015 年第 10 期。

《风声》（修订版），北京十月文艺出版社，2015 年 6 月版。

《暗算》（修订版），人民文学出版社，2015 年 5 月版。

《胡琴》（小说集），辽宁人民出版社，2015 年 10 月版。

海外出版

《暗算》英国企鹅出版社，2015 年 8 月版。

《暗算》伊朗凤凰出版社，2015 年版。

《解密》（简装）美国 FSG 出版社，2015 年 3 月版。

《解密》波兰 Prószyński i S-ka 出版社，2015 年 3 月版。

《解密》葡萄牙 BERTRAND 出版社，2015 年 4 月版。

《解密》荷兰 MERIDIAAN 出版社，2015 年 5 月版。

《解密》德国 Deutsche Verlags-Anstalt 出版社，2015 年 8 月版。

《解密》法国 Robert Laffont 出版社，2015 年 10 月版。

《解密》PENN PUNLISHING，2015 年 12 月版。

《解密》芬兰 AULA&CO 出版社，2015 年版。

《解密》罗马尼亚 edituratrei 出版社，2015 年版。

2016 年

《畜生》（短篇小说），《十月》2016 年第 1 期。

《风声》（修订版），北京十月文艺出版社，2016 年 7 月版。

《暗算》（修订版），北京十月文艺出版社，2016 年 4 月版。

《最美是杭州》（散文集），浙江文艺出版社，2016 年 8 月版。

《两位富阳姑娘》（小说集），浙江文艺出版社，2016 年 9 月版。

《接待奈保尔的两天》（散文集），浙江文艺出版社，2016 年 9 月版。

海外出版

《暗算》俄罗斯出版社，2016年版。

《暗算》西班牙PLANETA，2016年版。

《解密》意大利出版社，2016年版。

《解密》匈牙利Libri出版社，2016年版。

获奖情况

长篇小说《解密》获浙江省"五个一工程"特别奖

2017年

《风声》(修订版)，天地出版社，2017年6月版。

《四面楚歌》(小说集)，江苏凤凰文艺出版社，2017年4月版。

海外出版

《解密》阿布扎比出版社，2017年版。

《解密》韩国Geulhangari出版社，2017年版。

获奖情况

散文《最美是杭州》获杭州市"五个一工程"图书奖

长篇小说《解密》获评"全球史上最佳间谍小说20佳"

短篇小说《日本佬》获第十七届百花文学奖短篇小说奖

2018年

《双黄蛋》(短篇小说)，《收获》2018年第3期。

《风声》(修订版)，北京十月文艺出版社，2018年8月版。

《暗算》(修订版)，北京十月文艺出版社，2018年4月版。

《刀尖1：阳面》(长篇小说)，人民文学出版社，2018年10月版。

《刀尖2：阴面》(长篇小说)，人民文学出版社，2018年10月版。

《幸福就在我们身后》(散文集)，辽宁师范大学出版社，2018

年10月版。

2019年

《暗算》（修订版），人民文学出版社，2019年1月版。

《人生海海》（长篇小说），北京十月文艺出版社，2019年3月版。

《人生海海》（长篇小说），《当代（长篇小说选刊）》2019年第3期。

《人生海海》（长篇小说），印刻出版社（台湾），2019年版。

《解密》（修订版），北京十月文艺出版社，2019年10月版。

《暗算》（新中国70年70部长篇小说典藏）精装，人民文学出版社，2019年9月版。

海外出版

《解密》SAFRAN LTD，2019年版。

获奖情况

《人生海海》获评阅文集团年度畅销作品

麦家获评当当20周年白金作家

麦家获评出版人2019年书业评选·年度作者

麦家获2019年懒人听书·作家影响力

麦家获评杭州市全民阅读形象大使

《人生海海》获杭州市第十四届精神文明建设"五个一工程"特别奖

麦家获评《时尚先生ESQUIRE》·2019年度先生·年度作家

《人生海海》获《新周刊》2019年度十大好书（虚构篇）

《人生海海》入选《2019年全国中小学图书馆（室）推荐书目》

2020年

《风声》（修订版），上海文艺出版社，2020年10月版。

海外出版

《风声》英国 HEAD OF ZEUS，2020 年版。

《风声》Quetzal Editores，2020 年版。

获奖情况

《人生海海》获 2020 春风悦读榜白银图书奖

麦家获 2020 南方文学盛典"年度杰出作家"大奖

麦家获评 2020 年度市场影响力作家

《人生海海》获评 2020 年度文轩十大好书

《人生海海》获评豆瓣 2019 年度中国小说榜 TOP1

《人生海海》获评 2020 年中国图书海外馆藏量 NO.1

《人生海海》获评当当·2019 年度新书虚构类销量 TOP1

《人生海海》获评书单来了·2019 年度十大好书 TOP1

《人生海海》获评 Pageone 书店·2019 年度书单虚构类 TOP1

《人生海海》获评出版人杂志·2019 年度虚构新书榜 TOP1

《人生海海》获评京东·2019 年度十大畅销新书

《人生海海》入选亚马逊·2019 年度新书榜

《人生海海》获评新华书店·2019 年度十大好书

《人生海海》获评诚品书店·2019 年度畅销书

《人生海海》获评全国书店之选·2019 年度最佳小说

《人生海海》入选西西弗书店·2019 年度最受关注新书榜

《人生海海》获评新华文轩·2020 年度文轩十大好书

《人生海海》入选《人民日报》2020 年度推荐书单

《人生海海》获评《读者》杂志·2019 年度长篇小说

《人生海海》获评《南方都市报》·2019 年度十大好书

《人生海海》入选《中国教育报》·教师喜爱的 100 本书

《人生海海》获评《晶报》深港书评·2019 年度十大好书

《人生海海》获评《出版商务周报》·2019 年度十大爆款图书

《人生海海》获评《中国出版传媒商报》·2019 年影响力图书

《人生海海》入选《经济观察报》·2019"领读中国"探享好书榜

《人生海海》入选中国教育新闻网·影响教师的 100 本书

《人生海海》获 2020 年度南方文学盛典"年度杰出作家"大奖

麦家获第七届花地文学榜"年度作家"大奖

《人生海海》获第四届施耐庵文学奖

麦家获评 2019 年度当当·白金作家

麦家获评第六届当当最具影响力作家·小说作家

麦家获评《出版人杂志》2019 年书业评选·年度作者

麦家获评 2020 年度市场影响力作家

《人生海海》获评当当·2020 年度畅销虚构类销量 TOP1

《人生海海》入选京东·2020 年度十大畅销新书

2021 年

《人生海海》（修订版），北京十月文艺出版社，2021 年 8 月版。

海外出版

《风声》匈牙利 Libri 出版社，2021 年 9 月版。

获奖情况

麦家获评浙江书展"阅读未来（宁波）论坛""年度致敬作者"

附录二 麦家作品主要研究文章、论著索引

论　文

[1] 李敬泽:《偏执、正果、写作——麦家印象》,载《山花》2003年第5期。

[2] 陈晓明:《在黑暗中写作,于是有光》,载《上海文学》2004年第6期。

[3] 孟繁华:《残酷游戏与悲惨人生——评麦家的长篇小说〈暗算〉》,载《上海文学》2004年第6期。

[4] 梁钦、郝雨:《关于"天书"的书及对于"解密"的解密》,载《小说评论》2004年第4期。

[5] 何国辉:《跟麦家去看天才——麦家长篇小说〈解密〉读后》,载《南方文坛》2006年第3期。

[6] 邱玉红:《传统与现代的交融——论麦家小说〈解密〉的叙事艺术》,载《安徽文学(下半月)》2006年第9期。

[7] 张光芒:《麦家小说的游戏精神与抽象冲动》,载《当代文坛》2007年第4期。

[8] 贺绍俊:《麦家的密码意象和密码思维》,载《当代文坛》2007年第4期。

[9] 王鸿生:《从叙事批评到叙事伦理批评——一个个案:寻找麦

家〈解密〉的悲哀之源》，载《南方文坛》2008年第1期。

[10] 谢有顺：《〈风声〉与中国当代小说的可能性》，载《文艺争鸣》2008年第2期。

[11] 李秀金：《历史消费中的精神救赎——〈风声〉及麦家的意义》，载《当代文坛》2008年第3期。

[12] 雷达：《麦家的意义与相关问题》，载《南方文坛》2008年第3期。

[13] 阎晶明：《读〈风声〉兼谈麦家》，载《南方文坛》2008年第3期。

[14] 金理：《孤绝中的突击：论智性写作》，载《小说评论》2008年第3期。

[15] 胡传吉：《人是世间万物的尺度——论麦家长篇小说〈风声〉》，载《当代作家评论》2008年第4期。

[16] 何平：《黑暗传，或者捕风者说》，载《当代作家评论》2008年第4期。

[17] 徐阿兵：《愉悦的歧途——麦家小说创作论》，载《理论与创作》2008年第5期。

[18] 李涯：《解密暗算——浅论麦家小说〈风声〉》，载《小说评论》2008年第5期。

[19] 同温玉：《〈暗算〉人算与天算》，载《小说评论》2009年第3期。

[20] 程德培：《记忆是一种忘记的形式——读麦家短篇小说〈汉泉耶稣〉》，载《上海文学》2009年第6期。

[21] 吴凡：《麦家论——以〈暗算〉、〈解密〉、〈风声〉为例》，载《文艺争鸣》2009年第12期。

[22] 王冬梅：《类型融合、意志书写与神秘体验——麦家小说论》，载《当代文坛》2011年第5期。

[23] 何平：《麦家小说在当代中国文学中的意义》，载《文艺报》

2012年11月9日。

[24] 刘晗:《符号·存在·政权——麦家小说〈暗算〉中的编/码阐释》,载《南方文坛》2013年第5期。

[25] 王迅:《论麦家小说的审美价值》,载《小说评论》2014年第2期。

[26] 王迅:《极限叙事与黑暗写作——以麦家和残雪的小说为考察对象》,载《文艺研究》2014年第4期。

[27] 张伟劼:《〈解密〉的"解密"之旅——麦家作品在西语世界的传播和接受》,载《小说评论》2015年第2期。

[28] 王迅:《文学输出的潜在因素及对策与前景——以麦家小说海外译介与传播为个案》,载《文艺评论》2015年第11期。

[29] 季进、臧晴:《论海外"〈解密〉热"现象》,载《南方文坛》2016年第4期。

[30] 吴赟:《译出之路与文本魅力——解读〈解密〉的英语传播》,载《小说评论》2016年第6期。

[31] 魏艳:《麦家与中国当代谍报文学》,载《当代作家评论》2017年第1期。

[32] 李欧梵:《中国现代文学的传统和创新——以麦家的间谍小说为例》,载《中国现代文学研究丛刊》2017年第2期。

[33] 缪佳、汪宝荣:《麦家〈解密〉在英美的评价与接受——基于英文书评的考察》,载《中国现代文学研究丛刊》2018年第2期。

[34] 吴义勤、张未民、孟繁华、谢有顺:《真正的密码是人的内心——麦家作品学术研讨会发言选录》,载《东吴学术》2019年第1期。

[35] 李一:《"侠义"的新历史书写——论麦家的〈暗算〉与〈解密〉》,载《当代文坛》2019年第2期。

[36] 梁海:《智性与人性的双重解密——麦家小说论》,载《当代

文坛》2019年第2期。

［37］韩松刚:《麦家小说的"奇"与"正"——以〈暗算〉为例》，载《当代文坛》2019年第2期。

［38］刘月悦:《"内""外"碰撞的榫卯——试论麦家小说的"多质性"》，载《文艺争鸣》2019年第4期。

［39］林培源:《麦家长篇小说〈人生海海〉："说书人"的故事世界》，载《文艺报》2019年5月24日。

［40］徐刚:《"解密"作为方法：麦家的小说策略》，载《文学评论》2019年第4期。

［41］林培源:《"故事—世界"与小说的时空体——论麦家〈人生海海〉的叙事及其他》，载《中国现代文学研究丛刊》2019年第7期。

［42］程德培:《"解密"的另一种途径读麦家长篇〈人生海海〉》，载《上海文化》2019年第7期。

［43］谢有顺、岑攀:《英雄归来之后——评麦家的〈人生海海〉》，载《中国当代文学研究》2019年第4期。

［44］李一:《赤子之心与英雄叙事——评麦家〈人生海海〉兼论20世纪中国文学中的乡愁声音》，载《中国当代文学研究》2019年第4期。

［45］刘阳扬:《"解密"心灵的方式——读麦家〈人生海海〉》，载《中国当代文学研究》2019年第4期。

［46］陈晓明:《耻之重与归家的解脱》，载《南方文坛》2019年第5期。

［47］徐刚:《潮起潮落，看这滂沱的人生——读麦家〈人生海海〉》，载《南方文坛》2019年第5期。

［48］王德威:《人生海海，传奇不奇》，载《当代作家评论》2019年第5期。

［49］季进、麦家:《聊聊〈人生海海〉》，载《当代作家评论》2019

年第 5 期。

［50］陈培浩：《个人话语与国家话语的镶合——兼论〈暗算〉作为中国当代文学的增量意义》，载《长江文艺评论》2019 年第 5 期。

［51］陈培浩：《"转型"或是"回望"——读麦家新作〈人生海海〉》，载《中国现代文学研究丛刊》2019 年第 10 期。

［52］季进：《丰盈的人生与极致的叙事——论〈人生海海〉》，载《中国现代文学研究丛刊》2019 年第 10 期。

［53］秦烨：《麦家与世界文学中的符码叙事》，载《中国现代文学研究丛刊》2019 年第 10 期。

［54］余夏云：《〈人生海海〉和麦家的"论文字学"》，载《小说评论》2019 年第 6 期。

［55］方岩：《偷袭者蒙着面：麦家阅读札记》，载《扬子江文学评论》2020 年第 1 期。

［56］王尧：《为麦家解密，或关于麦家的误读》，载《扬子江文学评论》2020 年第 1 期。

［57］韩松刚：《命运的召唤，或回忆的诱惑——评麦家长篇小说〈人生海海〉》，载《当代文坛》2020 年第 2 期。

［58］陈培浩：《重申"为汉语写作"的梦想——试谈麦家〈人生海海〉的语言问题》，载《中国文学批评》2020 年第 2 期。

［59］何平：《回去，寻找属于你的"亲人"——评麦家长篇新作〈人生海海〉》，载《中国文学批评》2020 年第 2 期。

［60］陈思：《转述、传奇、不可靠叙述与自传文本——〈人生海海〉的四重"召唤结构"》，载《中国文学批评》2020 年第 2 期。

［61］彭宏：《解密麦家的文类"密码"》，载《中国文学批评》2020 年第 2 期。

［62］陈培浩：《失重的波澜：麦家短篇小说的思维术》，载《广州文艺》2020 年第 11 期。

［63］吴义勤、陈培浩：《增量与赓续：麦家的意义》，载《广州文艺》2020 年第 11 期。

［64］陈培浩：《孤独的辩证法和麦家的意义》，载《文艺报》2021 年 2 月 26 日。

［65］郭冰茹：《英雄传奇的重构——关于〈人生海海〉》，载《扬子江文学评论》2021 年第 2 期。

［66］王振：《叙事的新维度与还乡哲学——评麦家长篇小说〈人生海海〉》，载《扬子江文学评论》2021 年第 2 期。

［67］张煜楤：《文即为诈，诈复为文：重读麦家与〈风声〉》，载《小说评论》2021 年第 2 期。

［68］王敏：《麦家的"越界"写作：〈风声〉与侦探小说》，载《小说评论》2021 年第 2 期。

著　作

王迅：《极限叙事与黑暗写作——麦家小说论》，作家出版社，2015 年。

季进、姜智芹：《麦家作品的世界之旅》，江苏大学出版社，2021 年。

后 记

想起来，应是在2017年夏天，收到谢有顺教授邀约，参与《中国当代作家论》丛书，写作《麦家论》一书。我依然记得，接到有顺老师信息时，正和两个同事吃着午餐。和同事说些什么，已不复记得。却记得当时的欣喜和压力，但毫不犹豫地答应下来了。一晃已经六年，中间经历三年疫情，经历工作调动，我们的生活和世界似乎都发生了一言难尽的变迁。如今书终于要付印，自是有无限感慨。

写作《麦家论》，对麦家的写作历程有了更全面深入的理解，自不待言；犹让我触动的是麦家对文学内在的信念和热爱。麦家在定居成都前，生活经历其实十分曲折。这种曲折虽有外力，越到后来越是一种主动选择的结果。青年麦家身上有一种飞蛾扑火的热烈，他崇拜极致的东西。他一度对博尔赫斯十分狂热，也迷恋西藏那种高海拔地区的精神气息。正是这种热烈和极致的气质，支撑了麦家写出《解密》、《暗算》和《风声》。麦家在功成名就之后一度陷入写作的瓶颈和困境，他也以极大的真诚直面。经过多年沉潜，写出叫好叫座的《人生海海》之后，麦家依然没有放弃跟自己较劲儿。在这个很多人的精神变得松松垮垮的碎片化时代，麦家虽和世界有所和解，却依然保持着他的严肃、焦虑和精神强度。近几年，我想起一些人或事时，每每不由自主地想到《人生海海》中的上校蒋正南——这个身携不能说的秘密，穿梭于"人生海海"的阳面和阴面的神奇者,他不仅是一个传奇,更是一个典型。

写作过程中,我也一直在思考今天时代文学何为的问题。在今天的社会语境中,文学已不再具有整全的意义,文学已是"剩余的"文学。是故陈晓明教授才说我们要"守望剩余的文学性"。今天,文学要创造意义,已不具备打正面战、歼灭战的兵力,只能打游击战了。热爱文学的人,身负文学所交付的密电,要启程穿越重重封锁,去寻找下一个/批接收密电的人。有趣的是,此过程中,所传虽是同一份密电,解读密电的方式却不断发生变化;可是,不管如何变化,密电依然是那份密电。密电依然吸引着一代又一代的传密电者。接通密电者,读的不仅是密电本身,而是一整个世界;接通文学者,邂逅的不仅是文学,而在与天地万物相往来。如此,值得为文学,打这场永恒的游击战!

感谢麦家老师带给我的启示!感谢谢有顺老师的邀约!感谢颜闫老师为本书附录麦家简谱提供的资料!感谢李宏伟老师,他刚从作家出版社调任中国现代文学馆,此书多承他对接、联络!感谢责编秦悦老师,她对此书专业、细心的编校,令人钦佩!感谢我的博士生许再佳,硕士生陈榕、陈银清为本书所做的校对工作!

这本书,也献给所有陪伴我成长、一起为文学打游击战的人!

图书在版编目（CIP）数据

麦家论 / 陈培浩著 . -- 北京：作家出版社，2023.5
（中国当代作家论）
ISBN 978-7-5212-2075-9

Ⅰ.①麦… Ⅱ.①陈… Ⅲ.①麦家–作家评论
Ⅳ.①I206.7

中国国家版本馆 CIP 数据核字（2022）第 206397 号

麦家论

总 策 划：吴义勤
主　　编：谢有顺
作　　者：陈培浩
出版统筹：李宏伟
责任编辑：秦　悦
装帧设计：合和工作室
出版发行：作家出版社有限公司
社　　址：北京农展馆南里 10 号　　邮　　编：100125
电话传真：86-10-65067186（发行中心及邮购部）
　　　　　86-10-65004079（总编室）
E-mail：zuojia@zuojia.net.cn
http：//www.zuojiachubanshe.com
印　　刷：唐山嘉德印刷有限公司
成品尺寸：152×230
字　　数：225 千
印　　张：17
版　　次：2023 年 5 月第 1 版
印　　次：2023 年 5 月第 1 次印刷
ISBN 978-7-5212-2075-9
定　　价：48.00 元

作家版图书，版权所有，侵权必究。
作家版图书，印装错误可随时退换。

中国当代作家论

第一辑

阿城论	杨　肖　著	定价：39.00 元
昌耀论	张光昕　著	定价：46.00 元
格非论	陈斯拉　著	定价：45.00 元
贾平凹论	苏沙丽　著	定价：45.00 元
路遥论	杨晓帆　著	定价：45.00 元
王蒙论	王春林　著	定价：48.00 元
王小波论	房　伟　著	定价：45.00 元
严歌苓论	刘　艳　著	定价：45.00 元
余华论	刘　旭　著	定价：46.00 元

第二辑

北村论	马　兵　著	定价：48.00 元
陈映真论	任相梅　著	定价：58.00 元
陈忠实论	王金胜　著	定价：68.00 元

二月河论	郝敬波 著	定价：45.00元
韩东论	张元珂 著	定价：50.00元
韩少功论	项　静 著	定价：48.00元
刘恒论	李　莉 著	定价：45.00元
莫言论	张　闳 著	定价：52.00元
苏童论	张学昕 著	定价：46.00元
于坚论	霍俊明 著	定价：55.00元
张炜论	赵月斌 著	定价：46.00元

第三辑

阿来论	王　妍 著	定价：49.00元
刘慈欣论	文红霞 著	定价：50.00元
麦家论	陈培浩 著	定价：48.00元
舒婷论	张立群 著	定价：46.00元
徐小斌论	张志忠 著	定价：52.00元
张大春论	张自春 著	定价：68.00元